LE VISAGE DE LA PEUR

DEAN R. KOONTZ

Miroirs de sang	
Le monstre et l'enfant	
La peste grise	
La chair dans la fournaise	
La semence du démon	
Spectres	*J'ai lu* 1963/**6**
Le rideau de ténèbres	*J'ai lu* 2057/**5**
Le visage de la peur	*J'ai lu* 2166/**4**
Chasse à mort	*J'ai lu* 2877/**6**
La nuit des cafards	
Les étrangers	*J'ai lu* 3005/**9**
Les yeux foudroyés	*J'ai lu* 3072/**8**
Le masque de l'oubli	
La voix des ténèbres	
Le temps paralysé	*J'ai lu* 3291/**6**
Une porte sur l'hiver	
L'antre du tonnerre	*J'ai lu* 1966/**3**
Feux d'ombre	*J'ai lu* 2537/**7**
L'heure des chauves-souris	*J'ai lu* 2263/**6**
Midnight	*J'ai lu* 3623/**8**

DEAN R. KOONTZ

LE VISAGE DE LA PEUR

NOUVELLE ÉDITION

TRADUIT DE L'AMÉRICAIN
PAR MICHEL DEUTSCH

ÉDITIONS J'AI LU

A Barbara Norville

Titre original :

THE FACE OF FEAR
The Bobbs-Merrill Co., Inc.

PREMIÈRE PARTIE

VENDREDI

12 h 01 - 20 h

1

Il se tenait sur ses gardes. Il ne prévoyait pas de difficultés mais mieux valait se tenir prêt et y faire front si c'était nécessaire. Il se gara de l'autre côté de la rue, en face de l'immeuble de trois étages en pierre meulière. Au moment où il coupait le moteur, il entendit ululer une sirène. Son mugissement venait de la rue dans son dos.

C'est pour moi, songea-t-il. Ils ont fini par découvrir que je suis leur homme.

Il sourit. Pas question qu'ils mettent comme ça la main sur lui ! Il ne se laisserait pas cravater aussi facilement. Ce n'était pas son style.

Frank Bollinger n'était pas homme à s'affoler pour un oui ou pour un non. En vérité, pour autant qu'il s'en souvenait, l'aile de la peur ne l'avait encore jamais effleuré. Jamais, au grand jamais. Il connaissait l'art et la manière de se protéger. A treize ans, il mesurait déjà un mètre quatre-vingts, et il n'avait cessé de grandir que lorsqu'il avait atteint un mètre quatre-vingt-dix. Il avait le cou épais, les épaules larges et les biceps saillants d'un jeune haltérophile. A trente-sept ans, il était en aussi bonne condition, extérieurement tout au moins, qu'à vingt-sept, ou même à dix-sept. Pourtant, chose curieuse, il ne prenait pas d'exercice. Il n'en avait ni le temps ni le goût : s'obliger à ces interminables séries de pompes, de flexions-extensions et de sautillements sur place, très peu pour lui. Sa taille et ses muscles massifs étaient un don de la nature : simple affaire d'hérédité. Quoiqu'il eût un appétit vorace et n'eût jamais suivi le moindre régime, contrairement à la plupart des hommes de son âge, nul bourrelet de graisse superflue ne déparait sa taille et son abdomen. Son médecin lui avait expliqué que le fait de vivre sur les nerfs et son refus de tout traitement susceptible de lui rendre son équilibre augmentaient ses chances de mourir jeune — pour cause d'hypertension. C'étaient ce stress, cette anxiété et cette tension permanents qui l'empêchaient de prendre du poids, voilà la vérité. Il était bandé comme un ressort, vrombissant intérieurement comme un moteur sous pression, toujours en accélération. C'était ça qui brûlait les graisses, même quand il mangeait comme quatre.

Mais Bollinger n'était d'accord qu'avec la moitié de ce diagnostic. La nervosité, non. La tension, oui. Nerveux, il ne l'avait jamais été. C'était un mot qui n'avait pas de signification pour lui. En revanche, c'était exact : il était en permanence sous pression. C'était précisément cet état de tension qu'il recherchait, qu'il affûtait, parce qu'il le considérait comme un facteur de survie. Il était sur le qui-vive, aux aguets, tendu comme une corde de violon, prêt à tout et à n'importe quoi. Et c'était la raison pour laquelle il n'avait peur de rien : il n'était rien sur terre qui pût le surprendre.

L'ululement de la sirène gagnait en intensité et il jeta un coup d'œil dans le rétroviseur. A moins de deux blocs, un gyrophare rouge trouait la nuit.

Il sortit son 38 du holster fixé sous son aisselle, posa la main sur la poignée de la portière et attendit le moment précis où il l'ouvrirait.

La voiture de patrouille arriva à sa hauteur mais elle poursuivit sa route. Deux blocs plus loin, elle s'engouffra dans une rue latérale. Tout compte fait, ce n'était pas encore son tour.

Bollinger était presque déçu.

Il rengaina son arme et examina la rue. Six lampadaires à vapeur de mercure — dont deux à chaque extrémité du bloc et deux au milieu — baignaient le trottoir, les autos et les façades d'une bizarre lumière d'un blanc violet. Elle était bordée de bâtiments de deux ou trois étages, les uns en meulière, les autres en brique, tous bien entretenus. Il semblait n'y avoir personne derrière les fenêtres éclairées. Tant mieux : il ne tenait pas à se faire remarquer. Quelques arbres plantés au ras du trottoir faisaient de leur mieux pour vivoter — platanes, érables et bouleaux rachitiques, tout ce que la ville de New York pouvait se glorifier d'entretenir comme végétation en dehors des parcs publics, rien que des arbres rabougris, squelettiques, dont les branches, tels des ossements calcinés, se dressaient vers le ciel noir. Le vent léger mais glacé — on était en janvier — faisait tourbillonner des papiers dans le caniveau et à chaque rafale plus forte, les branches se tordaient en grinçant, comme si quelque garnement se fût amusé à taper sur des grilles avec un bâton. Les voitures garées le long des trottoirs évoquaient des bêtes ramassées sur elles-mêmes pour se protéger du froid. Toutes étaient vides. D'un bout à l'autre du bloc, il n'y avait âme qui vive, ni d'un côté de la chaussée ni de l'autre.

Bollinger mit pied à terre, traversa d'un pas vif et escalada le perron de l'immeuble résidentiel devant lequel il s'était arrêté.

L'entrée brillamment éclairée était d'une netteté irréprochable. Sa mosaïque compliquée — une guirlande de roses fanées sur fond beige — luisait comme un miroir et pas un seul des carreaux qui la composaient ne manquait à l'appel. La porte intérieure était fermée. Elle ne s'ouvrait qu'avec une clé, à moins qu'un des locataires n'actionnât la commande individuelle.

Il y avait trois appartements au second, trois au premier et deux au rez-de-chaussée. L'appartement 1A était celui de M. et de Mme Harold Nagly, les propriétaires : ils faisaient en ce moment leur pèlerinage annuel à Miami Beach. Celui du rez-de-chaussée, tout au fond, était occupé par Edna Mowry, et Bollinger avait tout lieu de supposer qu'à l'heure qu'il était Edna mangeait un morceau ou buvait un verre bien mérité pour se détendre après une longue soirée de travail.

C'était pour Edna qu'il était venu. Il savait qu'elle serait chez elle : il la filait depuis six jours exactement. Il savait aussi qu'elle menait une vie strictement réglée — beaucoup trop rangée pour une aussi séduisante jeune femme. Elle rentrait à minuit pile et il était rare qu'elle eût plus de cinq minutes de retard.

Jolie petite Edna, songea-t-il. Quelles longues jambes ravissantes tu peux avoir !

Il sourit et sonna chez M. et Mme Yardley qui habitaient au second. L'interphone laissa entendre une voix d'homme réduite à sa plus simple expression :

— Qui est là ?

— C'est bien l'appartement de M. Hutchinson ? répondit Bollinger qui savait qu'il n'en était rien.

— Vous faites erreur, monsieur. Ils habitent au premier. Leur boîte aux lettres est à côté de la nôtre.

— Excusez-moi, dit Bollinger tandis que Yardley coupait la communication.

Il appela les Hutchinson. Ceux-ci devaient attendre de la visite et se montrèrent moins méfiants que leurs voisins du dessus ; ils lui ouvrirent la porte sans même lui demander son nom.

Il faisait bon dans le hall. Le carrelage brun et les murs bistre étaient immaculés. Au milieu du couloir, à gauche, une banquette de marbre faisait face à un grand miroir biseauté. Les deux appartements — portes en bois verni noir rehaussé de baguettes de cuivre — étaient à droite.

Bollinger s'arrêta devant la seconde porte, fit jouer ses doigts dans ses gants, sortit son porte-cartes de sa poche intérieure et un couteau de celle de son pardessus. La lame qui jaillit du manche poli quand il dégagea le cran d'arrêt mesurait près de dix-huit centimètres de long. Elle était fine et presque aussi tranchante qu'un rasoir.

La vue de l'acier étincelant hypnotisa Bollinger et fit surgir des visions éblouissantes dans son esprit.

C'était un admirateur de William Blake et il allait jusqu'à se considérer comme le fils spirituel du poète. Aussi ne fut-il pas surpris qu'un passage de quelques vers lui revînt en mémoire à cet instant, ruisselant comme un filet de sang dans la gouttière d'une table d'autopsie :

Lors, des habitants de ces cités
Se liquéfièrent les nerfs
Et des maux et tourments promptement
Assaillirent leurs os qui se durcissaient
Et ce n'étaient le long de tous les rivages
Qu'élancements, palpitations et fulgurantes douleurs
Jusqu'à ce que leurs sens refluent et se flétrissent
Sous le noir épervier de la contagion.

Je ferai se liquéfier leurs os, et comment ! songea-t-il. Les habitants de cette ville, je les ferai se tapir derrière leurs portes dès la nuit tombée. Encore que je ne sois pas le mal contagieux mais la guérison, le remède à tout ce qui va de travers en ce monde.

Il sonna. Quelques secondes plus tard, il l'entendit bouger et il sonna une seconde fois.

— Qui est là ?

Elle avait une voix agréable, presque mélodieuse, quoique, pour l'heure, imperceptiblement teintée d'appréhension.

— Mademoiselle Mowry ?

— C'est moi.

— Police.

Elle ne répondit pas.
— Mademoiselle Mowry ? Vous êtes là ?
— De quoi s'agit-il ?
— Il y a eu du vilain là où vous travaillez.
— Je n'y suis pour rien.
— Je n'ai pas dit que vous y étiez pour quelque chose. Vous n'êtes pas en cause. Pas directement, tout au moins. Mais vous pouvez avoir vu quelque chose d'important. Vous êtes peut-être un témoin.
— Témoin de quoi ?
— Je ne peux pas vous l'expliquer en deux mots.
— Je n'ai pu être témoin de rien. Là-bas, j'ai des œillères, je ne vois rien.
Il prit un ton sévère :
— Mademoiselle Mowry, si je dois avoir un mandat pour vous interroger, je m'en ferai délivrer un.
— Comment puis-je savoir si vous êtes vraiment de la police ?
— Voilà bien New York ! s'exclama-t-il avec une feinte exaspération. C'est quand même incroyable ! Tout le monde soupçonne tout le monde.
— Il faut bien.
Bollinger soupira.
— Vous avez peut-être raison. Ecoutez, mademoiselle Mowry. Votre porte est-elle munie d'une chaîne de sécurité ?
— Bien sûr.
— Bien sûr ! Bon... alors, mettez-la et je vous montrerai mes papiers.
La jeune femme tira le verrou avec hésitation. Retenue par la chaîne, la porte s'entrouvrit de deux centimètres, pas un de plus.
Bollinger brandit son porte-cartes et se présenta :
— Inspecteur Bollinger !
Il tenait le couteau de la main gauche, collé contre son pardessus, pointe en bas.
Edna Mowry examina avec soin l'insigne fixé à l'intérieur du porte-cartes, puis la photo glissée derrière la fenêtre de plastique transparent. Quand elle en eut

fini, elle regarda Bollinger et ce dernier nota que ses yeux n'étaient pas bleus, contrairement à ce qu'il avait cru — il ne l'avait vue que de loin sur la scène, lui-même étant dans la pénombre de la salle — mais d'un vert profond. C'étaient indiscutablement les yeux les plus ensorcelants qu'il eût jamais vus.

— Vous êtes contente ?

Elle repoussa quelques mèches de sa lourde chevelure noire qui lui retombaient sur l'œil. Ses longs doigts étaient d'une finesse parfaite. Ses ongles étaient laqués de rouge. Sur scène, dans l'éblouissante lumière des projecteurs, ils faisaient l'effet d'être noirs.

— Vous avez dit qu'il y avait eu du vilain. A quoi faisiez-vous allusion ?

— J'ai pas mal de questions à vous poser, mademoiselle Mowry. Croyez-vous qu'il soit indispensable de nous parler pendant vingt minutes de part et d'autre d'une porte ?

Elle fronça le nez :

— Non, évidemment. Je vous demande une minute... le temps de passer une robe de chambre.

— Eh bien, j'attendrai. La patience est la clé du contentement. C'est de Mahomet, ajouta-t-il devant l'air intrigué de la jeune femme.

— Un policier qui cite Mahomet ?

— Et pourquoi pas ?

— Etes-vous membre de... de cette religion ?

La façon dont elle avait formulé la question amusa Bollinger.

— Non. Tout simplement, j'ai acquis une quantité fabuleuse de connaissances dans le seul but d'étonner les gens qui croient que les policiers sont tous d'une ignorance crasse.

Edna Mowry accusa le coup, murmura des excuses et sourit.

Depuis une semaine qu'il avait jeté son dévolu sur elle, c'était la première fois que Bollinger la voyait sourire. Debout sous le projecteur braqué sur elle, elle oscillait au rythme de la musique, en ôtant un à un ses vêtements, se contorsionnant et se balançant tout en caressant ses seins nus, observant le public d'un regard froid, les lèvres quasiment invisibles, avec une expression qui aurait pu être celle d'un lézard.

Son sourire était éblouissant.

— Allez chercher votre robe de chambre, mademoiselle Mowry.

Elle referma.

Bollinger tourna la tête pour surveiller la porte au fond du couloir. Pourvu que personne n'entre ou ne sorte pendant qu'il était là, vulnérable, à faire le pied de grue !

Il remit le porte-cartes dans sa poche mais garda le couteau dans sa main gauche.

Une minute ne s'était pas écoulée quand il entendit Edna débloquer la chaîne de sécurité. La porte s'ouvrit.

— Entrez.

Il entra. Après avoir refermé et remis la chaîne en place, la jeune femme lui fit face.

— Quoi qu'il ait pu se passer là-bas...

D'un geste vif surprenant chez un homme de cette corpulence, Bollinger la plaqua contre le battant, leva son couteau, le fit passer de la main gauche à la main droite et posa la pointe de la lame sur la gorge d'Edna en exerçant une légère pression.

Les yeux verts de la fille s'étaient écarquillés. Le souffle coupé, elle était incapable de crier. Bollinger lui souffla d'un ton farouche :

— Pas un bruit. Si tu as le malheur d'essayer d'appeler au secours, je plante ma saccagne dans ton adorable petit cou et elle en ressortira par-derrière. Tu as compris ?

Elle le dévisagea fixement.

— *Tu as compris ?*

— Oui.

Sa voix n'était qu'un murmure.

— Tu es prête à coopérer ?

Elle ne dit rien. Son regard parcourut tour à tour les yeux de l'homme, son nez fort, sa bouche épaisse, le dessin accusé de sa mâchoire, son poing étreignant le manche du couteau.

— Parce que si tu refuses de coopérer, je peux t'embrocher tout de suite, reprit-il d'une voix suave. Te clouer à cette bon Dieu de porte.

Sa respiration était saccadée. Edna fut parcourue d'un frisson. Il sourit.

— Que me voulez-vous ? fit-elle sans cesser de trembler.

— Peu de chose. Non, vraiment pas grand-chose. Juste un petit peu d'amour.

Elle ferma les paupières.

— Est-ce que vous êtes... l'autre ?

Un mince filet de sang, à peine visible, jaillit à la pointe de la lame, le long de son cou ; il ruissela sur le revers de sa robe de chambre rouge vif. L'homme, fasciné, suivait des yeux la traînée vermeille, comme un savant qui aurait observé au microscope une bactérie d'une espèce extrêmement rare ; il demanda :

— L'autre ? Qui ça, l'autre ? Je ne vois pas ce que tu veux dire.

— Vous le savez très bien.

Sa voix était faible et elle se mordit les lèvres.

— Non, je regrette.

— Etes-vous... l'autre ? Celui qui... qui a égorgé toutes ces femmes ?

Bollinger cessa de contempler la gorge d'Edna, leva les yeux et la dévisagea.

— Ah ! Je comprends. Naturellement. Tu penses à celui qu'on appelle le Boucher. Tu penses que je suis le Boucher.

— Est-ce que c'est vous ?

— J'ai lu bien des choses à son sujet dans le *Daily News*. Il leur tranche la gorge, hein ? D'une oreille à l'autre. C'est ça ? Parfois, il va même jusqu'à les éventrer, non ? Rectifie si je me trompe mais ça lui arrive quelquefois, non ?

Il la narguait et s'amusait de sa terreur. Elle garda le silence.

— Je crois me rappeler avoir lu dans le journal qu'il a coupé les oreilles de l'une d'elles. Elles étaient sur la table de nuit à côté du lit quand la police a découvert le corps.

Edna se mit à trembler plus violemment. Il lui tapota l'épaule et lui passa la main dans les cheveux comme on flatte un animal pour le rassurer.

— Pauvre petite Edna qui me prend pour le Boucher ! Pas étonnant que tu sois tellement terrifiée. Si j'étais à ta place, j'aurais aussi peur que toi. Mais je ne suis pas à ta place et je ne suis pas, non plus, le type qu'on a surnommé le Boucher. Rassure-toi.

Elle rouvrit les yeux et scruta ceux de l'homme pour chercher à savoir s'il disait la vérité.

— Mais pour quel genre d'homme est-ce que tu me prends, Edna ? lui demanda-t-il, feignant d'avoir été blessé par ses soupçons. Je ne veux pas te faire de mal mais je t'en ferai si tu m'y obliges. Oui, je te ferai beaucoup de mal si tu n'es pas coopérative. Par contre, si tu es docile, si tu es gentille avec moi, je serai sympa avec toi. Je te rendrai très heureuse et je te laisserai en partant telle que je t'ai trouvée. Intacte. Tu es sans défaut, tu sais. Suprêmement belle. Et ton haleine sent la fraise. Formidable, non ? Quelle merveilleuse façon de commencer ! Quel raffinement, ce parfum de fraise ! Tu en mangeais quand j'ai sonné ?

— Vous êtes fou, balbutia-t-elle dans un murmure.

— Allons, Edna, fais un effort, que diable ! Est-ce que tu mangeais des fraises ?

Des larmes se formèrent au coin des yeux de la jeune femme. Il enfonça un peu plus fort la pointe de la lame dans sa gorge. Elle gémit plaintivement.

— Eh bien ?

— C'était du vin.

— Quoi ?

— Je buvais du vin.

— Du vin de fraise ?

— Oui.
— Il t'en reste ?
— Oui.
— J'aimerais en avoir un peu.
— Je vais vous le chercher.
— J'irai le chercher moi-même. Mais il faut d'abord que je t'amène dans ta chambre et que je t'attache. Allons... n'aie pas peur. Si je ne t'attachais pas, tu essaierais tôt ou tard de te sauver et je serais forcé de te tuer. Tu vois ? C'est pour ton bien que je vais te ligoter. Comme ça, il ne me sera pas nécessaire de te faire du mal.

Le couteau toujours posé sur la gorge de la jeune femme, il l'embrassa. Les lèvres d'Edna étaient froides et sèches.

— Non... je vous en supplie.
— Relaxe-toi et ne boude pas ton plaisir, Edna. (Il dénoua le cordon de la robe de chambre qui s'ouvrit. En dessous, elle était nue. Il lui pinça doucement les seins.) Si tu es gentille, tu t'en sortiras sans une égratignure. Tu peux même y prendre ton plaisir. Je ne te tuerai que si tu m'y contrains. Je ne suis pas le Boucher, Edna. Moi... je ne suis qu'un simple et banal violeur, tout bêtement.

2

Graham Harris pressentait que ça allait être un moment difficile. Il se tortilla dans son fauteuil sans parvenir à trouver une position confortable. Il jeta un coup d'œil aux trois caméras et, brusquement, il eut l'impression d'être entouré de robots intelligents et hostiles. Cette image grotesque et inattendue le fit presque rire. La tension qu'il éprouvait lui donnait une légère sensation de vertige. Anthony Prine le regarda :

— Nerveux ?

— Un peu.
— Il n'y a pas de raison.
— Peut-être pas pendant le flash publicitaire mais...
— Et pas davantage quand nous aurons repris l'antenne. Jusqu'à présent, vous avez été très bien. (Bien qu'il fût américain comme Harris, Prine se faisait la silhouette du gentleman anglais classique : recherché, un peu languissant, un rien vieillot, parfaitement détendu, un modèle d'assurance. Il était assis dans un fauteuil de cuir à haut dossier, la réplique exacte de celui dans lequel Graham se sentait soudain tellement inconfortable.) Vous êtes un invité particulièrement intéressant, savez-vous, monsieur Harris ?
— Je vous remercie, vous ne manquez pas d'intérêt, vous non plus. Je ne comprends pas comment vous réussissez à garder votre présence d'esprit. Je veux dire que faire une émission en direct cinq soirs par semaine...
— C'est justement ce qui est excitant. Etre en direct, prendre tous les risques, y compris celui de se ridiculiser, c'est émoustillant ; c'est pourquoi j'hésite à accepter les offres qu'on me fait en vue de passer sur les grands réseaux nationaux. Je suis contre les émissions en boîte, taillées sur mesure pour durer de deux heures à quatre-vingt-dix minutes. Ce n'est pas du tout pareil.
— C'est à vous dans vingt secondes, Tony, dit le chef de plateau, un gaillard large d'épaules, en col roulé et pantalon à carreaux.
— Relaxez-vous, monsieur Harris. Plus qu'un quart d'heure à souffrir et ce sera fini.

Harris opina, Prine semblait cordial mais il ne parvenait pas à chasser de sa tête l'idée que les choses allaient mal tourner, et avant peu.

Anthony Prine était l'animateur de *Manhattan à Minuit*, une interview informelle d'une durée de deux heures. Le programme était produit par une station locale. L'émission ne différait guère des autres émissions du genre : des acteurs et des actrices faisaient la promotion de leur dernier film, des auteurs faisaient la promotion de leur dernier roman, des musiciens celle de leur dernier tube, des politiciens celle de leur dernière campagne, des campagnes dont le coup d'envoi n'avait pas encore été donné et qui échappaient ainsi à la législation assurant l'égalité du temps de parole à tous les candidats. Mais *Manhattan à Minuit* était plus largement ouverte aux télépathes, médiums et « experts » en OVNI que ses concurrentes. Prine était un *croyant*. Et, dans ce rôle, il était passé virtuose. A tel point qu'à en croire certains bruits qui couraient, la chaîne ABC était disposée à lui faire un pont d'or pour s'assurer l'exclusivité de ses services. Il n'était peut-être pas aussi spirituel que Johny Carson ni aussi bon enfant que Mike Douglas, mais personne ne lui arrivait à la cheville quand il s'agissait de poser des questions percutantes et pénétrantes. La plupart du temps, il dirigeait le débat avec une sereine nonchalance, et, quand tout baignait dans l'huile, il avait de faux airs de Père Noël après une cure d'amaigrissement avec ses cheveux de neige, sa figure rondelette et ses yeux bleus pétillant de gaieté. A le voir, on ne l'aurait jamais soupçonné d'impertinence. Il lui arrivait pourtant — pas plus d'une fois par soirée, voire d'une fois par semaine — de fondre comme un oiseau de proie sur son invité pour prouver que c'était un menteur, ou de le contrer et de l'humilier en le bombardant de questions aussi caustiques qu'impitoyables. L'offensive ne se prolongeait jamais plus de trois ou quatre minutes mais son implacable férocité créait chaque fois un effet de surprise.

Manhattan à Minuit avait une large et fidèle audience, et la cruauté de cette séance d'inquisition n'y était pas étrangère. S'il avait pareillement retourné tous ses invités sur le gril, il aurait lassé mais sa technique minutieusement mise au point conférait à Prine le pouvoir de fascination d'un cobra. Les millions d'honorables citoyens qui passaient la majeure partie de leurs loisirs plantés devant leur téléviseur appréciaient apparemment davantage cette violence de substitution que toute autre forme de divertissement. Ils regardaient les films policiers pour voir des gens se faire écharper, dépouiller et assassiner, et ils regardaient l'émission de Prine dans l'attente du moment imprévisible où il matraquerait son invité avec des mots aussi meurtriers que des nerfs de bœuf.

Il avait commencé sa carrière vingt-cinq ans plus tôt comme comique dans des boîtes de second ordre. Il imitait les voix des célébrités. Il avait fait son chemin depuis.

Le chef de plateau lui fit signe et, quand le signal rouge s'alluma sur l'une des caméras, Prine s'adressa à son public invisible :

— J'ai ce soir pour invité M. Graham Harris, habitant de Manhattan, qui affirme être un « clairvoyant » ; il a, dit-il, des visions. Est-ce la définition exacte, monsieur Harris ?

— Elle fera l'affaire, encore que cette formulation ait une connotation quelque peu mystique, ce qui n'est pas mon cas. Je n'attribue ce don de perception extrasensorielle ni à Dieu ni à aucune autre force surnaturelle.

— Vous nous disiez tout à l'heure que vous étiez convaincu que cette faculté de voyance est imputable à un traumatisme crânien, conséquence d'un grave accident dont vous avez été victime. Si c'est là l'œuvre de Dieu, les voies du Seigneur sont encore plus impénétrables que nous pouvions le penser.

Graham sourit.

— Exactement.

— Cela étant dit, tout le monde sait par la presse que vous avez été sollicité par la police pour découvrir quelque indice permettant d'identifier celui qu'on a surnommé le Boucher. Mais parlons de la dernière affaire dont vous vous êtes occupé, le meurtre des sœurs Havelock, à Boston. Cela aussi était fort intéressant. Pouvez-vous nous en dire deux mots ?

Graham s'agita avec embarras dans son fauteuil. Il

sentait qu'une tempête se préparait mais sans deviner la forme qu'elle prendrait, ni le moyen de l'éviter.

— Les sœurs Havelock...

Paula, dix-neuf ans, et Paig, vingt-deux ans, partageaient un petit studio proche de l'université où la plus jeune était en première année et où la seconde préparait une licence de sociologie. Par une matinée de novembre dernier — le 2 pour être précis —, Michael Shute était passé prendre Paig pour l'emmener au restaurant. Il lui avait téléphoné la veille pour l'inviter à déjeuner. Il était l'amant de l'aînée des deux sœurs et avait une clé de l'appartement. Comme personne ne répondait à ses coups de sonnette, il avait décidé d'entrer et d'attendre les jeunes filles à l'intérieur. C'est ainsi qu'il les avait découvertes. Paula et Paig avaient été réveillées au cours de la nuit par un ou plusieurs inconnus qui, après s'être introduits dans le studio, les avaient déshabillées. Leurs pyjamas et leurs peignoirs étaient jetés sur le plancher. Elles avaient été ligotées à l'aide d'une corde solide et avaient été finalement abattues dans la salle de séjour après avoir subi des sévices sexuels.

Les enquêteurs n'avaient pu trouver la moindre piste sérieuse, aussi les parents des deux victimes avaient-ils pris contact avec Graham, le 10 novembre, pour lui demander son concours. Il était arrivé à Boston deux jours plus tard. Bien que la police fût sceptique à l'endroit de ses talents — un certain nombre de policiers étaient même franchement hostiles à son égard —, elle était avant tout soucieuse de ne pas se mettre à dos les Havelock qui avaient de l'influence au plan de la politique locale. Harris avait donc été conduit à l'appartement sous scellés et autorisé à examiner la scène du crime. Le résultat s'avéra décevant : il ne détecta pas la moindre émanation, il n'eut pas la moindre vision extrasensorielle — rien qu'un frisson qui lui parcourut l'échine et lui noua l'estomac. Sous le regard soupçonneux d'un officier de police, il mania l'oreiller dont l'assassin s'était servi pour étouffer le bruit des coups de feu, puis les pyjamas et les peignoirs retrouvés à côté des cadavres. Au moment où il palpait leurs vêtements ensanglantés, ses pouvoirs paranormaux se réveillèrent brusquement, et son esprit fut bombardé d'images médiumniques semblables à des vagues écumantes lancées à l'assaut de la grève.

Anthony Prine interrompit son invité :

— Une minute, je vous prie. Je crois qu'il importe d'expliciter ce point de façon plus détaillée. Ce n'est pas assez clair. Voulez-vous dire que le seul fait de palper ces pyjamas imbibés de sang a déclenché cette apparition d'images paranormales ?

— Non. Cela ne les a pas provoquées mais *libérées*. Ces pyjamas ont été en quelque sorte la clé qui a ouvert la partie extralucide de mon esprit. C'est là une vertu commune à la plupart des armes ayant servi à commettre un crime et aux derniers vêtements portés par les victimes.

— Qu'est-ce qui vous fait croire cela ?

— Je ne sais pas.

— Vous ne vous êtes jamais interrogé là-dessus ?

— C'est une question que je ne cesse de me poser sans jamais aboutir à une conclusion.

Bien que le ton de Prine fût totalement dénué d'hostilité, Graham avait la quasi-certitude que le présentateur était en train de chercher une brèche pour lancer une de ces attaques éclair dont il avait le secret. Sur le moment, il pensa que c'étaient peut-être précisément là les désagréments qu'il pressentait de façon plus ou moins médiumnique depuis un quart d'heure mais son sixième sens l'avertit soudain que ce serait quelqu'un d'autre qui allait se trouver en fâcheuse posture — quelqu'un qui ne se trouvait pas dans le studio présentement.

— Quand vous avez touché ces pyjamas, poursuivit Prine, avez-vous vu les deux meurtres se dérouler sous vos yeux comme si vous en étiez le spectateur ?

— Ce n'est pas tout à fait cela. Je les ai bien vus se

dérouler mais... comment dire ? *Derrière* mes yeux.

— Qu'entendez-vous par là ? Vos visions sont-elles des sortes de rêves éveillés ?

— En un sens, oui. Mais elles sont plus vivantes que les rêves. Pleines de couleurs, de sons, de relief.

— Avez-vous alors vu le meurtrier des sœurs Havelock ?

— Oui. Tout à fait distinctement.

— Avez-vous également eu l'intuition de son identité ?

— Non, mais j'ai été en mesure de donner à la police un signalement détaillé de cet individu. Il a un peu plus de trente ans et mesure entre un mètre soixante-quinze et un mètre quatre-vingts, un peu empâté, le front dégagé, les yeux bleus, le nez étroit, les traits aigus dans l'ensemble, un grain de beauté au menton. Il s'est avéré que c'était une parfaite description du gardien de l'immeuble.

— Vous ne l'aviez jamais vu ?

— C'est au cours de cette vision qu'il m'est apparu pour la première fois.

— Vous n'aviez jamais vu de photo de lui ?

— Non.

— Etait-il tenu pour suspect avant que vous fournissiez ce signalement à la police ?

— Oui, mais les meurtres ont été commis très tôt son jour de congé. Il a juré ses grands dieux qu'il avait passé la nuit chez sa sœur où il était arrivé longtemps avant le double assassinat. La sœur a confirmé ses déclarations. Comme elle habite à plus de cent kilomètres de Boston, l'alibi paraissait tenir.

— La sœur mentait-elle ?

— Oui.

— Comment en avez-vous apporté la preuve ?

En palpant les vêtements des jeunes mortes, Graham avait eu la prémonition que le présumé assassin était parti pour se rendre chez sa sœur deux bonnes heures après le double meurtre, et non tôt dans la soirée de la veille, contrairement à ce qu'il prétendait. Il avait également subodoré que l'arme — un Smith & Wesson Terrier de calibre 32 — était cachée chez la sœur dans le tiroir du bas d'un vaisselier. Il se rendit donc chez elle en compagnie d'un inspecteur de Boston et de deux officiers de police. Arrivant à l'improviste et sans avoir été invités, ils prétendirent vouloir l'interroger à propos de faits nouveaux concernant l'affaire. Dix secondes après avoir franchi le seuil et avant qu'elle ne fût remise de sa surprise, il lui demanda à brûle-pourpoint pourquoi elle avait déclaré que son frère s'était présenté dans la soirée du 1er novembre alors qu'il était arrivé, en réalité, bien après le lever du jour, le 2 novembre. Elle n'avait pas eu le temps de répondre, même pas celui de reprendre ses esprits, que Graham lui avait demandé dans la foulée pourquoi elle avait caché l'arme du crime dans le tiroir du bas de son vaisselier. Médusée par la connaissance qu'il avait de ses faits et gestes, la sœur était passée aux aveux quand l'inspecteur avait pris le relais.

— Fantastique, dit Prine. Et vous n'aviez jamais vu l'intérieur de la maison avant d'avoir été visité par cette vision ?

— Je ne l'avais même jamais vue de l'extérieur, répondit Graham.

— Pourquoi cette femme aurait-elle cherché à protéger son frère si elle le savait coupable d'un crime aussi atroce ?

— Je l'ignore. Je peux voir des choses qui se sont produites et aussi — mais c'est exceptionnel — des choses qui doivent avoir lieu dans un proche avenir dans des endroits où je ne suis jamais allé, mais je suis incapable d'expliquer les motivations humaines.

Le chef de plateau adressa un nouveau signe à Prine : dans cinq minutes, l'émission serait interrompue par un spot publicitaire.

Prine se pencha vers son interlocuteur :

— Qui vous a demandé d'aider à la capture de l'homme que l'on appelle le Boucher ? La famille d'une de ses victimes ?

— Non, un policier chargé de cette affaire et qui est moins sceptique que la plupart de ses collègues. Il croit que je peux faire ce que je dis pouvoir faire. Il veut me donner une chance.

— Vous êtes-vous rendu sur les lieux des neuf meurtres ?

— Cinq d'entre eux seulement.

— Et vous avez manié les vêtements des femmes assassinées ?

— Dans certains cas.

Prine se pencha encore un peu plus et demanda sur un ton de conspirateur :

— Que pouvez-vous nous dire à propos du Boucher ?

— Pas grand-chose. (Graham plissa le front parce que cela le tracassait, justement. Cette affaire lui donnait plus de fil à retordre qu'aucune autre.) Il est grand. Bel homme. Jeune. Très sûr de lui et de...

— Combien touchez-vous ? l'interrompit Prine.

— Combien je touche... pour quoi ? fit Graham, interloqué par la question.

— Pour apporter ainsi votre concours à la police.

— Pas un sou.

— Alors, vous travaillez uniquement pour le bien de la société ?

— Je fais cela parce que je *dois* le faire. Je suis contraint...

— Combien les Havelock vous ont-ils donné ?

Graham Harris comprit alors que si Prine s'était ainsi penché vers lui, c'était par voracité, pas pour autre chose, comme un fauve qui se prépare à fondre sur sa proie. Son intuition ne l'avait pas trompé : ce salaud l'avait choisi pour lui donner l'estocade. Mais pourquoi lui ? Et pourquoi ce soir ?

— Eh bien, monsieur Harris ?

Graham, qui avait oublié un instant les caméras et les téléspectateurs, prit à nouveau et désagréablement conscience de leur présence.

— Ils ne m'ont pas donné un sou.

— Vous en êtes certain ?

— Evidemment !

— Il vous arrive parfois de recevoir des honoraires en échange de vos services, non ?

— Non. Je gagne ma vie en...

— Il y a seize mois, un jeune garçon du Midwest a été sauvagement assassiné. Nous ne citerons pas le nom de la ville où a eu lieu ce drame par égard pour la famille. Sa mère a sollicité votre concours pour découvrir le meurtrier. J'ai eu, hier, une conversation avec elle. D'après ses dires, elle vous aurait versé un peu plus de mille dollars et vous n'avez pas retrouvé le coupable.

Mais, bon Dieu, qu'est-ce qu'il cherche à prouver ? s'interrogea Graham. Il sait que je suis loin d'être dans la mouise et que je n'ai aucun besoin de traverser la moitié des Etats-Unis pour empocher quelques centaines de dollars.

— D'abord et avant tout, j'ai dit à tout le monde qui avait tué l'enfant et où l'on pourrait trouver la preuve qui accuserait le tueur. Mais la police et cette dame ont refusé de suivre la piste que je leur avais fournie.

— Pourquoi ?

— Parce que l'assassin appartient à une famille très en vue de la ville. Il est, en outre, un pasteur respecté... et le beau-père du gamin.

A voir l'expression de Prine, on pouvait se douter que la mère s'était abstenue de faire part de ces détails à son interlocuteur. Pourtant, et contrairement à son habitude, il poursuivit tenacement sa manœuvre de harcèlement. D'ordinaire, il ne cherchait à accabler son invité que lorsqu'il avait l'absolue certitude d'avoir suffisamment d'atouts dans son jeu pour ruiner sa réputation. Nul n'est parfait mais il commettait rarement des erreurs.

— Néanmoins, cette dame vous a remis mille dollars ?

— C'était pour mes frais de déplacement. L'avion, les voitures de location, le restaurant et l'hôtel.

Prine sourit comme s'il avait marqué un point.

— Vous êtes habituellement rémunéré par vos clients ?
— Bien sûr. Je ne vais tout de même pas payer de ma poche mon billet d'avion et...
— Les Havelock vous ont-ils payé ?
— Ils ont payé mes frais.
— Ne nous avez-vous pas dit, il y a un instant, qu'ils ne vous avaient pas versé un sou ?
— Ils ne m'ont pas payé ! s'exclama Graham avec exaspération. Ils m'ont juste remboursé mes...
— Pardonnez-moi si j'ai l'air de vous accuser de quelque chose que vous n'avez pas fait, monsieur Harris. Mais l'idée m'est venue qu'un homme qui a, comme vous, la réputation d'opérer des miracles grâce à ses pouvoirs paranormaux pourrait facilement gagner des mille et des cents en exploitant les gogos. Un homme dépourvu de scrupules, je veux dire.
— Ecoutez...
— Quand vous acceptez une mission de ce genre, vous arrive-t-il de gonfler vos notes de frais ?
Graham était abasourdi. Il sursauta.
— Vos propos sont outrageants ! (Harris se rendit brusquement compte que Prine s'était carré dans son fauteuil et qu'il avait croisé les jambes ; c'était une manœuvre assez habile qui soulignait et rendait sa réaction à lui démesurée. Il eut soudain l'impression d'être dans la peau du prédateur. Sa légitime indignation devait donner l'impression d'être le pitoyable réflexe d'autodéfense d'un coupable acculé dans ses derniers retranchements.) Vous savez que je n'ai pas besoin de courir après l'argent, monsieur Prine. Je ne suis pas milliardaire mais je suis financièrement à mon aise. Mon père a fondé une maison d'édition qui marche très bien. J'ai bénéficié d'une bourse de recherche confortable. Je dois ajouter que je dirige une entreprise prospère.
— Je sais que vous publiez deux luxueuses revues consacrées à l'alpinisme. Mais leur diffusion est modeste. Quant à cette bourse... je n'en avais pas entendu parler.

Il ment, se dit Graham. Ses émissions sont préparées avec le plus grand soin. Quand je suis arrivé sur ce plateau, il savait tout de moi. Presque autant que j'en sais moi-même. Alors, pourquoi ment-il ? Qu'a-t-il à gagner en me diffamant ? Qu'est-ce que tout cela veut dire ?

La femme a les yeux verts, des yeux limpides merveilleusement verts mais maintenant remplis de terreur, et elle les pose sur la lame, la lame étincelante, et elle gonfle ses poumons pour crier, et la lame amorce sa parabole descendante...

Les images s'évanouirent aussi soudainement qu'elles avaient surgi.

Graham tremblait comme une feuille. Il savait que certains voyants — notamment les plus illustres d'entre eux, le Hollandais Peter Hurkos et son compatriote Gérard Croiset — étaient capables de recevoir, interpréter et cataloguer des perceptions psychiques tout en soutenant une conversation. Graham, quant à lui, y parvenait rarement. En général, ses visions détournaient son attention. Parfois même, quand elles avaient trait à un meurtre d'une particulière sauvagerie, elles le submergeaient à tel point qu'il décollait totalement de la réalité. C'était plus qu'une expérience intellectuelle : de telles visions l'affectaient aussi bien émotionnellement que spirituellement. Quand celle de la femme aux yeux verts lui était apparue, tout ce qui l'entourait, le monde extérieur — les téléspectateurs qui le regardaient, le studio, les caméras, Prine — s'était comme obscurci. Il tremblait.

— Monsieur Harris ? (Graham, abîmé dans la contemplation de ses mains, leva la tête.) Je vous ai posé une question.

— Je vous demande pardon, je ne l'ai pas entendue.

Quand le sang fuse de la gorge de la femme dont le cri s'est étouffé, il arrache la lame de la plaie, la lève à bout de bras et frappe et frappe encore de toutes ses forces, il l'abat entre les seins dénudés ; il ne ricane ni ne grimace, il n'éclate pas d'un rire hystérique, non, il s'acharne méthodiquement comme un artisan consciencieux, comme si tuer était son métier, comme si c'était là une besogne à accomplir, comme si ce n'était pas différent que de vendre des voitures ou de laver des carreaux pour gagner sa vie, comme si c'était une tâche à mener à son terme, et il frappe, et il déchire les chairs et il frappe encore et le sang ruisselle... Puis il se redresse, rentre chez lui et s'endort paisiblement avec la satisfaction du devoir accompli...

Graham était secoué de tremblements incoercibles. Son visage était moite de sueur et, pourtant, il avait l'impression d'être dans un courant d'air glacé. Son pouvoir le terrifiait. Depuis l'accident où il avait échappé de justesse à la mort, beaucoup de choses l'effrayaient. Mais ces visions inexplicables étaient pour lui le point ultime de l'épouvante.

— Monsieur Harris ? fit Prine. Vous vous sentez bien ?

La seconde vague de visions n'avait pas duré plus de trois ou quatre secondes bien que le temps eût paru beaucoup plus long à Graham. Pendant qu'elles l'assaillaient, plus rien d'autre n'existait, il n'y avait plus rien, plus de plateau, plus de caméras. Rien. Il souffla :

— Il recommence. Maintenant. En cette minute précise.

Prine fronça les sourcils.

— Qui ça ? Qui recommence ? A faire quoi ?

— A tuer.

— Vous parlez de... du Boucher ?

Graham acquiesça et s'humecta les lèvres. Il avait la gorge si sèche qu'il pouvait à peine parler, c'était trop douloureux. Il avait un désagréable goût de métal dans la bouche.

Prine était tout excité. Il fit face à l'une des caméras.

— Téléspectateurs new-yorkais, vous vous en souviendrez : vous aurez été les premiers à entendre et à voir le phénomène. (Il se tourna vers Graham.) Qui est-il en train d'assassiner ?

Il avait tout du vampire qui se pourlèche les babines avant un mauvais coup.

— Une femme. Les yeux verts. Jolie.

— Comment s'appelle-t-elle ?

La transpiration picotait les yeux de Graham. Il essuya son front du revers de la main et songea qu'il devait avoir l'air idiot aux yeux des millions de gens qui le regardaient.

Prine insista :

— Pouvez-vous me dire son nom ?

Edna... jolie petite Edna... pauvre petite Edna...

— Edna, répondit Graham.

— Et son nom de famille ?

— Je ne... je ne le vois pas.

— Faites un effort. Il faut absolument que vous fassiez un effort.

— Peut-être.... Danse.

— Edna Danse ?

— Je ne sais pas... peut-être pas... peut-être que ce n'est pas ça... peut-être simplement... juste Edna...

— Essayez ! Concentrez-vous davantage.

— C'est inutile.

— Et son nom à lui ?

— Daryl... non... Dwight...

— Comme Dwight Eisenhower ?

— Je ne suis pas sûr que ce soit son premier prénom... ni même que ce soit le premier ou le second... mais il y a des gens qui l'appellent de cette manière... Dwight... oui... il répond à ce nom-là.

— Incroyable ! s'exclama Prine, ayant apparemment oublié qu'il s'efforçait jusque-là de démolir la renommée de son invité. Vous ne voyez pas son patronyme ?

— Non. Mais je sens que... que la police le connaît... d'une manière ou d'une autre... et qu'elle... qu'elle le connaît même très bien.

— Vous voulez dire qu'il est déjà considéré comme un suspect ?

Les caméras semblèrent se rapprocher.

Graham aurait voulu qu'elles s'éloignent. Que Prine s'en aille. Il n'aurait jamais dû venir ce soir sur ce plateau. Et il aurait voulu par-dessus tout que son don de clairvoyance disparaisse, regagne la boîte de Pandore scellée de son esprit et que son accident avait délivré.

— Je ne sais pas. Oui, ce doit être un suspect... je suppose. Mais, en tout état de cause, il est connu de la police. Elle...

— Qu'y a-t-il ? s'enquit Prine en le voyant frissonner.

— Edna...

— Oui ?

— ... elle est morte.

Graham avait l'impression qu'il allait se trouver mal.

— *Où* le meurtre a-t-il eu lieu ?

Harris se laissa aller contre le dossier du fauteuil, luttant pour recouvrer son sang-froid. C'était presque comme s'il était lui-même cette Edna, comme si le couteau s'était enfoncé dans son propre corps. Prine insistait :

— Où a-t-elle été assassinée ?

— Chez elle.

— Quelle est l'adresse ?

— Je n'en sais rien.

— Mais si la police pouvait arriver à temps...

— C'est terminé. Parti. Je suis désolé. J'ai perdu le contact. Entièrement.

Graham se sentait glacé. Vidé.

3

Il n'était pas loin de deux heures du matin quand, après avoir tenu conférence avec le réalisateur de l'émission, Anthony Prine quitta le studio. Il descendit, traversa le hall et regagna la suite qui lui servait de bureau, de loge et, éventuellement, de pied-à-terre. A peine entré, il se dirigea vers le bar, mit deux glaçons dans un verre et tendit le bras vers la bouteille de bourbon.

Son directeur de production et associé, Paul Stevenson, était assis sur le divan. Stevenson portait un coûteux costume parfaitement coupé. Prine, qui savait s'habiller, appréciait cette qualité chez les autres. Le problème, avec Stevenson, était que son élégance vestimentaire était invariablement déparée par un accessoire incongru. Pour l'heure, il arborait un complet en provenance directe de Seville Row, un lainage peigné gris anthracite doublé d'une soie bleu sombre, une fine chemise de soie lavande cousue main, une cravate tête-de-nègre, des chaussures en croco noires... et des chaussettes rose vif dont les rayures vertes qui les soulignaient juraient avec le reste de sa tenue : des cafards sur un gâteau de mariage !

Stevenson était un associé parfait, et ceci pour deux raisons : il avait de l'argent et il faisait tout ce qu'on lui disait de faire. Prine avait le culte du dollar. Et il estimait, en outre, que personne au monde n'avait l'expérience voulue, l'intelligence requise ni le droit de lui dire, à lui, ce qu'il avait à faire.

— Pas d'appels pour moi sur la ligne privée ?

— Aucun.

— Tu en es sûr ?

— Naturellement.

— Tu es resté ici tout le temps ?

— J'ai suivi l'émission.

— J'attendais un coup de fil.

— Désolé, mais personne n'a appelé.

Prine se renfrogna. Stevenson enchaîna :

— Sensationnelle, l'émission.

— Juste la première demi-heure. Après Harris, les autres invités étaient abrutis. Des réactions de téléspectateurs ?

— Ils ont été plus d'une centaine à appeler, tous

emballés. Tu crois qu'il a réellement vu l'assassinat se commettre ?

— Tu as entendu les précisions qu'il a données. La couleur des yeux de la victime, son nom. Il m'a convaincu.

— Tant qu'on n'a pas trouvé la victime, tu ne peux pas savoir si ces détails étaient exacts.

— Ils l'étaient.

Prine finit son bourbon et remplit de nouveau son verre. Il pouvait boire beaucoup sans être ivre. De même, il aimait se vanter de manger comme un goinfre sans jamais grossir. Il était en permanence en quête de jolies femmes et, quand il avait recours à des professionnelles, il faisait généralement venir deux call-girls à la fois. Ce n'était pas seulement le comportement d'un homme entre deux âges essayant désespérément de faire étalage de sa jeunesse — il avait besoin de carburants : le whisky, la bouffe, les femmes, et à hautes doses. Il avait passé le plus clair de son existence à lutter contre l'ennui, contre le dégoût abyssal que lui faisait éprouver la vie telle qu'elle était.

— Une femme aux yeux verts prénommée Edna... dit-il en arpentant la pièce d'un pas énergique entre deux gorgées de bourbon. Il ne se trompe pas sur ce point. Ce sera dans les journaux demain.

— Mais tu ne peux pas savoir...

— Si tu avais été assis en face de lui, Paul, tu n'aurais pas le moindre doute.

— Tu ne trouves pas curieux qu'il ait eu cette « vision » juste au moment où tu te préparais à le clouer au pilori ?

— Le clouer au pilori... pourquoi ?

— Eh bien, pour s'en être mis plein les poches. Pour...

— S'il a jamais touché un sou en dehors du remboursement de ses frais pour ce genre de travail, je n'en ai aucune preuve.

— Alors, pourquoi l'as-tu retourné sur le gril ? demanda Stevenson, perplexe.

— Je voulais le casser, le désarmer, le ridiculiser. En faire un objet de risée.

Et Prine sourit.

— Mais s'il n'était pas coupable...

— Il est coupable d'autres choses.

— Par exemple ?

— Tu le sauras un jour.

Stevenson poussa un soupir.

— Tu aimes les humilier sous l'œil des caméras ?

— Bien sûr.

— Pourquoi ?

— Pourquoi pas ?

— Parce que ça te donne un sentiment de puissance ?

— Pas le moins du monde. Mon plaisir, c'est de leur arracher leurs masques, de faire en sorte qu'ils aient l'air d'imbéciles parce que ce sont des imbéciles. La plupart des hommes sont des imbéciles. Les politiciens, les prêtres, les poètes, les philosophes, les industriels, les généraux, les amiraux... tous des imbéciles. Je mets à nu les personnalités des dirigeants de chaque profession les unes après les autres. Je montre aux masses ignorantes que leurs leaders sont aussi stupides qu'elles. (Prine but une gorgée. Quand il reprit la parole, sa voix s'était durcie :) Peut-être qu'un jour tous ces crétins s'étriperont et laisseront le monde à la poignée d'entre nous qui sommes capables de l'estimer à sa juste valeur.

— Mais qu'est-ce que tu racontes ?

— J'ai parlé clairement, me semble-t-il.

— Tu sembles être si... amer !

— J'ai mes raisons.

— Toi ? Avec ta réussite ?

— Tu ne bois pas, Paul ?

— Non, Tony. Je ne comprends pas...

— Je pense que tu devrais prendre un verre.

Stevenson savait quand son associé souhaitait changer de sujet.

— Non, vraiment, ça ne me tente pas.

— T'est-il déjà arrivé de te saouler à mort ?
— Non. Je ne suis pas un gros buveur.
— Ou de coucher avec deux filles à la fois ?
— Je ne vois pas le rapport.
— Tu ne cherches pas à profiter de tous les avantages de la vie. Tu n'expérimentes rien. Tu ne te laisses pas aller assez souvent. C'est ton seul défaut, Paul, en dehors de la couleur de tes chaussettes.
Stevenson considéra ses pieds.
— Qu'est-ce qu'elles ont, mes chaussettes ?
Prine alla se planter devant la fenêtre. Ce n'étaient pas les lumières de la ville qu'il regardait mais son reflet dans la vitre. Il se sourit à lui-même. Il se sentait merveilleusement bien. Mieux que depuis des semaines. Et cela grâce à Harris. L'extralucide avait apporté le piment de l'excitation et du danger dans sa vie, un nouveau centre d'intérêt et un nouveau but. Graham Harris ne le savait pas encore mais il était la cible la plus importante de la carrière de Prine. Nous allons le démolir, se disait-il avec satisfaction. L'écrabouiller, le balayer une fois pour toutes. Il se tourna vers Stevenson :
— Pour le téléphone, tu es vraiment sûr ? Il est impossible qu'on ne m'ait pas appelé !
— Non, absolument personne n'a appelé.
— Tu t'es peut-être absenté une minute ?
— Je ne suis pas un *imbécile*, Tony, fais-moi la faveur de me croire. Je n'ai pas bougé d'ici et la ligne privée n'a pas sonné.
Prine termina son second bourbon. L'alcool lui brûla la gorge et une agréable chaleur l'envahit.
— Pourquoi ne veux-tu pas prendre un verre avec moi, Paul ?
Stevenson se leva et s'étira.
— Non, il faut que je parte. Tu bois comme un trou, Tony, ajouta-t-il en voyant Prine s'approcher du bar.
— Il faut bien fêter ça.
Prine se servit un nouveau bourbon on the rocks.

— Fêter quoi ?
— Le déboulonnage d'un crétin.

4

Quand Graham rentra, Connie Davis l'attendait. Ils habitaient un pavillon à Greenwich Village. Elle prit son pardessus et alla le ranger dans la penderie.

C'était une jolie femme. Trente-quatre ans. Elancée. Brune. Les yeux gris. Un nez qui avait de la classe. La bouche large. Sexy.

Elle possédait un petit magasin d'antiquités dans la 10e Rue, un commerce qui marchait bien. Elle était aussi dure en affaires qu'elle était ravissante.

Il y avait dix-huit mois qu'elle vivait avec Graham et aucun des deux n'avait jamais connu quelque chose qui ressemblât autant à un authentique roman d'amour.

Les choses ne s'arrêtaient pas là. Connie n'était pas seulement une amante mais aussi un médecin et une infirmière. Depuis son accident, cinq ans plus tôt, Graham avait perdu toute sa confiance en soi. Son respect de soi-même s'estompait d'année en année. Si Connie était sa compagne, c'était pour l'aider, pour le guérir. Elle n'était pas sûre qu'il le comprenait mais c'était là, pour elle, la tâche la plus importante qu'elle avait à accomplir dans l'existence.

— Où étais-tu passé ? lui demanda-t-elle. Il est deux heures et demie du matin.

— J'avais besoin de réfléchir. J'ai marché. Tu as regardé l'émission ?

— Nous en reparlerons plus tard. D'abord, tu as besoin de te réchauffer.

— A qui le dis-tu ! Il doit faire – 20° C, dehors.

— Va t'asseoir dans le bureau et détends-toi. J'ai allumé la cheminée. Je t'apporte un verre.

— Un verre de quoi ? De cognac ?
— Que peut-on boire d'autre par un temps pareil ?
— Tu es presque parfaite.
— Comment ça, « presque » ? s'insurgea-t-elle.
— C'est que je ne voudrais pas te faire attraper la grosse tête...
— Je suis trop parfaite pour pécher par manque de modestie.

Graham se mit à rire et Connie s'approcha du bar, au fond du séjour.

Son sixième sens l'avertit que Graham resta un moment à la suivre des yeux. Très bien ! Exactement ce qu'elle avait prévu. Il importait qu'il la boive des yeux. Elle portait un pull blanc près du corps et un jean moulant qui mettait en valeur sa taille et ses fesses. S'il ne l'avait pas regardée aussi voracement, elle aurait été fort désappointée. Après ce qui s'était passé pendant la soirée, il avait besoin d'autre chose que de contempler le feu, un verre de cognac à la main. C'était d'elle qu'il avait besoin. De la toucher. De l'embrasser. De lui faire l'amour. Et elle était toute disposée à satisfaire ce besoin, et même mieux que cela, ravie.

Il ne s'agissait pas simplement d'assumer une fois de plus le rôle de la Déesse Terre. Il était hors de doute qu'elle avait une certaine tendance à écraser les hommes ; la tendresse et la compréhension sécurisantes et excessives qu'elle leur montrait finissaient par étouffer la confiance qu'ils avaient en eux. Toutefois, leur liaison était différente de celles qui l'avaient précédée. Elle voulait dépendre de Graham autant qu'il dépendait d'elle. Cette fois, elle voulait non seulement donner mais aussi recevoir. Graham était le premier garçon qui suscitât pareille réaction de sa part. Elle voulait faire l'amour avec lui pour lui apporter l'apaisement mais, également, pour trouver elle-même l'apaisement. Elle avait toujours eu une sexualité impétueuse et saine mais Graham exacerbait ses désirs.

Elle entra dans le bureau avec deux verres de Rémy Martin et s'assit sur le divan.

— Pourquoi m'a-t-il soumis à cet interrogatoire ? dit-il après un long silence sans quitter le feu des yeux. Qu'est-ce qu'il cherchait ?

— De qui parles-tu ? De Prine ?

— De qui d'autre veux-tu que je parle ?

— Tu as assez souvent regardé son émission pour connaître le personnage.

— Oui, mais, en général, quand il s'en prend à quelqu'un, il a une raison. Et il apporte toujours des preuves à l'appui de ses accusations.

— En tout cas, tu lui as bien cloué le bec avec ta vision du dixième meurtre.

— Elle était réelle.

— Je sais.

— C'était si net... comme si j'avais été présent... sur place.

— Ça a été... sauvage ?

— J'ai rarement vu plus atroce dans le genre. Il... il lui a plongé un couteau dans la gorge en faisant pivoter la lame.

Graham porta précipitamment son verre à ses lèvres. Connie se serra contre lui et l'embrassa sur la joue.

— Je n'arrive pas à capter l'image du Boucher, reprit-il avec dépit. Je n'ai jamais eu autant de mal à distinguer le visage d'un assassin.

— Tu as deviné son nom.

— Peut-être. Dwight... mais je n'ai pas une certitude absolue.

— Tu as fourni une assez bonne description de lui à la police.

— Mais je suis incapable d'en apprendre beaucoup plus. Quand les visions surviennent et que j'essaie de centrer ce type, le Boucher, je reçois seulement des ondes... maléfiques, en quelque sorte. Je n'ai pas l'impression d'un malade, d'un esprit dérangé. Rien que... d'une malfaisance implacable. Je ne sais comment l'expliquer mais... le Boucher n'est pas fou. Tout au moins pas au sens clinique du terme. Il ne tue pas dans un accès de folie furieuse.

— Il a égorgé neuf femmes innocentes. Dix, si tu comptes celle qui n'a pas encore été découverte. Il leur coupe les oreilles et les doigts. Parfois, il les éventre. Et tu prétends que ce n'est pas un cinglé ?

— Non, il n'est pas fou, quelle que soit la définition que l'on donne de la folie. J'en mettrais ma main au feu.

— Si tu n'as pas senti qu'il est dérangé mentalement, c'est peut-être parce qu'il ne sait pas qu'il est malade. L'amnésie...

— Non. Il n'est ni amnésique ni schizophrène. Il est parfaitement conscient de ses actes. Ce n'est pas le Dr Jekyll et Mister Hyde. Je suis prêt à parier que personne ne détecterait rien à un examen psychiatrique. Ce n'est pas simple à expliquer, mais j'ai le sentiment que, s'il est fou, c'est à un genre de folie entièrement nouveau que nous avons affaire. On n'a jamais rien vu de comparable. Je crois, ou plutôt je *sais* qu'il n'était même pas en rage, ni particulièrement surexcité quand il a tué ces femmes. Il agit... méthodiquement, voilà.

— Tu me donnes la chair de poule.

— Eh bien, moi, c'est comme si je l'avais à l'intérieur de la tête. J'ai la chair de poule à l'état chronique.

Une bûche s'effondra dans la cheminée.

Connie prit la main de Graham dans la sienne.

— Ne parlons plus de Prine ni des meurtres.

— Comment veux-tu que je n'en parle pas après ce qui s'est passé ce soir ?

Elle essaya de détourner la conversation :

— Tu as été formidable.

— Je n'en doute pas ! En sueur, blême, tremblant de la tête aux pieds...

— Pas pendant les visions. Avant. Tu es fait pour le petit écran. Et même pour le cinéma. Tu es du type tête d'affiche.

Graham était un bel homme : des cheveux épais et cuivrés, le regard bleu avec des rides marquées au coin des yeux, un visage buriné par des années passées au grand air, pas très grand de taille, il mesurait à peine un mètre soixante-quinze, mais mince et sec. Et, bien qu'il eût trente-huit ans, sa physionomie avait encore quelque chose de la vulnérabilité de l'adolescence.

— Tête d'affiche, moi ? (Il sourit à la jeune femme.) Au fond, tu as peut-être raison. Je vais laisser tomber la revue, tirer un trait sur toutes ces fichues histoires de double vue et faire carrière dans le cinéma.

— Tu es le prochain Robert Redford.

— Robert Redford ? Je me voyais plutôt comme le prochain Boris Karloff.

— Non, Redford, insista Connie.

— Réflexion faite, Karloff était plutôt beau gosse une fois démaquillé. J'essaierai plutôt d'être le prochain Wallace Beery.

— Si tu es Wallace Beery, moi, je suis Marie Dressler.

— Enchanté, Marie.

— Est-ce que tu as vraiment un complexe d'infériorité ou est-ce que tu le cultives pour ajouter à ton charme ?

Il sourit de nouveau et but encore un peu de cognac.

— Tu te rappelles Wallace Beery et Marie Dressler dans *Tugboat Annie* ? A ton avis, Annie a-t-elle jamais couché avec son mari ?

— Bien sûr !

— Ils n'arrêtaient pas de se bagarrer, il lui racontait des mensonges en veux-tu, en voilà, et il était presque tout le temps ivre.

— Il n'empêche qu'ils s'aimaient à leur manière. Aucun des deux n'aurait pu être marié avec quelqu'un d'autre.

— Je me demande à quoi ressemblait leur couple. Lui était un faible et elle était si forte !

— Souviens-toi qu'il était pourtant très fort quand tout allait mal. A la fin du film, par exemple.

— Nous avons tous notre bon côté, c'est ça ?

— Il aurait pu être fort dès le début. Mais il n'avait pas assez de respect de lui-même.

Graham se perdit dans la contemplation du feu en faisant tourner le verre ballon dans sa main.

— Et le couple William Powell - Myrna Loy ? reprit Connie.

— Dans *L'Introuvable*[1] ?

— Ils étaient forts tous les deux. C'est ce que nous pourrions être, toi et moi. Nick et Nora Charles.

— J'ai toujours adoré Asta, leur chien. Voilà un rôle extra !

— Comment Nick et Nora faisaient-ils l'amour, d'après toi ?

— Avec passion.

— Mais aussi en s'amusant comme des fous.

— En se racontant des blagues énormes.

— Absolument. (Elle lui prit son verre des mains et le posa sur la cheminée près du sien, puis l'embrassa légèrement en lui agaçant les lèvres de la pointe de la langue.) Je parie que nous pourrions être les émules de Nick et de Nora.

— Je ne sais pas. Faire l'amour et faire de l'esprit en même temps, ce doit être épuisant.

Elle s'assit sur les genoux de Graham, noua ses bras autour de son cou et l'embrassa avec conviction. Elle s'écarta en souriant quand il glissa la main sous son pull.

— Nora ?

— Oui, Nicky ?

— Où est Asta ?

— Je l'ai couché.

— Ce serait ennuyeux qu'il nous interrompe.

— Il dort.

1. Série du réalisateur Van Dyke sur un scénario de Dashiell Hammett mettant en scène un couple de détectives humoristiques, Nick et Nora Charles, incarnés par William Powell et Myrna Loy. (*N.d.T.*)

— Pauvre petit ! Ça risquerait de le traumatiser s'il nous voyait...

— J'ai pris mes précautions pour qu'il ne se réveille pas.

— Ah bon ?

— J'ai drogué sa pâtée.

— Voilà ce que j'appelle une fille intelligente !

— Et maintenant, c'est nous qui allons aller au lit.

— Je dirai même *très* intelligente.

— Avec, en plus, un corps superbe, ajouta-t-elle.

— Oui, je suis transporté.

— C'est vrai ?

— Eh bien, qu'est-ce que tu attends pour me transporter à mon tour ?

— Avec plaisir.

— J'espère bien !

5

Une heure plus tard, Graham dormait. Mais pas Connie. Allongée sur le côté, elle scrutait son visage à la lumière tamisée de la lampe de chevet.

Ses traits portaient la marque des épreuves qu'il avait subies et de son tempérament. On voyait qu'il était énergique mais, aussi, qu'il avait gardé Dieu sait quoi d'enfantin. On y lisait la tendresse humaine, l'intelligence, l'humour et la sensibilité. C'était un homme profondément, intensément bon. Mais la peur était également là, la peur de la chute et de toutes les choses terribles qu'elle avait engendrées.

Dès l'âge de vingt ans, il avait été considéré comme l'un des plus grands alpinistes du monde. Il vivait pour l'ascension, pour le risque et la victoire. Rien n'avait autant d'importance dans son existence. Il avait commencé à faire de la varappe à treize ans et, d'année en année, il s'était fixé des objectifs toujours plus difficiles. A vingt-six ans, il organisait des équipes qui se lançaient à l'assaut des sommets les plus inabordables d'Europe, d'Asie et d'Amérique du Sud. A trente ans, il conduisit une expédition dans l'Everest qui, après avoir rejoint le South Col, escalada la West Ridge pour traverser la montagne et redescendit jusqu'à son point de départ. A trente et un ans, il fit l'Eiger par la voie directe et eut raison de cette terrifiante paroi abrupte sans utiliser de cordes fixes. De tels exploits, la sympathie qu'il inspirait, son esprit et sa réputation de don Juan (exagérée autant par ses amis que par la presse) faisaient de lui, à l'époque, le montagnard le plus pittoresque et le plus populaire.

Cinq ans auparavant, alors qu'il ne lui restait plus qu'une poignée de sommets à défier, il constitua une cordée pour s'attaquer à la muraille la plus dangereuse que l'on connût, la face sud-ouest de l'Everest. Personne n'était jamais parvenu à sa cime. Arrivé aux deux tiers de la course, il avait dévissé, se brisant seize os dans sa chute, sans compter des lésions internes. Après avoir reçu les premiers soins au Népal, il avait regagné l'Europe à bord d'un avion sanitaire, accompagné par un médecin et deux amis. Tout le monde pensait que le voyage s'achèverait par une veillée funèbre. Au lieu d'enrichir son palmarès d'un nouveau triomphe sortant de l'ordinaire, il avait passé sept mois dans une clinique privée en Suisse. Quand il en sortit, il n'était pas encore arrivé au terme de ses épreuves. Ce Goliath invaincu avait laissé un souvenir au David qui l'avait défié : désormais, Graham boitait.

Les médecins lui avaient assuré qu'il pourrait encore faire de petites grimpettes faciles pour alpinistes du dimanche si le cœur lui en disait. Avec un peu d'entraînement, il pourrait même, en dépit de sa jambe mal en point, passer à des escalades plus ambitieuses. Pas l'Eiger ni l'Everest, c'était hors de question, mais il y avait des centaines de montagnettes qui devraient l'intéresser.

Au début, il était convaincu qu'il retournerait faire l'Everest au bout d'un an. Il avait par trois fois tenté des ascensions et, les trois fois, il avait été pris de panique au bout de trente mètres. Les varappes les plus élémentaires lui étaient dorénavant interdites et il s'était rapidement rendu compte que l'Everest, ou quoi que ce fût de plus modeste, le rendrait vraisemblablement malade de trouille.

A mesure que le temps passait, cette terreur avait subi une métamorphose, s'était développée et avait proliféré comme un champignon. La peur que lui inspirait dorénavant la montagne était devenue une peur généralisée et polymorphe qui touchait tous les aspects de sa vie. Il s'était peu à peu persuadé qu'il allait dilapider son patrimoine en faisant de mauvais placements et s'était mis à suivre les cours de la Bourse avec une passion maladive qui le faisait redouter comme la peste par son agent de change. Ce fut la crainte d'un éventuel effondrement du marché qui l'incita à éditer trois revues d'alpinisme coûteuses et de diffusion restreinte. L'opération s'avéra des plus rentables mais il prédisait périodiquement que ses publications allaient couler. Il commença à avoir la hantise du cancer chaque fois qu'il avait un rhume de cerveau, la grippe, la migraine ou des aigreurs d'estomac. Ses facultés de voyance l'effrayaient et s'il essayait de faire avec, c'était seulement parce que c'était une croix à laquelle il ne pouvait se soustraire. Parfois, la peur se glissait entre Connie et lui dans les moments les plus intimes et le frappait d'impuissance.

Récemment, il avait sombré dans un état de dépression plus profond que tous ceux qu'il avait déjà connus et pendant plusieurs jours, il n'avait ni pu ni voulu s'en sortir. Deux semaines plus tôt, il avait été témoin d'une agression, il avait entendu les appels au secours de la victime, et il s'était défilé. Cinq ans auparavant, il n'aurait pas hésité une seconde à faire le coup de poing. A son retour, il avait tout raconté à Connie en noircissant encore le tableau, en se traînant plus bas que terre et, lorsqu'elle avait cherché à prendre sa défense, il l'avait vertement rabrouée. La jeune femme redoutait qu'il n'en vienne à se prendre en aversion, sachant que, pour un homme de son calibre, une telle attitude déboucherait inéluctablement sur une forme de folie.

Elle ne se cachait pas qu'elle n'était pas particulièrement qualifiée pour le remettre d'aplomb. Elle avait le sentiment qu'elle avait fait plus de mal que de bien aux amants qu'elle avait eus avant Graham, avec sa volonté intraitable et sa nature farouchement indépendante. Elle ne s'était jamais considérée comme une adepte du Mouvement de libération de la femme et certainement pas comme une castratrice. Simplement, depuis sa puberté, elle avait été plus dure, plus accrocheuse et plus autonome que la plupart de ses connaissances masculines. Naguère, ses amants avaient été plus faibles qu'elle, tant au plan émotionnel qu'au plan intellectuel. Rares étaient les hommes qui pouvaient admettre qu'une femme n'est pas un être inférieur. Elle avait presque cassé le garçon avec qui elle vivait avant Graham, en s'affirmant son égale et en le frustrant — c'était, tout au moins, ainsi qu'il voyait les choses — du rôle de mâle qui lui était nécessaire pour s'assumer.

La fragilité de la personnalité de Graham avait obligé Connie à modifier son moi profond jusqu'à un point qu'elle n'aurait pas cru possible. Mais c'était là un effort qui en valait la peine car elle le voyait tel qu'il avait été avant son accident. Elle s'était fixé pour but de briser la carapace de peur qui l'inhibait et de ramener au jour le Graham Harris d'antan. Cela faisait longtemps qu'elle espérait découvrir ce qu'il avait été dans sa vérité : un homme qui serait son égal et ne se sentirait pas menacé par une femme qui était son égale. Mais, pour mener à bien la tâche qu'elle s'était imposée — faire renaître l'ancien Graham —, il lui fallait être patiente et marcher sur des œufs car un rien suffirait à briser le Graham Harris actuel.

Une bourrasque de vent gifla la fenêtre et, bien qu'elle eût chaud sous les couvertures, Connie frissonna.

Le téléphone sonna.

Surprise, elle roula sur elle-même pour s'écarter de Graham.

La sonnerie était stridente. Elle résonnait dans la pièce comme le cri funeste d'une âme en peine. Connie décrocha tout de suite pour ne pas le réveiller.

— Allô ? dit-elle d'une voix assourdie.

— Je voudrais parler à M. Harris, s'il vous plaît.

— Qui est à l'appareil ?

— Ira Preduski.

— Je regrette mais je ne...

— L'inspecteur Preduski.

— Il est quatre heures du matin.

— Je vous prie de m'excuser. Je suis désolé. Vraiment. Sincèrement navré. Si je vous ai réveillée... je suis impardonnable. Mais, comprenez-vous, il m'a demandé de l'appeler sans délai si... s'il y avait des faits nouveaux dans l'affaire du Boucher.

— Une minute, je vous prie.

Elle se tourna vers Graham. Il était réveillé et la regardait.

— C'est Preduski.

Il s'empara du combiné.

— Harris. J'écoute.

Ce fut Connie qui, une minute plus tard, quand la conversation eut pris fin, reposa l'appareil sur sa fourche.

— On a retrouvé la dixième ?

— Oui, répondit Graham.

— Comment s'appelle-t-elle ?

— Edna. Edna Mowry.

6

Les draps étaient imbibés de sang. Il y avait sur la descente de lit une tache sombre qui avait l'aspect d'un test de Rorschach. Derrière le dosseret du lit, le mur était maculé de traînées de sang séché.

Trois techniciens de l'anthropométrie passaient la pièce au crible sous la direction du coroner. Deux d'entre eux étaient à quatre pattes devant le lit, le troisième pulvérisait de la poudre blanche sur la table de nuit. Pour la forme : il savait d'avance qu'il ne trouverait pas d'empreintes. C'était le travail du Boucher... et le Boucher portait toujours des gants. Le coroner examinait la trajectoire laissée par les gouttes de sang sur le mur pour tenter de déterminer si le tueur était gaucher ou droitier.

— Où est le corps ? demanda Graham.

— Je suis désolé mais on l'a enlevé il y a dix minutes pour le transporter à la morgue, dit l'inspecteur Preduski comme s'il se jugeait coupable d'un inexcusable manquement aux règles élémentaires de la civilité.

Passe-t-il sa vie à s'excuser ? se demanda Graham. Quoi qu'il pût se produire, l'inspecteur se hâtait d'en endosser toute la responsabilité et il faisait son autocritique, même quand il n'avait strictement rien à se reprocher. C'était un homme qui ne payait pas de mine, le teint glauque et l'œil larmoyant. Pourtant, en dépit de son aspect physique et de son évident complexe d'infériorité, ses collègues de la brigade criminelle de Manhattan lui vouaient une véritable vénération. Plus d'un d'entre eux avait clairement fait entendre à Graham qu'il collaborait avec le meilleur des meilleurs, que l'inspecteur Preduski était le top niveau dans sa spécialité.

— J'ai fait retarder le départ de l'ambulance aussi longtemps que j'ai pu, expliquait-il à Harris. Mais vous avez été long à arriver... Bien sûr, je vous ai réveillé au beau milieu de la nuit. Je n'aurais pas dû. Vous avez certainement été obligé d'appeler un taxi et il n'est pas arrivé tout de suite. Je vous présente toutes mes excuses. Je suis navré. J'ai probablement anéanti tous les indices que vous auriez été susceptible de déceler. J'aurais dû essayer de les faire patienter encore un tout petit peu avant qu'ils enlèvent le corps. Je savais que vous voudriez le voir *in situ*.

— Ça ne fait rien. En un sens, j'ai déjà vu la victime.

— Oui, évidemment. J'ai regardé l'émission de Prine.

— Elle avait les yeux verts, n'est-ce pas ?

— Exactement comme vous l'avez dit.

— Et elle était nue quand vous l'avez découverte ?

— Oui.

— Elle avait reçu plusieurs coups de couteau ?

— Oui.

— Elle avait une blessure béante à la gorge ?

— Absolument.

— Il l'a mutilée, n'est-ce pas ?

— Oui.

— De quelle façon ?

— C'était atroce. Je préférerais ne pas avoir à vous donner ces détails. Ni à vous ni à personne. (Pour un peu, Preduski se serait tordu les mains.) Il a découpé une partie de son abdomen. On aurait dit un bouchon avec le nombril au milieu. C'était horrible à voir.

Harris ferma les yeux et frissonna.

— Ce... tampon de chair... (Graham commençait à transpirer. Il se sentait mal. Ce n'était pas une vision à proprement parler, juste une prémonition qui l'avertissait de ce qui s'était passé, une intuition qu'il était difficile de faire mine d'ignorer)... il le lui a mis dans la main droite... et il a refermé les doigts dessus. C'est là, dans sa main, que vous l'avez trouvé.

— Oui.

Le coroner se retourna et considéra Graham avec curiosité. Ne me regarde pas comme ça, le supplia ce dernier dans son for intérieur. Je *ne veux pas* avoir connaissance de ce genre de choses.

Il aurait été ravi si son don de double vue lui avait permis de prévoir les brusques fluctuations du marché à la place de ces scènes de violence. Il aurait préféré avoir connaissance des numéros des chevaux gagnants avant le départ d'une course au lieu des noms des victimes de meurtres qu'il n'avait jamais vus se perpétrer.

S'il avait pu jeter ses pouvoirs paranormaux aux orties, il l'aurait fait depuis belle lurette. Mais, comme ce n'était pas possible, il se sentait tenu, au contraire, de développer et d'interpréter ses talents psychiques. Il pensait, même si c'était irrationnel, qu'il compensait en agissant de la sorte, au moins en partie, la couardise dont il faisait preuve depuis cinq ans.

— Que pensez-vous du message qu'il nous a laissé ?

Preduski montrait, sur le mur, au-dessus de la coiffeuse, quelques vers écrits avec du sang :

Rintah gronde et ses flammes échevellent
Dans l'air alourdi.
Voraces les nuées ondoient dans le gouffre.

— Vous avez une idée de ce que cela peut bien vouloir dire ? insista Preduski.

— Hélas, non.

— Vous ne connaissez pas le poète qui est l'auteur de ces vers ?

— Non.

— Moi non plus. (Le policier hocha tristement la tête.) Je n'ai pas beaucoup de culture. Je n'ai fait qu'une année à l'université. Je n'avais pas les moyens de continuer mes études. Je lis beaucoup mais il y a tant de choses à lire ! Si j'avais davantage d'instruction, je saurais peut-être qui a composé ce poème. Je devrais le savoir. Si le Boucher a pris le temps de recopier ces vers, c'est qu'ils ont de l'importance pour lui. C'est un indice. Un policier incapable de suivre une piste d'une clarté aussi aveuglante, c'est vraiment un pas grand-chose. (Il secoua à nouveau la tête, écœuré.) Ce n'est pas un très bon policier.

— Ce texte est peut-être de lui.

— Du Boucher, vous voulez dire ?

— Qui sait ?

— Un poète assassin ? Un T.S. Eliot qui aurait des pulsions homicides ? (Graham haussa les épaules.) Non. Si un homme commet un crime de ce genre, c'est généralement parce qu'il n'a pas d'autres moyens d'exprimer la rage qui l'habite. Massacrer le défoule. Par contre, un poète peut exprimer ses émotions avec des mots. Non. S'il s'agissait de vers de mirliton, le Boucher pourrait peut-être en être l'auteur. Mais c'est une poésie trop coulante, trop fluide. De trop bonne facture. D'ailleurs, ils font vibrer... Oui, ils font résonner quelque chose au fond de mon épaisse cervelle. (Preduski resta encore quelques instants à contempler le macabre message, puis, faisant demi-tour, il se dirigea vers la chambre à coucher dont la porte était ouverte. Il la referma.) Et il y a aussi celui-là.

De l'autre côté du battant, quelques mots avaient été griffonnés avec le sang de la morte :

une corde au-dessus d'un abîme

— A-t-il déjà laissé des gribouillages du même genre ? s'informa Graham.

— Non, je vous l'aurais dit. Mais ce n'est pas un comportement inhabituel dans ce type de crimes. Certaines catégories de psychopathes ont plaisir à communiquer avec ceux qui découvrent le cadavre. Jack l'Eventreur envoyait des lettres à la police. La famille Manson écrivait de courts messages sur les murs avec du sang. *Une corde au-dessus d'un abîme*... Qu'est-ce qu'il essaie de nous dire ?

— Est-ce que c'est un autre fragment du même poème ?

— Je n'en ai pas la moindre idée. (Preduski lâcha un soupir et enfonça les mains dans ses poches. Il avait l'air déprimé.) Je commence à me demander si je mettrai jamais un jour la main sur ce monstre.

Le séjour de l'appartement d'Edna Mowry était petit mais arrangé avec goût. Tout y baignait dans la reposante clarté ambrée de la lumière indirecte. Rideaux de velours vieil or. Papier mural tabac façon toile de jute. Tapis bouclette brun. Un canapé de velours beige et les deux fauteuils assortis. Table basse au lourd plateau de verre montée sur piètement de cuivre. Rayonnages à montants chromés servant de vitrines sur lesquels s'alignaient livres et statuettes. Quelques lithographies à tirage limité d'artistes contemporains connus. C'était luxueux et douillet. A la demande de Preduski, Graham s'assit dans l'un des fauteuils jumeaux, face au divan à l'extrémité duquel s'était installée Sarah Piper.

Sarah Piper ne déparait pas le décor. Elle portait un pantalon de lainage bleu passementé de vert, des boucles d'oreilles en or et, au poignet, une fine montre pas plus épaisse qu'une pièce d'un demi-dollar. C'était une fille grande et blonde qui n'avait pas plus de vingt-cinq ans ; elle était d'une beauté époustouflante et ne paraissait pas née de la dernière pluie.

Elle avait pleuré. Ses yeux étaient encore gonflés et rougis. Mais, maintenant, elle s'était ressaisie.

— Vous m'avez déjà demandé tout ça, dit-elle.

— Je sais, répondit Preduski qui avait pris place à côté d'elle sur le divan. Et je suis désolé. Sincèrement désolé. De plus, il est terriblement tard pour vous interroger. Mais il est utile de répéter la même question deux ou même trois fois. Vous croyez m'avoir donné tous les faits pertinents mais il est possible que quelque chose vous ait échappé. Dieu m'est témoin que, moi-même, il m'arrive toujours d'oublier tel ou tel détail ! Cet interrogatoire peut vous paraître superflu mais c'est ma méthode. Il faut que je reprenne tout depuis le début à plusieurs reprises pour être sûr que je n'omets rien. Je n'en suis pas plus fier pour ça. Malheureusement, c'est comme cela que je fonctionne. Un autre policier enregistrerait tous les éléments dont il a besoin du premier coup. Hélas, ce n'est pas mon cas. Il est bien regrettable pour vous que ce soit moi qui ait été de permanence quand votre appel nous est parvenu. Je vous demande d'avoir l'amabilité de me supporter encore quelque peu. Je vous libérerai très bientôt, je vous le promets.

Sarah Piper jeta un bref coup d'œil à Graham, avec une mimique qui disait clairement : *Ce type est-il réel ou est-ce que je rêve ?*

Graham sourit.

— Depuis quand connaissiez-vous... la défunte ? reprit l'inspecteur.

— A peu près un an.

— Et vous la connaissiez... bien ?

— C'était ma meilleure amie.

— Pensez-vous que de son côté, elle vous considérât aussi comme sa meilleure amie ?

— Absolument. J'étais même sa seule amie.

Preduski haussa les sourcils.

— Les gens ne l'aimaient pas ?

— Bien sûr que si ! N'avait-elle pas tout ce qu'il fallait pour qu'on l'aime ? Elle n'était pas très liante, c'est tout. Edna était une fille sans histoires qui ne se livrait pas facilement.

— Où avez-vous fait sa connaissance ?

— Là où je travaille.

— Et où travaillez-vous ?

— Comme si vous ne le saviez pas ! Au *Rhinestone Palace.*

— Et que faisait-elle au *Rhinestone Palace* ?

— Ça aussi, vous le savez.

Preduski acquiesça et tapota le genou de la jeune femme de manière on ne peut plus paternelle.

— C'est exact. Oui, je le sais mais, comprenez-vous, M. Harris, lui, ne le sait pas. J'ai négligé de le mettre au courant. C'est ma faute. Je vous présente toutes mes excuses. Voudriez-vous le lui dire ?

Sarah Piper se tourna vers Graham.

— Edna était effeuilleuse. Comme moi.

— Je connais le *Rhinestone Palace*, fit Graham.

— Vous le fréquentez ? s'étonna Preduski.

— Non, mais je sais que c'est un club très exclusif contrairement à la plupart des boîtes de strip.

Pendant un instant, les yeux larmoyants de Preduski parurent moins brouillés que d'habitude. Il vrilla son regard à celui de Harris.

— Edna Mowry était strip-teaseuse. Qu'en dites-vous ?

Graham savait très précisément à quoi pensait le policier. Au cours de l'émission, il avait dit à Prine que la victime s'appelait Edna Danse. Il s'était trompé. Mais pas entièrement puisque si elle se nommait Mowry, elle gagnait sa vie en étant *danseuse*.

Selon les dires de Sarah Piper, Edna était arrivée au cabaret la veille à cinq heures de l'après-midi. De cinq heures à minuit, elle faisait une prestation de dix minutes, deux fois par heure, se défaisant progressivement des vêtements qu'elle portait, jusqu'à ce qu'elle n'eût absolument plus rien sur le dos. Ni ailleurs. Entre deux numéros, vêtue d'une robe d'hôtesse noire qu'elle portait sans soutien-gorge, elle se mêlait aux clients — presque exclusivement des hommes, seuls ou en groupe — qu'elle poussait à la consommation en observant soigneusement l'attitude réservée qui convenait pour ne pas enfreindre la législation de l'Etat relative à la profession d'entraîneuse. Elle était apparue pour la dernière fois en scène à minuit moins vingt et avait quitté l'établissement cinq minutes plus tard au maximum.

— Pensez-vous qu'elle soit rentrée directement chez elle ?

— C'est ce qu'elle faisait toujours. Pas question pour elle de sortir et d'aller s'amuser. Le *Rhinestone* lui suffisait amplement en fait de vie nocturne. Qui l'en aurait blâmée ?

La voix de Sarah vacilla comme si elle était sur le point d'éclater en sanglots. Preduski lui prit la main et la serra de façon rassurante. Ce geste semblait lui apporter un tel innocent plaisir qu'elle ne la retira pas.

— Vous avez dansé hier soir ?

— Oui. Jusqu'à minuit.

— Quand êtes-vous arrivée ici ?

— A trois heures et quart.

— Pourquoi rendiez-vous visite à Edna Mowry à une heure pareille ?

— Elle aimait lire toute la nuit. Elle ne se couchait jamais avant huit ou neuf heures du matin. Je lui avais dit que je passerais prendre le petit déjeuner et bavarder avec elle. C'était ce que je faisais souvent.

— Je vais vous poser une question à laquelle vous avez sans doute déjà répondu... (L'expression de Preduski était celle de l'embarras, de la culpabilisation et de la frustration.) Pardonnez-moi. Ma cervelle est une vraie passoire. Est-ce que vous m'avez précisé la raison pour laquelle vous n'êtes pas passée la voir à minuit, en sortant de votre travail ?

— J'avais un rendez-vous.

Graham devina à la physionomie et à la voix de Sarah que ç'avait été avec un client payant qu'elle avait eu « rendez-vous » et cela l'attrista.

Il l'aimait bien, cette fille. Il ne pouvait pas faire autrement que de l'avoir à la bonne. Il percevait des émanations à l'état d'ébauches, presque des vibrations psychiques. Très positives. Plaisantes. De bonnes vibrations. C'était une fille rudement bien. Il en avait la certitude. Et il souhaitait qu'il ne lui arrive que des choses agréables.

— Edna avait-elle aussi un rendez-vous ? continua Preduski.

— Non. Je vous l'ai dit : elle est rentrée directement chez elle.

— Peut-être son petit ami l'y attendait-il ?

— Elle avait rompu avec son ancien et n'en avait pas de nouveau.

— Peut-être qu'un de ses anciens avait fait un saut pour discuter avec elle ?

— Non. Quand Edna larguait un type, c'était pour de bon.

Preduski soupira, se pinça l'arête du nez et, derechef, secoua la tête d'un air chagrin.

— Ça m'ennuie beaucoup de vous demander cela... Vous étiez sa meilleure amie. Mais ce que je vais dire... je vous supplie de comprendre que je n'ai aucunement l'intention de l'accabler. Mais la vie est dure, n'est-ce pas ? Il arrive à tout le monde de faire certaines choses qu'on préférerait ne pas faire. Dieu m'est témoin qu'il y a des jours où je ne me sens pas fier de moi, allez ! Ne jamais porter de jugement sur personne : c'est ma devise. Il n'y a qu'une seule chose que je ne peux pas excuser : le meurtre. Oui, cela m'ennuie vraiment de vous demander... enfin, est-ce qu'elle était... croyez-vous qu'elle ait jamais...

— Vous voulez savoir si elle se prostituait ?

— Oh ! Je n'aurais pas formulé ça de cette manière ! C'est quelque chose de vraiment épouvantable... en vérité je voulais seulement...

— Ne vous tracassez pas. (Sarah adressa son plus gracieux sourire au policier.) Je ne suis pas vexée.

Elle serra la main de Preduski. C'était maintenant elle qui le réconfortait ! Graham trouva que la scène ne manquait pas de sel.

— Moi-même, je tapine un peu, enchaîna-t-elle. Mais léger, léger. Pas des masses. Peut-être une fois par semaine. Il faut que le type me plaise et qu'il ait deux cents dollars à claquer. Pour moi, c'est pareil que le strip, ni plus ni moins. Mais Edna n'aurait jamais pu le faire. C'était une honnête fille, si surprenant que cela paraisse.

— Je n'aurais pas dû vous poser cette question. Cela ne me regarde pas. Mais j'ai pensé... comme ça... que dans ce métier, il devait y avoir des tas de tentations pour une jeune fille qui aurait besoin d'argent.

— Avec l'effeuillage et les bouchons, elle se faisait l'un dans l'autre dans les huit cents dollars par semaine. Elle ne dépensait que pour acheter des livres et décorer son appartement. Le reste, elle le mettait de côté. A la banque. Elle avait peu de besoins.

Preduski arborait une mine lugubre.

— Vous comprenez pourquoi je devais vous poser cette question ? Si elle a ouvert à l'assassin, elle le connaissait, forcément, même si elle ne l'avait vu qu'une fois ou deux. C'est cela qui me turlupine le plus dans cette histoire. Comment le Boucher se fait-il ouvrir la porte par ses victimes ?

Graham n'avait encore jamais songé à cet aspect du problème. Les victimes étaient toutes jeunes mais issues de milieux variés. Une mère de famille. Une avocate. Deux institutrices. Trois secrétaires. Un modèle. Une vendeuse... Comment le Boucher s'y prenait-il pour convaincre toutes ces femmes si différentes de le faire entrer chez elles en pleine nuit ?

Les restes d'un repas hâtivement préparé et tout aussi hâtivement avalé jonchaient la table de la cuisine. Des bouts de pain. La peau desséchée d'une tranche de mortadelle. Des éclaboussures de moutarde et de mayonnaise. Deux trognons de pomme. Une boîte de pêches qui ne contenait plus qu'un fond de sirop. Une cuisse de poulet dont il ne restait plus que l'os. La moitié d'un beignet. Trois boîtes de bière écrasées. Le Boucher avait eu une faim dévorante et il avait mangé comme un cochon.

— Dix meurtres, murmura Preduski. Et, chaque fois, il va à la cuisine casser la croûte quand il en a terminé.

Graham, oppressé par les émanations psychiques qui rôdaient dans la cuisine, la présence rémanente du tueur, si puissante et si proche qu'il aurait presque pu se trouver dans la chambre de la morte, était incapable de faire autre chose qu'acquiescer. Le contraste entre la table en désordre et la cuisine parfaitement tenue le troublait profondément. La boîte de pêches et les boîtes de bière étaient maculées de traînées rougeâtres : le tueur n'avait pas enlevé ses gants sanglants pour manger.

La mine abattue, Preduski s'approcha de la fenêtre à côté de l'évier, en traînant les pieds.

— J'ai parlé avec plusieurs psychiatres de cette manie qu'il a de faire une bouffe lorsqu'il a accompli son sale travail, dit-il, les yeux fixés sur l'immeuble d'en face. Si j'ai bien compris, un psychopathe présente deux types de réactions lorsqu'il a achevé sa victime. Premier cas de figure : l'agneau. Tuer est pour lui l'alpha et l'oméga, sa raison d'être, la seule couleur et le seul désir qui éclairent sa vie. Après le meurtre, il n'existe plus rien pour lui et il n'est plus rien. Il rentre chez lui et il regarde la télévision. Il dort beaucoup. Il sombre dans une profonde déprime jusqu'à ce que ses pulsions se réveillent, et il recommence alors à tuer. Le second cas de figure, c'est le gars que le fait de tuer émoustille. Ce n'est pas pendant, mais après, que vient son excitation. En quittant le théâtre du crime, il se rend directement dans un bar et, quand tout le monde a roulé sous la table, il est toujours debout. Il est bourré d'adrénaline. Son cœur bat plus vite. Il mange comme un goinfre et il lui arrive de draguer une demi-douzaine de putains à la fois. Il semblerait que notre homme appartienne à la seconde catégorie. Sauf que...

— Sauf que ?

Preduski se retourna.

— Il a sept fois bouffé comme un chancre chez ses victimes. Mais, les trois autres, il s'est contenté de prendre de la nourriture dans le réfrigérateur et il a fait semblant de s'être tapé la cloche.

— Fait semblant ? Que voulez-vous dire ?

— Le cinquième meurtre... celui de la femme Liedstrom... (Preduski ferma les yeux et grimaça comme s'il revoyait le cadavre baignant dans son sang.) Nous connaissions déjà sa façon d'opérer. Nous sommes tout de suite allés inspecter la cuisine. Sur la table, il y avait une boîte de poires au sirop vide, un emballage de fromage tout aussi vide, les restes d'une pomme et d'autres restes. Mais tout était en ordre. Les quatre fois précédentes, c'était dégoûtant, comme ici. Mais, dans la cuisine Liedstrom, il n'y avait presque pas de miettes, pas de traces de beurre, de moutarde, de mayonnaise ou de ketchup. Pas de taches de sang sur les bouteilles de bière. (Il rouvrit les yeux et avança jusqu'à la table.) Dans deux des quatre premières cuisines, nous avons retrouvé des trognons de pommes portant des marques de dents. (L'inspecteur désigna du doigt le trognon.) Comme celui-ci. Ces marques de dents ont même été analysées par le labo. Mais, dans le cas Liedstrom, le fruit avait été épluché et évidé avec un vide-pomme. Les pelures et le cœur du fruit étaient soigneusement empilés sur un coin de l'assiette. C'était un changement par rapport à ses habitudes et cela m'a fait réfléchir. Pourquoi, les quatre premières fois, le Boucher avait-il mangé comme un homme des cavernes et, la cinquième, comme un type B.C.-B.G. ? J'ai fait démonter le vide-ordures sous l'évier. A l'examen de son contenu, le laboratoire a identifié les huit sortes de denrées retrouvées sur la table. Les aliments avaient été jetés quelques heures plus tôt. En un mot comme en cent, le Boucher n'avait pas mangé chez Liedstrom. Il avait sorti de la nourriture du frigo et il l'avait balancée, après quoi, il avait mis la table pour faire croire qu'il avait festoyé. Il a agi de la même façon lors du septième et du huitième meurtre.

Pareil comportement avait quelque chose de fantastique et Graham eut l'impression que l'atmosphère devenait soudain encore plus oppressante. Il avait le sentiment d'étouffer.

— Vous avez dit que le fait de manger après avoir tué faisait partie de ses pulsions névrotiques ?

— Oui.

— Si, pour une raison ou pour une autre, il n'avait pas ressenti ces pulsions lors de l'assassinat Liedstrom, pourquoi se serait-il donné la peine d'organiser une pareille mise en scène ?

— Je ne sais pas. (Preduski passa une main grêle sur sa figure comme pour chasser sa lassitude.) Je suis dépassé. Complètement dépassé. S'il est fou, pourquoi sa folie ne se manifeste-t-elle pas tout le temps de la même façon ?

Graham hésita avant de lâcher :

— Je ne pense pas qu'un expert-psychiatre désigné par un tribunal le déclarerait atteint de folie.

— Voudriez-vous répéter ?

— En fait, je pense que le plus averti des psychiatres, s'il n'est pas au courant des meurtres que le Boucher a perpétrés, le trouverait plus équilibré et plus raisonnable que la plupart d'entre nous.

Sous l'effet de la surprise, Preduski battit des paupières.

— Sapristi ! Ce type tronçonne dix bonnes femmes et vous estimez qu'il n'est pas cinglé ?

— Une personne de ma connaissance a réagi exactement comme vous quand je lui ai dit cela.

— Ça ne m'étonne pas outre mesure !

— Il n'empêche que je n'en démords pas. Il est possible qu'il soit effectivement fou mais pas au sens traditionnel du terme. C'est une démence non identifiable en tant que telle, quelque chose de totalement nouveau.

— C'est votre sentiment ?

— Oui.

— Votre sentiment profond ?

— Oui.

— Vous ne pourriez pas être plus explicite ?

— Non, je regrette.

— Sentez-vous quelque chose d'autre ?

— Rien de plus que ce que vous m'avez entendu dire à Prine pendant l'émission.

— Et, depuis votre arrivée, pas de fait nouveau ?

— Aucun.

— S'il n'est pas fou, c'est qu'il y a une raison derrière ces meurtres, dit pensivement Preduski. Ils ont un lien quelconque. C'est ce que vous voulez dire ?

— Je ne sais trop ce que je veux dire.

— Je ne vois pas comment ils pourraient avoir un dénominateur commun.

— Moi non plus.

— J'ai pourtant cherché un lien entre eux. Consciencieusement. J'espérais que vous devineriez quelque chose en venant ici. Que ces draps pleins de sang ou ces restes sur la table vous mettraient la puce à l'oreille.

— Je ne détecte rien. C'est pourquoi je suis formel : ou il est sain d'esprit, ou il est atteint d'une forme de démence sans précédent. D'habitude, quand j'étudie ou quand je touche un objet directement en rapport avec un crime, je peux déceler les émotions, le coup de folie, la passion qui l'ont provoqué. C'est comme si je plongeais la tête la première dans un torrent de pensées, de sensations, d'images violentes... mais, cette fois, je ne perçois rien d'autre qu'une logique, je dis bien une logique, glacée, implacable et maléfique. Je n'ai jamais eu autant de difficulté à cibler ce genre de tueur.

— C'est aussi mon cas. Je n'ai jamais prétendu être Sherlock Holmes. Je ne suis pas un génie. Je travaille lentement. J'ai toujours été ainsi. Et j'ai eu de la chance, Dieu m'en est témoin. C'est à la chance plus qu'à mon adresse que je dois d'avoir le palmarès d'arrestations dont je m'enorgueillis. Mais, ce coup-là, elle m'a abandonné, ma chance ! Entièrement. Il est peut-être temps que je songe à prendre ma retraite.

Quand Graham, laissant Ira Preduski ruminer dans la cuisine devant les vestiges du macabre souper du Boucher, passa par le séjour pour sortir de l'appartement, il y retrouva Sarah Piper. L'inspecteur n'en avait pas encore fini avec elle. Elle était toujours assise sur le divan, les pieds posés sur la petite table, une cigarette aux lèvres. Elle contemplait le plafond et la fumée s'élevait en spirales tels des rêves jaillissant de sa tête. Elle tournait le dos à Harris.

A l'instant où ce dernier l'aperçut, une image éblouissante fulgura dans son esprit, lui coupant le souffle : *l'image de Sarah Piper baignant dans son sang*.

Il s'arrêta pile, brusquement secoué de tremblements, et attendit que fusent d'autres images.

Mais il eut beau se concentrer, il n'y en eut pas de nouvelles.

Rien. Rien que le visage de la jeune femme et ce sang. La vision s'évanouit aussi subitement qu'elle lui était apparue.

Sentant sa présence, Sarah se retourna.

— Salut, lui lança-t-elle. (Graham s'humecta les lèvres et se força à sourire.) Vous aviez prédit cela ? lui demanda-t-elle en tendant la main vers la porte de la chambre.

— Je le crains.

— Quelle atrocité !

— Je voudrais vous dire...

— Quoi donc ?

— Cela m'a fait plaisir de faire votre connaissance. (Elle lui rendit son sourire.) J'aurais préféré que cela soit dans d'autres circonstances. (Graham essayait de gagner du temps, se demandant comment lui faire part de la vision fugitive qu'il avait eue. Et s'il devait, même, lui en parler.)

— Cela arrivera peut-être, dit-elle.

— Pardon ?

— Que nous nous rencontrions de nouveau dans d'autres circonstances.

— Mademoiselle Piper... soyez prudente.

— Je le suis toujours.

— Redoublez de prudence... dans les prochains jours.

Le sourire de Sarah s'effaça.

— Après ce que j'ai vu cette nuit, vous pouvez être tranquille !

7

L'appartement que Frank Bollinger occupait, situé près du Metropolitan Museum of Art, était petit et tout spartiate. Les murs de la chambre étaient chocolat. Le plancher bien ciré était nu. Le mobilier de la pièce se composait en tout et pour tout d'un lit immense, d'une table de nuit et d'une télévision portable. Bollinger avait posé de ses propres mains des rayonnages dans les placards pour y ranger ses affaires. Les murs du séjour, eux, étaient peints en blanc, le plancher était irréprochablement ciré. Là encore, l'ameublement était réduit à sa plus simple expression : un divan de cuir noir, un fauteuil de rotin aux coussins noirs, une petite table miroir et une foule de livres sur les étagères. Outre les accessoires fonctionnels habituels, il y avait dans la cuisine une table exiguë et deux chaises à dossier droit. Pas de rideaux aux fenêtres — juste des stores vénitiens. L'ensemble faisait penser à une cellule de moine. Cet ascétisme plaisait à Bollinger.

Le vendredi matin à neuf heures, il se leva, prit sa douche, rebrancha le téléphone et se prépara du café.

Il était rentré directement en sortant de chez Edna Mowry et il avait passé le reste de la nuit à boire du scotch en lisant des poèmes de Blake. Quand la bouteille avait été à moitié vide, il n'était pas ivre mais euphorique, parfaitement euphorique. Il s'était alors mis au lit et s'était endormi en se récitant des vers des *Quatre Zoas*. Lorsque, cinq heures plus tard, il s'était réveillé, il se sentait frais et dispos. Pur comme s'il venait de renaître.

Au moment où il se servait sa première tasse de café, le téléphone sonna.

— Allô ?

— Dwight ?

— Oui.

— Ici Billy.
— Bien sûr.
Dwight était son second prénom — il s'appelait Franklin Dwight Bollinger pour l'état civil — et ç'avait été celui de son grand-père maternel. A la mort de celui-ci, le petit Frank n'avait pas encore un an. Avant d'avoir rencontré Billy et d'avoir mis toute sa confiance en lui, sa grand-mère était le seul être au monde qui l'appelât Dwight. Un peu après son quatrième anniversaire, son père avait déserté le domicile conjugal et sa mère n'avait pas tardé à se rendre compte qu'un bambin de cet âge était une entrave à l'existence frénétique d'une femme soulagée par son divorce. Abstraction faite de quelques mois de pénibles retrouvailles — il arrivait à Mme Bollinger d'avoir de subits retours d'affection mais seulement quand sa conscience commençait à la tracasser —, il avait passé toute son enfance auprès de sa grand-mère. Elle était follement heureuse d'avoir la garde de son petit-fils : elle l'adorait et le traitait comme s'il était le pôle, non seulement de sa vie mais de la terre entière.
— Franklin est un nom d'une banalité affligeante, lui disait-elle. Mais Dwight... Dwight, c'est autre chose. C'était le nom de ton grand-père. Un homme merveilleux ! Il n'était pas comme les autres, pas du tout. C'était un être à part. En grandissant, tu seras comme lui. Différent. Au-dessus des autres. Supérieur à eux. Qu'ils t'appellent Franklin ! Pour moi, tu seras toujours Dwight.
Il y avait dix ans que sa grand-mère était morte et, pendant neuf ans et demi, personne ne l'avait plus jamais appelé Dwight. Puis — cela remontait maintenant à six mois —, il avait rencontré Billy. Billy savait ce que c'était que de faire partie de la nouvelle race, d'être supérieur par droit de naissance à la plupart des autres hommes. Il leur était supérieur, lui aussi, et il avait le droit d'appeler Franklin Dwight. Bollinger aimait entendre à nouveau ce prénom après si longtemps. C'était la clé de sa psyché, un bouton qui, cha-

que fois que l'on appuyait dessus, le faisait vibrer de joie, c'était un signe qui lui rappelait qu'il était destiné à atteindre des cimes vertigineuses.

— J'ai essayé à plusieurs reprises de t'appeler, cette nuit, lui dit Billy.

— J'avais débranché le téléphone pour pouvoir boire un peu de scotch et dormir en paix.

— Tu as lu les journaux du matin ?

— Je me lève à peine.

— Tu n'as donc pas entendu parler de Harris ?

— Qui ça ?

— Graham Harris. L'extralucide.

— Oh ! Non, absolument pas. Pourquoi ?

— Va chercher le journal, Dwight. Je te propose qu'on déjeune ensemble. C'est ton jour de congé, n'est-ce pas ?

— Je ne suis de service ni le jeudi ni le vendredi. Que se passe-t-il ?

— Tu l'apprendras dans le *Daily News*. N'oublie pas de l'acheter. On se retrouve au *Léopard* à onze heures et demie.

Bollinger fronça les sourcils.

— Ecoute...

— Onze heures et demie, Dwight.

Billy raccrocha.

C'était une journée sinistre et froide. D'épais nuages noirs s'amoncelaient au sud-ouest, si bas qu'ils paraissaient raser les toits des édifices les plus élevés.

Bollinger prit un taxi ; il se fit déposer à trois blocs du restaurant et acheta le *Daily News* à un kiosque. Avec le lourd manteau qui l'engonçait, les chandails superposés qu'il portait en dessous, ses gants, ses écharpes et sa casquette à oreillettes, le dépositaire lui fit penser à une momie.

La moitié inférieure de la première page était occupée par une photo d'agence, aimablement fournie par le *Rhinestone Palace*, d'Edna Mowry, avec un sourire adorable. Le titre en lettres grasses qui barrait la partie supérieure de la page était le suivant :

LE BOUCHER A TUÉ SA 10e VICTIME

LE MÉDIUM AVAIT PRÉDIT LE MEURTRE

Au coin de la rue, Bollinger ouvrit le journal à la page 2 pour essayer de lire l'article en attendant que le feu passe au vert. Mais rien à faire : le vent qui lui piquait les yeux et le faisait larmoyer lui arrachait le journal des mains, les pages claquaient comme une voile. Impossible de lire.

Il traversa et, une fois sur le trottoir opposé, s'abrita dans l'encoignure de l'entrée d'un immeuble de bureaux. Ses dents continuaient de s'entrechoquer sous l'effet du froid mais là, au moins, il était protégé des rafales et il put lire ce que disait le *Daily News* de l'émission *Manhattan à Minuit* et de Graham Harris.

Il se nomme Dwight, avait annoncé ce dernier.

La police le connaît déjà, avait-il également déclaré.

Bon Dieu ! Comment était-il possible que ce fils de pute soit si bien informé ? Les pouvoirs paranormaux ? C'était de la connerie ! Ça n'existait pas.

A moins que...

Soucieux, Bollinger roula le journal en boule, le jeta dans une corbeille à papiers et, la tête enfoncée dans les épaules pour affronter la bourrasque, se dirigea à grands pas vers le restaurant.

Le Léopard, situé sur la 50e Rue pas loin de la Deuxième Avenue, était un charmant restaurant guère plus grand qu'une bonbonnière où l'on mangeait fort bien. La salle n'excédait pas les dimensions d'un living-room moyen. En son centre triomphait un hideux buisson de fleurs artificielles mais c'était la seule faute de goût de la décoration par ailleurs d'une discrétion de bon ton.

Billy était installé à la meilleure table près de la fenêtre. Dans une heure, ce serait l'affluence et le bruyant brouhaha des conversations, mais il était encore tôt et les cadres supérieurs des entreprises du quartier n'afflueraient pas avant un bon quart d'heure : Billy était encore le seul client. Bollinger s'assit en face de lui. Les deux hommes se serrèrent la main et commandèrent des apéritifs.

— Quel sale temps, dit Billy avec son accent du Sud prononcé.

— Oui.

Ils se regardèrent par-dessus le vase uniflore d'où émergeait une rose solitaire, posé au centre de la table.

— Ennuyeux, reprit Billy après un silence.

— Oui.

— Qu'est-ce que tu en penses ?

— Cette histoire Harris... c'est invraisemblable !

— Dwight... personne en dehors de moi ne te connaît sous ce nom. Comme indice, c'est plutôt maigre.

— Mon second prénom est inscrit en toutes lettres dans mon dossier administratif.

Billy déplia sa serviette de toile fine.

— Ils n'ont aucune raison de penser que l'assassin puisse être un policier.

— Harris a dit à la police qu'elle le connaissait.

— Les flics supposeront qu'il s'agit de quelqu'un qui a déjà été interrogé.

Bollinger plissa le front.

— S'il leur fournit encore un petit détail, l'ombre d'un indice, je suis cuit.

— Tu affirmais pourtant que tu ne croyais pas aux médiums ?

— J'avais tort. C'était toi qui avais raison.

Billy eut un mince sourire.

— J'accepte tes excuses.

— Ce Graham Harris... peut-on le raisonner ?

— Non.

— Il ne comprendrait pas ?

— Ce n'est pas un des nôtres.

Le garçon arriva avec l'apéritif. Quand il eut tourné les talons, Bollinger enchaîna :

— Je ne l'ai jamais vu. A quoi ressemble-t-il ?

— Je te le décrirai plus tard. Pour le moment, si tu n'y vois pas d'inconvénients, j'aimerais que tu me dises ce que tu envisages de faire.

Bollinger répondit sans une seconde d'hésitation :

— L'éliminer.

— Ah ! murmura Billy.

— Tu as des objections ?

— Pas la moindre.

— Tant mieux. (Bollinger engloutit la moitié du contenu de son verre.) Parce que je le ferais même si tu en avais.

Le maître d'hôtel s'approcha de leur table et leur demanda s'ils voulaient faire leur choix.

— Accordez-nous cinq minutes. (Quand le maître d'hôtel se fut éloigné, Billy demanda à Bollinger :) Lorsque tu l'auras tué, comptes-tu le laisser dans l'état où l'aurait mis le Boucher ?

— Pourquoi pas ?

— C'est-à-dire que, jusqu'à présent, il ne s'est attaqué qu'à des femmes.

— Ça les désorientera et les déroutera encore davantage.

— Et quand penses-tu agir ?

— Cette nuit.

— Je ne crois pas qu'il habite seul.

— Il loge chez sa mère ? fit Bollinger sur un ton acerbe.

— Non. Je crois qu'il vit avec une femme.

— Jeune ?

— J'imagine.

— Jolie ?

— Il donne l'impression d'être un homme qui a du goût.

— Eh bien, voilà qui est parfait !

— J'étais sûr que tu verrais les choses sous cet angle.

— Un double viandage, ce sera encore plus amusant !

Bollinger sourit.

8

— L'inspecteur Preduski est en ligne, monsieur Harris.

— Je le prends. Passez-le-moi. Allô ?

— Excusez-moi de vous importuner, Graham. Puis-je être moins protocolaire et vous appeler Graham ?

— Bien sûr.

— Alors, s'il vous plaît, appelez-moi Ira.

— Ce sera un honneur pour moi.

— Vous êtes trop bon. J'espère que je ne vous dérange pas ?

— Pas du tout.

— Je sais que vous êtes un homme occupé. Voulez-vous que je vous rappelle plus tard ? A moins que vous ne préfériez me rappeler vous-même à l'heure qui vous conviendra ?

— Non, non, vous ne me dérangez aucunement. En quoi puis-je vous être utile ?

— Vous vous rappelez ce qu'il y avait d'écrit sur les murs de l'appartement d'Edna Mowry ?

— Je ne peux l'oublier une seconde.

— Eh bien, au cours des dernières heures, j'ai essayé de retrouver la source d'inspiration de ces messages...

— Vous êtes encore de service à deux heures de l'après-midi ?

— Non. Je suis chez moi.

— Vous ne dormez donc jamais ?

— J'aimerais. Depuis vingt ans, je n'ai jamais réussi à dormir plus de quatre ou cinq heures par jour. Je me démolis probablement la santé. Je le sais parfaitement. Mais c'est la faute de ma cervelle qui fonctionne en dépit du bon sens. J'ai la tête pleine de... de détritus, des milliers de faits inutiles et je ne peux pas m'empêcher de les tourner et de les retourner. Je tombe tout le temps en arrêt devant des trucs sans queue ni tête. Comme ces mots gribouillés sur les murs de l'appartement d'Edna Mowry. Impossible de dormir : ça me tracassait.

— Et vous avez mis le doigt sur quelque chose ?

— Eh bien, je vous disais cette nuit que ce fragment de poème éveillait comme un écho dans ma mémoire. *Rintah gronde et ses flammes échevellent dans l'air alourdi. Voraces les nuées ondoient dans le gouffre.* Dès que j'ai lu ces mots, je me suis dit : *Ira, ça, c'est William Blake qui l'a écrit.* Il faut que je vous dise que pendant mon année à l'université, je voulais préparer une licence de lettres et il se trouve que j'ai dû faire une dissertation sur Blake. Ça remonte à vingt-cinq ans. Vous comprenez ce que je veux dire quand je parle de tout le fatras qui m'encombre la cervelle ? Ce que je me rappelle le mieux, ce sont les choses inutiles. Bref, ce matin, j'ai acheté les œuvres complètes de William Blake en vers et en prose. Et, bien entendu, j'ai retrouvé ce texte dans *Le Mariage du ciel et de l'enfer.* Est-ce que vous connaissez Blake ?

— Malheureusement pas.

— C'était un mystique. Doublé d'un médium.

— Il avait le don de double vue ?

— Non, mais il avait des prédispositions parapsychologiques. Il considérait que les hommes possédaient le pouvoir d'être des dieux. Pour la majeure partie de son œuvre, c'était un chantre du chaos et du cataclysme — il avait pourtant l'optimisme chevillé au corps. Bon. Vous souvenez-vous de ce que le Boucher a griffonné sur la porte de la chambre à coucher ?

— Oui. *Une corde au-dessus d'un abîme.*

— Avez-vous une idée de l'auteur de cette formule ?

— Pas l'ombre d'une.

— Moi non plus. Avec tout ce fouillis qui l'encombre, il n'y a plus de place dans ma tête pour les choses importantes. Et, par-dessus le marché, j'ai peu d'instruction. Alors, j'ai téléphoné à un ami, professeur de lettres anglaises à Columbia. Cette citation ne lui a rien dit de plus qu'à moi mais il l'a montrée à des collègues et elle a vaguement évoqué quelque chose à l'un d'eux. Il s'est documenté et l'a retrouvée dans son intégralité : *L'homme est une corde tendue entre l'animal et le surhomme — une corde au-dessus d'un abîme.*

— Qui a dit ça ?

— Le philosophe favori de Hitler.

— Nietzsche ?

— Vous connaissez son œuvre ?

— Je l'ai survolée.

— Il professait que les hommes pouvaient être des dieux ou, tout au moins, que certains pourraient devenir des dieux si la société où ils vivent leur permettait de développer leur potentiel. Il soutenait que l'humanité était en marche vers la divinité. Il existe une ressemblance superficielle entre Blake et Nietzsche, voyez-vous ? C'est peut-être la raison pour laquelle le Boucher a pu piocher dans l'œuvre de l'un et de l'autre. Seulement, il y a un problème, Graham.

— Lequel ?

— Blake était fondamentalement optimiste alors que Nietzsche était d'un pessimisme forcené. Blake pensait qu'un avenir lumineux attendait l'humanité. Nietzsche pensait que l'humanité *aurait dû* être destinée à un avenir lumineux mais il croyait qu'elle s'autodétruirait avant d'avoir donné naissance au surhomme. Blake aimait les femmes. Nietzsche les méprisait. En fait, il considérait qu'elles constituaient l'obstacle majeur qui empêchait l'homme d'accéder à la divinité. Vous voyez où je veux en venir ?

— Vous voulez dire que si le Boucher souscrit à la fois aux thèses de Nietzsche et à celles de Blake, il est schizophrène ?

— Et cependant, vous affirmez qu'il n'est même pas fou.

— Une minute...

— Cette nuit...

— J'ai seulement dit que s'il est fou, il souffre d'une

forme de folie nouvelle. J'ai précisé qu'il n'était pas fou au sens traditionnel du terme.

— Ce qui élimine la thèse de la schizophrénie.

— En effet.

— Mais on est en droit d'avancer l'hypothèse... je me trompe peut-être... Dieu m'en est témoin... l'hypothèse qu'il se considère comme un surhomme nietzschéen. Un psychiatre parlerait de mégalomanie. Or, la mégalomanie — le délire des grandeurs — est une caractéristique de la schizophrénie et de la paranoïa. Pensez-vous toujours que le Boucher réussirait à passer n'importe quel test psychiatrique ?

— Oui.

— C'est une perception clairvoyante ?

— Absolument.

— Vous est il jamais arrivé d'avoir des impressions de ce genre qui se soient finalement révélées fausses ?

— Pas sérieusement. Rien de plus grave que de penser que le nom d'Edna Mowry était Edna Danse.

— Bien sûr. Je connais votre réputation. Je sais que vous êtes un grand médium. Je ne faisais aucun sous-entendu malveillant. Vous me comprenez. Mais... où est-ce que j'en étais ?

— Je l'ignore.

— Graham... si vous passiez une heure à lire des poèmes de Blake, cela vous mettrait-il en état de... d'« accrocher » le Boucher ? Cela allumerait-il une petite étincelle — sinon une vision, du moins une prémonition ?

— Ce n'est pas exclu.

— Auriez-vous l'obligeance de m'accorder une faveur ?

— Je vous écoute.

— Si je vous envoie par coursier un recueil de poèmes de Blake, accepteriez vous de vous y plonger pendant une heure pour voir s'il se produit un déclic ?

— Envoyez-le-moi tout de suite si vous voulez mais je ne pourrai pas procéder à l'expérience avant demain.

— Disons seulement une demi-heure ?

— Même une demi-heure, ce n'est pas possible. Il faut que je termine une maquette qui doit partir demain matin chez l'imprimeur. J'ai déjà trois jours de retard et je compte travailler presque toute la nuit. Mais je lirai votre recueil demain après-midi ou demain soir.

— Merci. Je vous en suis très reconnaissant. Et je vous exprime toute ma gratitude. Je compte sur vous. Vous êtes mon seul espoir. Le Boucher est trop fort pour moi. Trop malin. Je suis dans une impasse. Je patauge lamentablement. Si nous n'avons pas bientôt une piste solide, je ne sais pas ce qui se passera.

9

Paul Stevenson arborait ce jour-là une chemise pervenche taillée sur mesure, une cravate à rayures bleues ton sur ton, un luxueux complet noir, des chaussettes assorties et des chaussures fauves à piqûres apparentes. Quand il entra ce vendredi à quatorze heures dans le bureau, il ne s'aperçut même pas qu'Anthony Prine sursautait à la vue de ces dernières tant il était chaviré. Mais comme il était incapable de le prendre de haut avec Prine et de l'apostropher, il se borna à lui demander avec une moue boudeuse :

— Tony, pourquoi me fais-tu des cachotteries ?

Prine, allongé sur le divan, un coussin sous la tête, s'étira. Il lisait le *New York Times*.

— Des cachotteries ? Quelles cachotteries ?

— Je viens d'apprendre que la chaîne a chargé, à ta requête, une agence d'enquêtes privée d'espionner Graham Harris.

— Il ne s'agit pas de l'espionner. J'ai simplement demandé qu'elle établisse où il se trouvait certains jours à certaines heures.

— Tu as donné pour instructions à cette officine de ne pas approcher directement Harris et son amie. Moi, j'appelle ça de l'espionnage. Et tu as exigé qu'ils ne détellent pas pendant quarante-huit heures, ce qui multiplie leurs honoraires par trois. Si tu tiens tellement à savoir où il était, pourquoi ne pas le lui demander toi-même ?

— Parce que je pense qu'il me raconterait des bobards.

— Pourquoi mentirait-il ? Et que sont ces certaines heures et ces certains jours ?

Prine reposa son journal, se dressa sur son séant, puis se mit debout et s'étira derechef.

— Je veux savoir ce qu'il fabriquait au moment où ces dix bonnes femmes se faisaient trucider.

Stevenson battit des paupières, perplexe et quelque peu abruti.

— Pourquoi ?

— S'il était seul chaque fois, seul à travailler, seul au cinéma, seul à se balader, il pourrait peut-être être le meurtrier.

— *Harris ?* Tu crois que le Boucher et lui ne font qu'un ?

— Peut-être.

— Et c'est en te basant sur des « peut-être » que tu fais appel à des détectives privés ?

— Je t'ai dit que je me suis méfié de cet homme dès la première seconde. Et si j'ai raison, tu te rends compte du scoop que nous tenons ?

— Harris n'est pas un meurtrier. Au contraire, il capture les meurtriers !

Prine se dirigea vers le bar.

— Prends un médecin qui soigne cinquante malades atteints de la grippe pendant une semaine et encore cinquante la semaine suivante. Cela te surprendrait beaucoup s'il attrapait la grippe la troisième semaine ?

— Je te suis mal.

Prine remplit un verre de bourbon.

— Harris a été des années durant, et au plus profond de lui-même, en contact avec le meurtre, s'exposant par là même à des traumatismes inconnus de la plupart d'entre nous. Il a littéralement fouillé l'esprit de gens qui avaient tué leur femme, des assassins d'enfants, des tueurs de masse... Il a probablement vu plus de sang et de violence que l'écrasante majorité des flics n'en voit au cours de toute sa carrière. Est-il inconcevable qu'un homme — au départ instable, ne l'oublions pas — puisse craquer dans ces conditions ? Est-il inconcevable qu'il se transforme en un fou du genre de ceux qu'il s'applique à traquer sans ménager ses efforts ?

— Instable ? (Stevenson plissa le front.) Mais Graham Harris ne l'est pas plus que toi et moi.

— Jusqu'à quel point le connais-tu ?

— Je l'ai vu à l'émission.

— Il y a un certain nombre de petites choses que tu devrais savoir.

— Par exemple ?

Prine regarda son reflet dans le miroir installé derrière le bar et lissa ses cheveux lustrés.

— Je me flatte d'être un psychanalyste amateur — amateur mais probablement compétent. D'abord, Graham Harris est issu d'une famille à la limite de la pauvreté et...

— Une seconde ! Son père était quand même l'éditeur Evan Harris !

— Evan Harris n'était que son beau-père. Graham était âgé d'un an quand son véritable père est mort. Sa mère était serveuse dans un bar. Elle avait toutes les peines du monde à garder un toit au-dessus de leurs têtes car elle devait payer les frais médicaux nécessités par l'état de santé déficient de son mari. Pendant des années, ils ont vécu au jour le jour, frôlant la catastrophe à chaque instant. Il y a de quoi marquer un enfant.

— Comment a-t-elle rencontré Evan Harris ?

— Je n'en sais rien. Mais après leur mariage, Graham a pris le nom de son beau-père. Il a passé la fin de son enfance dans un hôtel particulier. Quand il a eu terminé ses études, il disposait d'assez de temps et d'argent pour devenir un alpiniste de renommée mondiale. Evan Harris, d'ailleurs, faisait tout pour l'encourager dans cette voie. Dans certains milieux, Graham était une star. Tu as une idée du nombre de femmes qui se laissent séduire par la montagne ? Pas pour faire de l'escalade, ajouta Prine devant le haussement d'épaules de Stevenson. Comme supporters des grimpeurs et pour leur tenir compagnie au lit. Il y en a plus que tu ne l'imagines. Pour moi, ce qui les excite, c'est la mort qui guette toujours les alpinistes. Pendant plus de dix ans, Graham a été fêté, adulé. Et puis, un beau jour, il a fait une mauvaise chute. Quand il a été guéri, la montagne le terrifiait. (Prine s'écoutait parler, fasciné par la théorie qu'il développait.) Tu comprends, Paul ? Quand il est né, il n'était rien. Jusqu'à l'âge de six ans, il n'était rien. Et, lorsque sa mère s'est remariée avec Evan Harris, du jour au lendemain, il est devenu quelqu'un. Il n'y a rien d'étonnant à le voir redouter de retomber dans le néant et l'anonymat.

Stevenson rejoignit Prine devant le bar et se servit à son tour un doigt de bourbon.

— Il n'y a guère de risques que cela lui arrive. Il a hérité la fortune de son beau-père.

— L'argent n'est pas la même chose que la gloire. Ayant accédé à la célébrité, ne serait ce que dans le cercle étroit des passionnés de haute montagne, il a peut-être pris de mauvaises habitudes. Il est peut-être devenu un drogué de la gloire. Cela peut arriver aux meilleurs. J'ai déjà vu ça.

— Moi aussi.

— Si les choses se sont passées de cette manière... eh bien, il peut avoir estimé que l'infamie et la renommée se valent. Sous le masque du Boucher, il a droit aux gros titres dans la presse : il est un infâme, même si c'est seulement sous un nom de guerre.

— Mais il était avec toi sur le plateau hier soir à l'heure où cette fille, Mowry, était assassinée.

— Pas forcément.
— Hein ? Il a prédit sa mort, non ?
— L'a-t-il prédite ou nous a-t-il simplement annoncé qu'il l'avait choisie pour être sa prochaine victime ?
Stevenson dévisagea Prine comme si celui-ci avait perdu la boule.
Prine s'esclaffa.
— Bien sûr qu'il était avec moi sur le plateau. Mais pas obligatoirement au moment du crime. J'ai un informateur à la police et il m'a procuré une copie du rapport du coroner. Selon le médecin légiste, Edna Mowry a été tuée entre vingt-trois heures trente et une heure trente. Or, Graham Harris a quitté les studios à minuit et demi. Il disposait donc d'une heure pour faire son affaire à Edna Mowry.
Stevenson but une gorgée de bourbon.
— Bon Dieu, Tony ! Si tu as raison, si tu lances une bombe pareille, la chaîne ABC te donnera une émission d'audience nationale à l'heure de grande écoute et elle te laissera carte blanche pour faire ce que tu voudras, et en direct, encore !
— Ce n'est pas impossible.
Stevenson termina ce qui restait au fond de son verre.
— Seulement, tu n'as pas l'ombre d'une preuve. Ce n'est qu'une hypothèse. Et une hypothèse plutôt tirée par les cheveux ! On ne peut pas accuser un homme sous prétexte qu'il est né dans une famille pauvre. Quoi ! Tu as toi-même eu une enfance encore plus dure que la sienne et tu n'es pas devenu un assassin pour autant.
— A l'heure qu'il est, c'est vrai : je n'ai pas de preuves, convint Prine.
Mais si on ne peut pas en trouver une, ajouta-t-il *in petto*, on peut toujours la fabriquer.

10

Sarah Piper consacra le début de l'après-midi du vendredi à faire ses valises. Elle allait passer cinq jours à Las Vegas. Ernie Nolan, un couturier qui figurait depuis trois ans sur la liste de ses clients spéciaux, s'y rendait tous les six mois et il l'emmenait avec lui. Il lui donnait quinze cents dollars en échange de ses faveurs, plus cinq cents pour jouer. Même si Ernie avait été une brute, ce qui n'était pas le cas, c'étaient de bonnes et lucratives vacances.

Elle avait pris une semaine de congé et se félicitait de n'avoir pas à travailler encore ce soir au *Rhinestone* avant de sauter dans l'avion de Los Angeles le lendemain matin. Elle n'avait dormi que deux heures après être rentrée de chez Edna et son sommeil avait été peuplé de cauchemars. Elle avait besoin d'une bonne nuit afin d'être en pleine forme pour Ernie.

Tout en s'affairant, elle se demandait s'il ne lui manquait pas quelque chose. N'avait-elle pas de cœur ? Etait-elle dénuée d'émotions normales ? Cette nuit, elle avait pleuré, la mort d'Edna l'avait profondément affectée. Mais elle avait déjà recouvré tout son entrain. L'idée de s'absenter de New York la surexcitait et elle était folle de joie. Elle avait beau s'interroger, elle n'éprouvait pas de complexe de culpabilité. Elle connaissait trop bien la vie — elle avait vu assez de violence, de désespoir, d'égoïsme, de choses moches — pour se culpabiliser de ce que son chagrin avait déjà disparu. C'était ainsi que les gens étaient faits : l'oubli était le moyeu de la roue, le fond même de l'esprit, c'était lui qui était le garant de l'équilibre mental. On pouvait le déplorer mais c'était la vérité.

A trois heures, comme elle bouclait sa troisième valise, le téléphone sonna. C'était un homme qui voulait un rendez-vous dans la soirée. Elle ne le connaissait pas mais il lui affirma que c'était un de ses clients réguliers qui lui avait donné ses coordonnées. Bien qu'il lui parût tout à fait charmant — un véritable gentleman du Sud à l'accent chantant —, Sarah ne put faire autrement que de refuser.

Il insista :

— Si vous êtes déjà retenue, laissez tomber la personne pour ce soir. Je vous garantis que vous ne le regretterez pas.

— Ce n'est pas cela. Je n'ai pas de rendez-vous mais je pars pour Las Vegas tôt demain matin et j'ai besoin de me reposer.

— Quel est votre tarif habituel ?

— Deux cents dollars. Mais...

— Je vous en donnerai trois cents. Quatre cents, ajouta son correspondant comme Sarah hésitait.

— Je peux vous indiquer deux filles...

— C'est avec vous que je veux passer la soirée, pas avec une autre. J'ai entendu dire que vous êtes la plus jolie fille de Manhattan.

Elle se mit à rire.

— Vous risquez d'être sérieusement désappointé.

— J'ai pris une décision et quand j'ai pris une décision, rien ne peut me faire changer d'avis. Disons cinq cents dollars.

— C'est trop. Si vous...

— Pour moi, cinq cents dollars, ce sont des clopinettes. Je suis dans le pétrole et j'en gagne des millions. Cinq cents. Et, rassurez-vous, je ne vous monopoliserai pas toute la soirée... Je viendrai vers six heures. Nous passerons un agréable moment ensemble, après quoi je vous emmènerai dîner au restaurant. Vous serez rentrée à dix heures et vous aurez largement le temps de vous reposer avant de prendre votre avion.

— Vous ne renoncez pas facilement, on dirait.

— C'est mon image de marque. L'opiniâtreté, j'ai ça dans le sang. Chez moi, on me surnomme la tête de mule.

— Eh bien, entendu, dit Sarah en souriant. Vous avez gagné. Ça marche pour cinq cents dollars. Mais vous me promettez que je serai rentrée à dix heures ?

— Parole d'honneur.

— Vous ne m'avez pas dit votre nom.

— Plover. Billy James Plover.

— Comment dois-je vous appeler ? Billy James ?

— Billy suffira.

— Qui m'a recommandée ?

— Je préférerais ne pas prononcer le nom de l'intermédiaire au téléphone.

— D'accord. Alors, six heures ce soir ?

— N'oubliez pas.

— Je suis déjà impatiente.

— Moi aussi.

11

Connie Davis s'était levée tard. Elle n'avait ouvert le magasin qu'après le déjeuner et n'avait eu qu'une seule cliente. Pourtant, les affaires avaient bien marché, aujourd'hui. Elle avait vendu six fauteuils espagnols du XVIIe parfaitement assortis, des pièces superbes chêne foncé avec des pieds griffons et des accoudoirs sculptés en têtes de gargouilles grimaçantes, grosses comme des oranges. La cliente qui avait craqué possédait un appartement de quatorze pièces sur la 5e Avenue, donnant sur Central Park. Elle voulait ces fauteuils pour meubler celle où elle organisait à l'occasion des séances de spiritisme. Après son départ, Connie gagna le renfoncement dans lequel était aménagé le bureau, ouvrit une boîte de café et prépara le percolateur.

Quand les grandes fenêtres du devant claquèrent bruyamment, elle se retourna pour voir qui était entré mais il n'y avait personne. C'était une brusque rafale.

Le vent d'hiver avait forci et soufflait en bourrasques féroces.

Elle s'installa à son bureau Sheraton fin 1780 et composa le numéro de la ligne personnelle de Graham, court-circuitant la secrétaire.

— Bonjour, Nick, dit-elle lorsqu'il eut décroché.

— Salut, Nora.

— Si tu as un peu avancé dans ton boulot, je t'invite à dîner. Je viens de vendre les fauteuils espagnols et j'ai envie de fêter ça.

— Malheureusement, je crois que ce ne sera pas possible. Je vais devoir travailler presque toute la nuit avant d'en avoir terminé.

— Tes collaborateurs ne pourraient pas faire quelques heures supplémentaires ?

— L'équipe a fini son travail. Mais tu me connais. Je ne peux faire autrement que de vérifier, revérifier et rerevérifier tout.

— Je viendrai te donner un coup de main.

— Tu ne pourrais m'aider en rien.

— Je m'installerai dans un coin et je bouquinerai.

— Non, Connie, tu te barberais. Rentre à la maison et repose-toi. Je serai là vers deux ou trois heures du matin.

— Pas question. Je ne te gênerai pas et je serai parfaitement bien dans un fauteuil avec un livre. Nora a besoin de son Nick, ce soir. J'apporterai ce qu'il faut pour dîner.

— Bon... d'accord. Je ne veux pas te raconter d'histoires: je savais que tu viendrais.

— Une pizza grand format et une bouteille de vin... ça te dit ?

— Formidable !

— Quelle heure ?

— Je commençais à m'endormir sur ma machine. Si je veux en finir cette nuit, il faut que je fasse un somme. J'irai m'étendre dès que l'équipe aura vidé les lieux. Si tu l'apportais à sept heures et demie, cette pizza ?

— Vendu !

— Nous aurons de la visite à huit heures et demie.

— Qui ça ?

— Un policier. Il veut me parler de faits nouveaux à propos de l'histoire du Boucher.

— Preduski ?

— Non, un de ses adjoints. Un certain Bollinger. Il m'a appelé il y a quelques minutes. Il avait l'intention de passer ce soir à la maison. Je lui ai dit que nous serions tous les deux au bureau jusqu'à point d'heure.

— Au moins, nous aurons fini de manger quand il arrivera. Parler du Boucher avant de dîner me couperait l'appétit.

— A tout à l'heure.

— Dors bien, Nick.

Le café avait passé. Connie remplit une tasse du liquide fumant, y rajouta du lait et alla s'asseoir dans un fauteuil devant l'une des fenêtres à meneaux du magasin.

Le tronçon de la 10e Rue qu'elle apercevait derrière les objets anciens exposés en vitrine était balayé par un vent violent. Les rares passants emmitouflés dans d'épais pardessus, mains dans les poches, le dos rond, se hâtaient. Quelques flocons tourbillonnaient entre les maisons et ricochaient sur la chaussée.

Connie but une gorgée et la chaleur qui l'envahit la fit quasiment ronronner d'aise.

Sa pensée revint à Graham et elle eut encore plus chaud. Rien n'aurait pu lui donner froid quand elle pensait à lui. Ni le vent ni la neige. Ni le Boucher. Elle se sentait en sécurité avec Graham, même quand elle ne faisait que penser à lui. Oui, elle était en sécurité. Protégée. Elle savait que malgré la peur dont il était la proie depuis qu'il avait dévissé dans l'Everest, il donnerait sa vie pour elle s'il le fallait. Exactement comme elle était prête à donner la sienne pour lui. Certes, il y avait fort peu de chances pour que l'un ou l'autre fût jamais confronté à un choix aussi dramatique. Mais Connie était convaincue que Graham recouvrerait peu à peu son courage dans les semaines ou les mois à venir sans avoir besoin pour cela du stimulant d'une quelconque situation de catastrophe.

Brusquement, le vent se lança à nouveau à l'assaut de la vitrine en ululant et en gémissant, plaquant de minuscules flocons glacés sur la froide surface de verre.

12

La pièce, étroite et tout en longueur, était haute de plafond. Le sol était recouvert d'un carrelage brun, les murs étaient barbouillés de peinture beige et elle était éclairée par des rampes fluorescentes. Le mobilier se composait de deux bureaux métalliques avec tout ce qu'il fallait : machines à écrire, corbeilles à courrier, fleurs artificielles dans des vases et tout le fouillis consécutif à une journée de travail. Les deux secrétaires d'un certain âge, élégamment vêtues, étaient souriantes en dépit de la morne atmosphère administrative qui régnait. Il y avait cinq tables juxtaposées disposées de telle sorte que quiconque s'y installait était toujours perpendiculaire aux deux bureaux. Les dix chaises de métal étaient toutes du même côté des tables alignées au cordeau. Si celles-ci avaient été placées différemment par rapport aux bureaux, on aurait pu se croire dans une salle de classe surveillée par deux institutrices.

Frank Bollinger se présenta sous le nom de Ben Frank et prétendit être envoyé par un important cabinet d'architectes de New York. Il demanda à consulter dans leur totalité les documents concernant le Bowerton Building. Il retira son pardessus et s'assit à la première table. Les deux secrétaires, aussi efficaces qu'elles en donnaient l'impression, lui apportèrent en un clin d'œil le dossier qu'elles allèrent chercher aux archives. Tout y était : les premiers avant-projets, le plan masse, le descriptif, les rectificatifs, les devis prévisionnels, les demandes de permis de construire, les cahiers des charges, les relevés de coûts définitifs, les projets de modifications, les photographies, la correspondance... Toutes les pièces administratives relatives à l'édification de la tour Bowerton étaient là et, bien que chacune fût dûment inventoriée et fît l'objet d'un classement à deux entrées, c'était une formidable montagne de paperasses.

Le Building Bowerton, haut de quarante-deux étages, qui se dressait en face d'un immeuble de bureaux sur Lexington Avenue, avait été achevé en 1929 et aucun changement essentiel n'y avait été apporté depuis cette date. C'était l'un des chefs-d'œuvre de l'architecture Art déco de Manhattan, encore mieux conçu que cet autre chef-d'œuvre Art déco qui faisait à juste titre l'admiration des foules, le Chanin Building à quelques blocs de là seulement. Un peu plus d'un an auparavant, un groupe de citoyens motivés avait lancé une campagne en vue d'obtenir qu'il fût classé monument historique afin d'échapper aux accès de « modernisation » sporadiques qui lui faisaient risquer d'être un jour ou l'autre purement et simplement rasé. Mais le fait capital aux yeux de Bollinger était que la société d'édition Harris avait son siège au quarantième étage du Bowerton.

Pendant une heure dix, il étudia les plans de l'édifice. Entrées principales. Entrées de service. Sorties de secours. Emplacement et mode de fonctionnement des seize ascenseurs. Situation des deux cages d'escalier. Un système de sécurité électronique minimale, consistant fondamentalement en un circuit de télévision aboutissant au local de gardiennage, avait été installé en 1969. Lorsque Bollinger en eut mémorisé tous les détails et qu'il fut certain de n'avoir rien négligé — il était alors seize heures quarante-cinq —, il se leva, bâilla, s'étira et, le sourire aux lèvres, remit son pardessus en fredonnant.

A quelque distance de la mairie, il avisa une cabine téléphonique, y entra et appela Billy.

— Je l'ai épluché, annonça-t-il d'emblée.

— Le Bowerton ?

— Oui.

— Qu'est-ce que tu en penses ? demanda anxieusement Billy.

— C'est faisable.

— Bon Dieu ! Tu en es sûr ?

— Autant que je peux l'être avant d'avoir commencé.

— Je pourrais peut-être t'aider davantage. Par exemple, si je...

— Non, l'interrompit Bollinger. Si jamais quelque chose clochait, j'aurais toujours la ressource de brandir mon insigne et de prétendre que je me livre à une enquête suite à une plainte. Je n'aurais plus alors qu'à m'éclipser tranquillement. Mais si nous étions tous les deux dans la place, quelle explication donner à notre présence ?

— Tu as raison.

— Nous nous en tiendrons au programme que nous avons établi.

— D'accord.

— Tu te pointeras dans le passage à vingt-deux heures.

— Mais suppose que tu t'aperçoives que le plan ne marche pas. Je ne veux pas attendre...

— Si je suis obligé de laisser tomber, je te passerai un coup de fil avant vingt-deux heures. Si je ne t'appelle pas, viens.

— Naturellement. Mais je ne t'attendrai pas plus tard que vingt-deux heures trente. Je ne pourrai pas poireauter plus longtemps.

— Ce sera un délai suffisant.

Billy exhala un soupir de satisfaction.

— Alors, on va flanquer une méchante pagaille ?

— Je te garantis que, la nuit prochaine, personne dans cette ville ne dormira sur ses deux oreilles.

— As-tu décidé ce que tu écriras sur les murs ?

Un bus passa bruyamment devant la cabine et Bollinger attendit qu'il se fût éloigné. Le choix des citations qu'il avait effectué était ingénieux et il voulait que Billy les appréciât.

— Oui. J'ai un long fragment de Nietzsche : *Je veux enseigner aux hommes la signification de leur existence qui est d'être le surhomme, l'éclair jaillissant de l'obscure nuée de l'homme.*

— Oh ! C'est parfait. Je n'aurais pas trouvé mieux.

— Merci.

— Et Blake ?

— *Des cœurs exposés à la lumière.* (Billy s'esclaffa et Bollinger ajouta :) Je savais que ça te plairait.

— Je suppose que tu as l'intention d'exposer leurs cœurs à la lumière ?

— Naturellement. Leurs cœurs et tout le reste, de la gorge au pubis.

13

A six heures pile, le carillon de la porte retentit.

Sarah Piper alla ouvrir. Son sourire professionnel s'effaça brusquement à la vue de l'homme qui se tenait sur le seuil.

— Vous ? s'exclama-t-elle, surprise. Qu'est-ce que vous venez faire ici ?

— Je peux entrer ?

— C'est-à-dire que...

— Vous êtes merveilleuse, ce soir. Absolument divine.

Son ensemble pantalon orange brûlé moulait étroitement Sarah. Elle porta avec embarras la main à la hauteur de l'échancrure de son corsage qui révélait bien plus que la naissance de ses seins satinés et généreux

— Je regrette mais je ne peux pas vous laisser entrer. J'attends quelqu'un.

— C'est moi que vous attendez. Billy James Plover.
— Quoi ? Mais ce n'est pas votre nom.
— Eh si ! C'est celui que je portais en naissant. Naturellement, je l'ai changé depuis pas mal d'années.
— Pourquoi ne pas m'avoir donné votre véritable identité au téléphone ?
— Je dois protéger ma réputation.
Encore mal remise de sa surprise, Sarah s'effaça pour le laisser entrer, referma la porte et tira le verrou. Consciente de l'impolitesse de son attitude mais incapable de se contrôler, elle dévisagea ouvertement son visiteur. Elle ne savait que dire.
— Vous êtes stupéfaite, dirait-on, Sarah.
— Oui... sans doute. C'est que vous ne paraissez pas être le genre d'homme à venir chez une femme... une femme comme moi.
Le sourire que l'homme arborait depuis le moment où elle lui avait ouvert s'élargit encore.
— Qu'est-ce qu'une femme comme vous, justement, a de mal ? Vous êtes époustouflante.
C'est dément ! songea-t-elle.
— Mais votre voix...
— Mon accent du Sud ?
— Oui.
— C'est aussi un héritage de ma jeunesse. Comme mon nom. Vous préférez que je l'abandonne ?
— Oui. Que vous parliez comme ça... cela ne tient pas debout. Vous me donnez la chair de poule.
Elle serra les bras contre sa poitrine.
— Tiens donc ! Et moi qui pensais que vous trouveriez la chose plutôt drôle. Et quand je suis Billy... je ne sais pas... ça m'amuse, en quelque sorte... j'ai l'impression d'être quelqu'un d'entièrement différent. (Il enveloppa la jeune femme d'un regard aigu.) Quelque chose qui ne va pas ? Nous sommes partis du mauvais pied. Ou peut-être pire. Est-ce que c'est pire ? Si vous ne voulez pas coucher avec moi, vous n'avez qu'à le dire. Je comprendrai. Il est possible que je provoque en vous une certaine répulsion. Je n'ai pas toujours eu

du succès auprès des dames, je me suis fait plus d'une fois envoyer sur les roses. Alors, si c'est ça, dites-le et je m'en irai. Adieu et sans rancune.

Retrouvant son sourire professionnel, Sarah secoua la tête, ce qui fit ondoyer gracieusement son épaisse et blonde chevelure.

— Excusez-moi. Il n'y a aucune raison pour que vous partiez. J'ai juste été déconcertée sur le moment, rien de plus.

— C'est bien vrai ?

— Je vous le jure.

Billy examina le living que découvrait l'ouverture en demi-cintre de l'entrée et caressa le porte-parapluies d'époque qui montait la garde à côté de la porte.

— C'est charmant, chez vous.

— Merci. (Elle ouvrit la penderie et en sortit un cintre.) Donnez-moi votre manteau.

Il l'ôta et le lui tendit.

— Vos gants aussi, dit-elle en suspendant le vêtement. Je vais les mettre dans une poche de votre pardessus.

— Je préfère les garder.

Quand elle fit volte-face, l'homme, debout devant elle, bloquait la porte d'entrée et il tenait à la main droite un couteau à cran d'arrêt d'aspect menaçant.

— Posez ça.

— Pardon ?

— Je vous ai dit de poser cet instrument. (Il éclata de rire.) Je parle sérieusement.

— Tu es la pute la plus culottée que j'aie encore jamais rencontrée !

— Remettez ce couteau dans votre poche et fichez le camp d'ici en vitesse.

Il lui brandit son arme sous le nez.

— Quand elles se rendent compte que je me prépare à les découdre, elles disent toutes des trucs ridicules. Je ne crois pas qu'une seule d'entre elles ait jamais pensé *sérieusement* qu'elle pourrait me faire changer d'idée avec son bavardage oiseux. Avec toi, il en va autrement. Quel aplomb !

Sarah pivota sur elle-même et se précipita en courant dans le living. Son cœur battait à tout rompre et elle était secouée de tremblements mais elle était bien décidée à ne pas laisser la peur la paralyser. Elle gardait un pistolet dans le tiroir de la table de nuit. Si elle parvenait à s'engouffrer dans la chambre et à fermer la porte à clé, elle avait des chances de retarder suffisamment son agresseur pour avoir le temps de prendre l'automatique.

Mais à peine eut-elle fait quelques pas que la main de Billy s'abattit sur son épaule.

Elle se débattit pour se dégager.

Il était plus vigoureux qu'il n'en avait l'air. Ses doigts s'enfonçaient dans la chair comme des serres. Il l'obligea à se retourner et la repoussa brutalement en arrière.

Déséquilibrée, Sarah heurta la table basse sur laquelle elle s'écroula. Elle se cogna la hanche contre le pied de bois massif et une douleur fulgurante rayonna jusque dans sa cuisse.

Planté devant elle, il la dominait de toute sa taille. Il n'avait pas lâché son couteau et son sourire ne l'avait pas quitté.

— Salaud !

— Tu peux mourir de deux manières, Sarah. Tu peux essayer de fuir et de me résister. Cela m'obligerait à te tuer tout de suite — et ce sera douloureux et lent. Tu peux aussi être coopérative, passer dans ta chambre et me laisser te faire jouir. Alors, je te promets que tu mourras vite et sans souffrir.

Ne panique pas, se morigéna-t-elle. Tu es Sarah Piper. Tu es sortie de rien et tu es devenue quelque chose, tu es tombée des dizaines de fois sur le carreau, au propre comme au figuré, et tu t'es relevée à tous les coups. Tu te relèveras encore cette fois et tu survivras, merde, tu survivras !

— D'accord, dit-elle.

Elle se remit debout.

— C'est-y pas mieux comme ça ? (Billy laissa retomber son bras armé du couteau, déboutonna le vaporeux corsage de Sarah et glissa sa main libre sous le léger tissu.) Charmant, murmura-t-il. (Sarah ferma les yeux lorsqu'il se rapprocha d'elle.) Tu verras comme ce sera bon.

Elle lui enfonça un genou dans les parties.

Bien qu'elle l'eût seulement touché en porte à faux, il recula en vacillant.

Elle saisit alors la lampe posée sur la table, la lança dans la direction de Billy et, sans attendre de voir si elle avait atteint sa cible, elle se rua dans sa chambre et en ferma la porte. Mais avant qu'elle eût le temps de tirer le verrou, il se jeta sur le battant qu'il réussit à entrouvrir de quelques centimètres.

Elle poussa de toutes ses forces pour le rabattre et faire jouer le verrou mais il était plus fort qu'elle. Il était clair qu'elle ne pourrait pas le tenir en respect plus d'une minute ou deux.

Aussi, comme il redoublait d'efforts, et au moment où il s'y attendait le moins, elle abandonna la partie et bondit en direction de la table de chevet.

L'homme, pris par surprise lorsque la porte céda, entra en trébuchant et faillit s'étaler.

Sarah ouvrit le tiroir et empoigna l'automatique.

D'un coup sec, il la força à le lâcher. Le pistolet ricocha contre le mur et tomba par terre avec un bruit métallique, hors de portée de la jeune femme.

Pourquoi n'as-tu pas crié ? s'interrogea-t-elle. Pourquoi n'as-tu pas appelé au secours quand tu lui as fermé la porte au nez ? Il était peu probable que quelqu'un l'eût entendue, dans l'immeuble, les appartements étaient bien insonorisés, mais il aurait au moins valu la peine d'essayer quand elle en avait encore la possibilité. Pourtant, elle savait pourquoi elle ne l'avait pas fait. Elle était Sarah Piper. Pas une seule fois au cours de son existence elle n'avait appelé à l'aide. Ses problèmes, elle les avait toujours réglés seule et elle avait toujours mené seule ses batailles. Elle était coriace et en était fière.

Elle ne cria pas.

Elle était terrifiée, elle tremblait, elle était malade de peur mais elle savait qu'elle devait mourir comme elle avait vécu. Si elle lâchait maintenant, si elle se mettait à geindre et à pleurnicher alors qu'elle n'avait plus aucune planche de salut, ce serait la négation de toute sa vie. Et si la vie avait le moindre sens, elle mourrait comme elle avait vécu : avec détermination et fièrement. Intraitable.

Elle cracha à la figure de l'homme.

14

— Brigade criminelle, j'écoute.

— Je voudrais parler à un inspecteur.

— Lequel ?

— Celui que vous voudrez, ça m'est égal.

— Il s'agit d'une urgence ?

— Oui.

— D'où téléphonez-vous ?

— C'est sans importance. Je veux parler à un inspecteur.

— Je suis tenu de noter votre adresse, votre numéro, votre nom...

— La ferme ! Passez-moi un inspecteur ou je raccroche.

— Inspecteur Martin à l'appareil.

— Je viens de tuer une femme.

— D'où appelez-vous ?

— Je suis chez elle.

— Quelle adresse ?

— Elle était très belle.

— Quelle adresse ?

— Une fille ravissante.

— Comment s'appelait-elle ?
— Sarah.
— Et son nom de famille ?
— Piper.
— Voulez-vous épeler ?
— P-i-p-e-r.
— Sarah Piper ?
— C'est ça.
— Quel est votre nom ?
— Je suis le Boucher.
— Mais votre nom réel ?
— Je ne vous le dirai pas.
— Mais si, vous allez me le dire. C'est pour cela que vous avez appelé.
— Non. Je vous ai appelé pour vous annoncer que je tuerai encore du monde avant la fin de la nuit.
— Qui ?
— Entre autres, la femme que j'aime.
— Comment se nomme-t-elle ?
— Je regrette d'être obligé de la tuer.
— Alors ne la tuez pas. Vous...
— Malheureusement, je crains qu'elle n'ait des soupçons.
— Écoutez... si nous...
— Nietzsche avait raison.
— Qui ça ?
— Nietzsche.
Qui est-ce ?
— Un philosophe.
— Oh !
— Il avait raison à propos des femmes.
— Qu'est-ce qu'il en disait ?
— Qu'elles sont un obstacle pour nous. Qu'elles nous empêchent d'atteindre à la perfection. Toute l'énergie qu'on dépense à leur faire la cour et à les sauter, c'est de l'énergie perdue. Toute cette énergie sexuelle que nous gaspillons pourrait être utilisée à autre chose. A la méditation et à l'étude. Si nous ne dilapidions pas ainsi notre énergie avec les femmes,

nous pourrions devenir ce que nous sommes destinés à devenir.

— Et que sommes-nous destinés à devenir ?

— Essayez-vous de localiser l'origine de cet appel ?

— Non.

— Allons donc ! Je suis sûr que si.

— Non, absolument pas.

— D'ici une minute, je ne serai plus là. Je voulais seulement vous avertir que vous saurez demain qui je suis. Qui est le Boucher. Mais vous ne m'attraperez pas. Je suis l'éclair jaillissant de l'obscure nuée de l'homme.

— Écoutez, essayons de...

— Bonsoir, inspecteur Martin.

15

Une neige fine et sèche commença à tomber sur Manhattan ce vendredi à dix-neuf heures. Ce n'étaient pas seulement des rafales mais bel et bien une tempête qui s'annonçait. La neige dégringolait du ciel noir comme d'un tamis et se plaquait en taches pâles aux formes indécises sur la surface sombre du macadam.

Dans son séjour, Frank Bollinger regardait voleter ces millions de minuscules flocons derrière la fenêtre. Il ne se lassait pas du spectacle et il était aux anges. En début de week-end, et particulièrement maintenant avec ce changement de temps, il était douteux que quelqu'un, en dehors de Harris et de son amie, travaille jusqu'à des heures indues dans la tour Bowerton. Ses chances de liquider le couple et de mener à bien et sans bavure le plan qu'il avait mis sur pied avec Billy s'étaient considérablement accrues. La neige était son alliée.

A dix-neuf heures vingt, il alla prendre son pardessus dans la penderie de l'entrée, l'enfila et le boutonna.

Le pistolet était déjà à sa place dans la poche droite. Ce n'était pas l'arme de service de Bollinger car l'examen balistique permettrait trop facilement de remonter jusqu'à lui, mais un Walther PPK, un 38 compact dont l'importation aux États-Unis était interdite depuis 1969. (Un modèle légèrement plus encombrant, le Walther PPK/S, était maintenant fabriqué et commercialisé mais il était moins aisément dissimulable.) Il était muni d'un silencieux, pas une camelote artisanale mais un accessoire usiné avec la plus grande précision par la firme Walther, à l'intention de différentes polices d'élite d'Europe. Même avec son silencieux vissé au bout du canon, l'automatique tenait à l'aise dans la profonde poche du pardessus. Bollinger l'avait subtilisé sur le cadavre d'un individu soupçonné de se livrer au trafic de drogue et au proxénétisme. Dès qu'il l'avait vu, il s'était dit qu'il le lui fallait et, contrairement à toutes les règles, il avait omis de signaler la découverte de l'arme dans son rapport à l'issue de l'enquête. Cela remontait à près d'un an. Il n'avait jamais eu l'occasion de l'utiliser avant ce soir.

Dans sa poche gauche, il avait glissé une boîte de cinquante cartouches. Il ne pensait pas avoir besoin de plus de projectiles que ceux que contenait déjà le magasin mais il tenait à être prêt à toute éventualité.

Il sortit de l'appartement et descendit l'escalier en sautant les marches deux par deux, excité par la traque qui débutait.

Dans la rue, les flocons chassés par le vent étaient semblables à de petites billes de verre tant ils étaient durs. L'ululement des rafales s'engouffrant entre les immeubles remplissait la nuit et les bourrasques faisaient s'entrechoquer les branches des arbres.

Le bureau de Graham Harris, la plus grande des cinq pièces constituant le siège de Harris Publications, au quarantième étage du Bowerton Building, ne ressemblait aucunement à un lieu de travail. Les murs étaient lambrissés — pas du placage mais des panneaux de bois sombre et massif — et le plafond revêtu de tissu acoustique beige. Les rideaux vert foncé masquant le mur de façade étaient assortis à l'épaisse moquette. Le bureau était originellement un Steinway. On l'avait amputé de sa table d'harmonie, on en avait abaissé le couvercle et il avait été retaillé. Derrière le piano reconverti, des ouvrages consacrés au ski et à l'alpinisme s'alignaient sur les rayonnages. L'éclairage était dispensé par quatre lampadaires équipés de bobèches de faïence à l'ancienne et dont les cheminées de verre dissimulaient les ampoules. Deux lampes de lecture en cuivre étaient également posées sur le bureau. Une petite table de conférences et quatre fauteuils étaient disposés face aux fenêtres. Un portemanteau ornementé XVIIe siècle anglais en bois sculpté était de faction à côté de la porte, et près de celle donnant sur la pièce faisant office de salon d'accueil, se dressait un antique bar en marqueterie incrusté de verre taillé et de glaces biseautées. Les murs étaient décorés de photos de cordées en pleine action et d'une toile représentant un sommet encapuchonné de neige. Ç'aurait pu être le cabinet de travail d'un professeur à la retraite où l'on feuillette des livres, où l'on fume pipe sur pipe, un épagneul couché aux pieds de son maître.

Connie ouvrit la barquette de papier d'alu qu'elle avait déposée sur la table de conférences et l'arôme de la pizza fumante se répandit dans la pièce.

Le vin était frais : à la pizzeria, elle avait demandé qu'on le mette à rafraîchir en attendant.

Graham et Connie étaient aussi affamés l'un que l'autre et, pendant quelques minutes, ils furent trop occupés à manger pour prononcer un mot.

Ce fut la jeune femme qui, enfin, rompit le silence :

— Tu as fait une sieste ?

— Et comment !

— Longue ?

— Deux heures.

— Bien dormi ?

— Comme un mort.
— Tu n'en as pas l'air.
— D'un mort ?
— Pas l'air d'avoir dormi.
— Je l'ai peut-être rêvé.
— Tu as les yeux cernés.
— C'est mon look Rudolph Valentino.
— Tu devrais rentrer te mettre au lit.
— Pour que l'imprimeur vienne m'étrangler demain matin ?
— Tes revues sont des publications trimestrielles, permets-moi de te le rappeler. Qu'elles sortent quelques jours plus tôt ou quelques jours plus tard n'est pas d'une importance capitale.
— C'est à un perfectionniste que tu t'adresses.
— Comme si je ne le savais pas !
— Un perfectionniste qui t'adore.
Connie lui envoya un baiser du bout des doigts.

Frank Bollinger se gara dans une petite rue à trois blocs du Bowerton Building et fit le reste du chemin à pied.

Une mince couche de neige — pas plus d'un demi-centimètre mais qui ne cessait de s'épaissir — tapissait les trottoirs et la chaussée. A part quelques taxis qui roulaient trop vite compte tenu des conditions météorologiques, la circulation était rare sur Lexington Avenue.

L'entrée principale du Bowerton, disposée dans un renfoncement de six mètres de profondeur, était constituée de quatre portes à tambour dont trois étaient fermées à clé à cette heure. Au-delà s'étirait un vaste et luxueux hall d'entrée en marbre rehaussé d'appliques de cuivre ornementé, baignant dans une chaude lumière ambrée.

Bollinger tapota la poche où était glissé l'automatique et entra.

Une caméra de télévision en circuit fermé était suspendue à une potence à la hauteur du plafond. Elle était braquée sur la seule et unique porte qui n'était pas verrouillée.

Bollinger secoua la neige de ses chaussures, laissant à la caméra le temps de l'examiner sous toutes les coutures. En lui faisant face avec cette insouciance, il n'éveillerait pas les soupçons du gardien qui surveillait l'écran de contrôle.

Un vigile en uniforme était assis sur un tabouret derrière un lutrin près de la première batterie d'ascenseurs. Bollinger se dirigea vers lui, sortant du champ de la caméra.

— Bonsoir, monsieur, dit le vigile.

Tout en avançant, Bollinger sortit son porte-cartes et, d'un geste vif, lui montra son insigne doré.

— Police.

Les échos de sa voix, renvoyés par les murs de marbre et le haut plafond, éveillaient une résonance étrange.

— Il y a un problème ?

— Est-ce qu'il y a encore des gens qui travaillent à cette heure-ci ?

— Seulement quatre personnes.

— Elles sont toutes dans le même bureau ?

— Non. Qu'est-ce qui se passe ?

Bollinger tendit le doigt vers le registre grand ouvert posé sur le lutrin.

— J'aimerais avoir les noms de ces personnes.

— Attendez... Harris, Davis, Ott et MacDonald.

— Où pourrais-je trouver Ott ?

— Au seizième étage.

— Quelle est la raison sociale de l'entreprise ?

— Cragmont Imports.

Le vigile avait un visage rond et pâlichon, la bouche molle et une ombre de moustache à la Oliver Hardy qui remonta et disparut presque dans ses narines quand son propriétaire prit une expression intriguée.

— Et à quel étage se trouve MacDonald ?

— Au seizième aussi.

— Il travaille avec Ott ?

— Exact.

— Il n'y a que ces quatre-là ?

— Oui, juste eux.

— Peut-être que quelqu'un d'autre est encore dans l'immeuble sans que vous le sachiez.

— Impossible. A partir de cinq heures et demie tous les gens qui montent doivent émarger sur le registre. A six heures, on fait la tournée générale des bâtiments, étage par étage, pour savoir qui reste encore et, quand ils partent, ils nous préviennent. Cela fait partie des consignes anti-incendie édictées par le gérant. (Il tapota son registre.) Si jamais il y avait le feu, on saurait exactement qui est encore dans la boîte et à quel endroit.

— Et le personnel d'entretien ?

— Quoi, le personnel d'entretien ?

— Les femmes de ménage, les portiers... je ne sais pas. Il y en a qui travaillent ?

— Jamais le vendredi soir.

— Vous en êtes bien sûr ?

— Dame ! (Le vigile était visiblement agacé par cet interrogatoire et il commençait à se demander s'il devait continuer à se montrer aussi coopératif.) Ils viendront demain toute la journée.

— Et le technicien ?

— Schiller, qu'il s'appelle, le chauffagiste. Il est de garde cette nuit.

— Où est-il ?

— En bas.

— Où ça, en bas ?

— Je crois qu'il vérifie une des chaudières à air pulsé.

— Il est seul ?

— Oui.

— Combien y a-t-il de gardes pour assurer la sécurité à part vous ?

— Est-ce que vous allez me dire de quoi il retourne, à la fin ?

— La situation est grave et urgente, bon Dieu ! rétorqua Bollinger. Combien y a-t-il de gardes en dehors de vous ? Répondez !

— Seulement deux. Qu'est-ce qu'il y a de si grave ?

— Une bombe aurait été déposée dans l'immeuble.

Les lèvres du vigile se mirent à trembloter et on aurait cru que sa moustache allait se décoller.

— Vous rigolez ?

— J'aimerais mieux.

L'autre se laissa glisser à bas de son tabouret. Au même moment, Bollinger sortit le Walther de sa poche.

Le visage du vigile prit une teinte cireuse.

— Qu'est-ce que c'est ?

— Un pistolet. Je vous conseille de laisser le vôtre là où il est.

— Écoutez, cette bombe... je vous jure que ce n'est pas moi qui ai téléphoné pour dire qu'il y en avait une. (Bollinger s'esclaffa.) C'est la vérité vraie.

— Je le sais.

— Eh... il a un silencieux, votre pétard !

— Eh oui.

— Mais les policiers ne...

Bollinger lui logea deux balles en pleine poitrine.

Sous l'impact, le vigile fut catapulté contre le mur. Pendant un instant, il resta très droit comme s'il attendait que quelqu'un le mesure et marque sa taille en traçant un trait sur la surface de marbre.

Puis il s'écroula.

DEUXIÈME PARTIE

VENDREDI

20 h - 20 h 30

16

Sans plus se préoccuper de l'homme mort, Bollinger se retourna vivement. Personne. Ni devant les portes à tambour ni sur le trottoir, personne qui aurait pu être témoin du meurtre.

Promptement mais calmement, il remit l'automatique dans sa poche, empoigna le cadavre sous les aisselles et le hala jusqu'à la première batterie d'ascenseurs. Il le coinça entre celle-ci et la suivante. Désormais, si quelqu'un entrait, il ne verrait rien d'autre qu'un hall vide.

Le mort le contemplait fixement. Sa moustache paraissait avoir été peinte au-dessus de sa lèvre supérieure.

Bollinger entreprit de le fouiller. Ses poches contenaient un peu de monnaie, un billet de cinq dollars chiffonné et un trousseau de sept clés.

Il se dirigea vers le centre du hall.

Il aurait voulu foncer droit sur la porte mais il savait que ce n'était pas la chose à faire. Il rentrerait aussi sec dans le champ de la caméra et si les gardiens qui surveillaient l'écran de contrôle le voyaient ouvrir cette porte, cela leur mettrait la puce à l'oreille, ils rappliqueraient pour savoir de quoi il retournerait et il perdrait l'avantage de la surprise.

Gardant présents à l'esprit dans tous leurs détails les plans qu'il avait étudiés dans l'après-midi à la mairie, il s'engagea sans bruit dans un petit couloir à gauche au fond du hall. Quatre pièces donnaient sur ce couloir. La deuxième à droite était le local de gardiennage et celui-ci était ouvert.

Il s'en approcha avec précaution en se demandant si le chuintement de ses semelles mouillées était aussi bruyant à l'oreille des gardiens qu'à la sienne.

Il y avait deux hommes dans la pièce. Ils parlaient de leur boulot, ils râlaient mais seulement du bout des lèvres.

Bollinger sortit son arme et entra dans le local.

Les gardiens étaient assis devant une petite table face à trois écrans de télévision. Ils ne les surveillaient pas : ils jouaient aux cartes.

Le plus âgé avait la cinquantaine. Massif, les cheveux gris, il avait une tête de boxeur. Le nom de « Neely » était brodé sur sa poche de poitrine. Il leva les yeux mais ne réagit pas comme il aurait dû le faire à la vue du pistolet de Bollinger. Ce fut sans aucune trace de peur qu'il demanda :

— Qu'est-ce que ça veut dire ?

Son collègue avait dans les trente ans. Il était en parfaite forme physique, un visage ascétique, les mains pâles. Quand il se retourna pour voir ce qui avait attiré l'attention de Neely, Bollinger lut le nom de « Faulkner » sur sa chemise.

Il abattit Faulkner en premier.

Portant ses deux mains à sa gorge ensanglantée mais trop tard pour empêcher la vie de s'en échapper à grands flots, Faulkner bascula en arrière dans son fauteuil.

— Eh !

Le gros Neely était enfin sur ses pieds. Son holster était fermé et il tâtonna gauchement pour l'ouvrir.

Bollinger tira par deux fois.

Neely effectua une pirouette totalement dépourvue de grâce, s'effondra sur la table qui se renversa et roula à terre sous une pluie de cartes à jouer.

Bollinger tâta le pouls des deux hommes.

Ils avaient l'un et l'autre cessé de vivre.

Il referma en sortant.

Son premier soin fut de verrouiller la dernière porte à tambour du hall, puis il alla s'asseoir sur le tabouret. Là, il prit la boîte de cartouches dans sa poche gauche et rechargea son pistolet.

Quand il en eut terminé, il consulta sa montre. Vingt heures dix. Il était dans les temps.

17

— Elle était bonne, cette pizza, dit Graham.

— Le vin non plus n'est pas mauvais. Je t'en ressers un verre ?

— Non, j'en ai bu suffisamment.

— Juste un petit...

— Non. Il faut que je me mette au travail.

— Zut !

— Je t'avais prévenue. Tu es venue en connaissance de cause.

— J'essayais de te saouler.

— Avec une seule bouteille de vin ?

— Pour te séduire ensuite.

— Ce sera pour demain soir.

— Demain soir, je serai tellement folle de désir que je ne verrai plus clair.

— Cela ne fait rien. L'amour et le braille font très bon ménage. (Graham se leva, fit le tour de la table et posa un baiser sur la joue de Connie.) Tu as apporté de quoi lire ?

— Oui, un polar. Une aventure de Nero Wolfe.

— Eh bien, plonge-toi dedans.
— Est-ce que je pourrai te regarder de temps en temps ?
— Qu'est-ce qu'il y a à regarder ?
— Pourquoi les hommes lisent-ils *Playboy*, veux-tu me dire ?
— Je ne travaille pas à poil.
— Ce n'est pas la peine.
— Quelle tristesse !
— Même habillé, tu es sexy.
Il sourit.
— Bon, d'accord. Regarde mais sans parler.
— Je pourrai dire quelques bêtises ?
— Si c'est vraiment indispensable...
Ces coups d'encensoir faisaient plaisir à Graham et Connie en était ravie. Elle avait l'impression qu'elle ébréchait peu à peu son complexe d'infériorité, l'effritait, le décortiquait couche par couche.

18

Le technicien de garde était un gaillard trapu approchant la cinquantaine. Il avait le teint clair des blonds. Il portait un pantalon gris et une chemise à carreaux bleus et blancs. Il fumait la pipe.
Quand Bollinger surgit en bas des marches, l'arme au poing, il s'exclama :
— Mais qui diable êtes-vous ?
Il avait un léger accent allemand.
— *Sie sind Herr Schiller, nicht wahr ?* lui demanda Bollinger.
Ses grands-parents étaient germano-américains. Il avait appris l'allemand quand il était petit et ne l'avait jamais oublié.
Surpris de s'entendre interpeller dans cette langue, inquiet à la vue de l'automatique mais intrigué par le sourire de Bollinger, Schiller confirma :

— *Ya, ich bin's.*
— *Es freut mich sehr, Sie kennenzulernen.*
Schiller ôta sa pipe de sa bouche et se passa nerveusement la langue sur les lèvres.
— *Die Pistole ?*
— *Für den Mord*, répondit Bollinger.
Et il appuya à deux reprises sur la détente.

Quand il fut remonté dans le hall, Bollinger ouvrit la porte qui faisait face au local de gardiennage et alluma.
C'était une pièce exiguë aux murs et au plafond de ciment brut, encombrée de câbles et de matériel téléphonique et électrique. Deux extincteurs rouge vif étaient à portée de main.
Il s'approcha des deux armoires métalliques fixées à la paroi du fond. Leur porte portait l'emblème de la Compagnie du téléphone. Bien que la destruction de leur contenu permît de mettre hors service toutes les lignes, tous les standards et toutes les liaisons avec le central, ni l'une ni l'autre n'était cadenassée. Chacune abritait une boîte de disjoncteurs et vingt-six clés que Bollinger abaissa les unes après les autres.
Cela fait, il s'approcha d'un coffret portant la mention PRÉVENTION INCENDIE, le fractura et tripota les fils électriques qui se trouvaient à l'intérieur.
Quand il en eut terminé, il revint dans la salle de surveillance, enjamba les cadavres des vigiles et décrocha l'un des deux téléphones disposés devant les écrans de contrôle.
Pas de tonalité.
Il tapota sur la fourche du combiné.
Toujours rien.
Il raccrocha et répéta la même opération avec le second appareil. Lui aussi était mort.

Bollinger entra en sifflotant dans la cabine du premier ascenseur.

Le tableau de commande comportait deux serrures. Celle du haut ouvrait le panneau en cas de réparations à effectuer, l'autre coupait le mécanisme de l'appareil.

Il essaya les clés qu'il avait trouvées dans la poche du gardien. La troisième correspondait à la serrure du bas.

Il appuya sur le bouton du cinquième. Le chiffre de l'étage ne s'alluma pas, les portes ne se refermèrent pas, la cabine ne bougea pas.

Sans cesser de siffloter — un peu plus fort, toutefois —, il mit tour à tour en panne les quinze autres ascenseurs à l'exception d'un seul. Celui-là, il l'utiliserait d'abord pour monter au seizième où travaillaient Ott et MacDonald, ensuite pour gagner le quarantième où Harris et sa petite amie l'attendaient.

19

Bien que Graham n'eût pas ouvert la bouche, Connie devinait que quelque chose n'allait pas. Sa respiration était saccadée. Levant les yeux de son livre, elle le regarda. Il s'était interrompu dans son travail. La bouche entrouverte, les yeux fixes, il contemplait le vide.

— Que se passe-t-il ? lui demanda-t-elle.

— Rien.

— Tu es pâle.

— Un peu de migraine, c'est tout.

— Tu grelottes. (Comme il se taisait, Connie se leva, posa son livre et se jucha sur un coin du bureau.) Graham ?

— Ça va. C'est passé, maintenant, je vais très bien.

— Non.

— Je te répète que tout va bien.

— En tout cas, pendant une minute, ça n'avait pas l'air de tourner rond.

— Je te l'accorde.

Elle lui prit la main : elle était glacée.

— Tu as eu une vision ?

— Oui.

— De quoi ?

— De moi. Abattu à coups de pétard.

— Je ne trouve pas ça drôle.

— Je ne plaisante pas.

— Tu n'as encore jamais eu de visions personnelles. Tu disais toujours que la voyance ne fonctionne que quand ce sont des tiers qui sont impliqués.

— Pas cette fois.

— Peut-être que tu te trompes.

— J'en doute. J'ai eu la sensation d'une masse qui s'abattait entre mes omoplates. Ça m'a coupé le souffle. Je me suis vu tomber. (Ses yeux s'agrandirent.) Il y avait du sang. Des fleuves de sang.

Connie eut soudain le cœur pris dans un étau. Il ne s'était jamais trompé. Et voilà maintenant qu'il prédisait qu'il allait être assassiné.

Il lui serra plus énergiquement la main comme pour essayer de s'imprégner de la force de sa compagne.

— Tu veux dire que tu... seras tué ?

— Je ne sais pas. Peut-être. Ou seulement blessé. En tout cas, ce qui est clair, c'est que je recevrai une balle dans le dos.

— Qui t'a... qui te tirera dessus ?

— Le Boucher, je pense.

— Tu l'as vu ?

— Non. C'est juste une impression. Insistante.

— Où cela s'est-il produit ?

— Dans un endroit que je connais bien.

— Ici ?

— Peut-être.

— A la maison ?

— Peut-être.

Une rafale balaya rageusement la façade de la tour et les fenêtres vibrèrent derrière les rideaux.

— Et quand cela arrivera-t-il ?

— Bientôt.
— Ce soir ?
— Je ne peux pas te répondre avec certitude.
— Demain ?
— Possible.
— Dimanche ?
— Non, avant.
— Qu'allons-nous faire ?

20

L'ascenseur s'immobilisa au seizième.

Bollinger donna un tour de clé pour le mettre hors service avant d'en sortir. La cabine resterait à sa disposition, portes ouvertes, jusqu'à ce qu'il en ait à nouveau besoin.

Le seizième étage était plongé dans une obscurité quasi totale. Une rampe fluorescente au plafond éclairait la niche de l'ascenseur mais, en dehors d'elle, les seules sources de lumière étaient constituées par les petites ampoules rouges des issues de secours qui luisaient faiblement aux deux extrémités du couloir central.

Bollinger avait prévu qu'il ferait noir : il sortit de la poche intérieure de son pardessus une lampe-stylo qu'il alluma.

Dix petites sociétés avaient leurs bureaux à cet étage, six à droite et quatre à gauche des ascenseurs. Bollinger commença par la droite. La troisième porte portait un panonceau sur lequel il lut la raison sociale CRAGMONT IMPORTS.

Il éteignit sa lampe, la remit dans sa poche et sortit son Walther PPK.

Fichtre ! ça marche comme sur des roulettes, se dit-il. C'était du gâteau. Dès qu'il en aurait terminé avec la Cragmont Imports, il pourrait s'occuper de ses cibles principales. D'abord, Harris. Ensuite, la femme. Si elle était bien roulée... eh bien, il était tellement en avance sur son horaire qu'il aurait une heure à perdre. Une heure à lui consacrer si elle en valait la peine. Il débordait d'énergie, d'appétit, d'excitation et il avait terriblement envie d'une femme. Une femme, une table bien garnie et des masses de whisky de choix. Mais c'était surtout d'une femme qu'il avait besoin. Avec une heure devant lui, il pourrait la faire passer à la casserole. Dans les grandes largeurs.

Il essaya la porte de la Cragmont Imports. Elle n'était pas fermée à clé.

Il pénétra dans la salle d'attente obscure. Il n'y avait qu'un rai de lumière venant du bureau adjacent dont la porte était entrebâillée.

Il s'en approcha et fit halte, tendant l'oreille. Il entendait parler. Il se résolut à pousser le battant et entra dans la pièce.

Deux hommes étaient assis devant une table de conférences sur laquelle s'empilaient des papiers et des classeurs. Ils étaient en bras de chemise (l'un avait une chemise bleue, l'autre une blanche), sans cravate, les manches retroussées. Ils virent immédiatement le pistolet mais il leur fallut plusieurs secondes pour comprendre ce qui leur arrivait et lever les yeux pour regarder Bollinger.

— Ça sent le parfum, ici, fit ce dernier.

Ils ouvrirent tout grands les yeux.

— L'un de vous deux se parfume ? reprit Bollinger.

— Non, répondit Chemise Bleue. Les parfums sont un des articles que nous importons.

— Lequel d'entre vous est MacDonald ?

Ils se dévisagèrent, puis leurs regards revinrent au pistolet.

— MacDonald ? répéta Bollinger.

— C'est lui, dit Chemise Bleue.

— Non, c'est lui, répliqua Chemise Blanche.

— Il ment, dit Chemise Bleue.

— Non, c'est lui qui ment, riposta l'autre.

— Je ne sais pas ce que vous voulez à MacDonald, dit l'homme à la chemise bleue. Laissez-moi en dehors de vos histoires. Faites ce que vous voudrez de lui et allez-vous-en.

— Dieu tout-puissant ! s'exclama son compagnon. Je ne suis pas MacDonald, enfin ! Si vous avez des comptes avec ce fumier, c'est lui. Pas moi.

Bollinger se mit à rire.

— Aucune importance. C'est aussi pour descendre M. Ott que je suis là.

— Moi ? s'étrangla Chemise Bleue. Qui diable aurait une raison de me tuer, moi ?

21

— Il faut que tu téléphones à Preduski, dit Connie.

— Pourquoi ?

— Pour lui demander la protection de la police.

— C'est inutile.

— Mais il n'est pas sceptique. Il ne met pas tes visions en doute.

— Je sais.

— Il te fera protéger.

— Je sais. Ce n'était pas ce que je voulais dire.

— Explique-toi mieux, veux-tu ?

— Connie, je me suis vu tiré comme un lapin. Dans le dos. Et cela se produira. Les choses que je vois se réalisent toujours. Personne ne peut faire quoi que ce soit pour l'empêcher.

— La prédestination n'existe pas. L'avenir peut être modifié.

— Tu crois ?

— Tu le sais aussi bien que moi.

Les yeux bleus de Graham étaient hagards.

— J'en doute.

— Tu ne peux pas avoir une certitude absolue.

— Si, justement.

Cette attitude, cette complaisance à attribuer tous ses échecs à la fatalité était ce qui inquiétait et troublait le plus Connie. C'était là une forme particulièrement pernicieuse de lâcheté. Graham refusait d'être responsable de sa propre existence.

— Appelle Preduski.

Il baissa les yeux et se perdit dans la contemplation de la main de la jeune femme, sans avoir conscience de la force avec laquelle il l'agrippait.

— Si cet homme vient à la maison pour te tuer, je serai probablement là, moi aussi, Graham. Tu te figures qu'il va t'abattre, puis s'en aller tranquillement en me laissant la vie ?

A l'idée de la voir sous le couteau du Boucher, Harris sursauta. C'est ce qu'elle avait prévu ; il murmura :

— Mon Dieu !

— Appelle Preduski, insista-t-elle.

— D'accord.

Il lui lâcha la main, décrocha le téléphone, resta quelques instants l'écouteur collé à l'oreille, puis tapota la fourche et enfonça deux ou trois touches.

— Que se passe-t-il ?

— Il n'y a pas de tonalité, répondit-il en plissant le front. (Il raccrocha, attendit quelques secondes et décrocha à nouveau.) Toujours rien.

Connie se laissa glisser à bas du bureau.

— On va essayer avec l'appareil de ta secrétaire.

Ils passèrent dans le salon d'accueil.

Le téléphone de la secrétaire était mort, lui aussi.

— Bizarre.

Connie sentit les battements de son cœur s'accélérer.

— Va-t-il venir t'exécuter cette nuit ?

— Je te répète que je n'ai pas de certitude catégorique.

— Est-il dans l'immeuble ?

— Tu penses qu'il a coupé la ligne du téléphone ?

(Connie acquiesça.) Tu pousses le bouchon un peu loin. C'est tout simplement une panne.

La jeune femme alla ouvrir la porte du couloir. Graham la rejoignit en boitillant.

L'obscurité était presque totale dans le corridor. La faible lueur rouge des ampoules luisait au-dessus des portes des escaliers de secours de part et d'autre du palier. Quinze mètres plus loin, une vague flaque de lumière bleuâtre marquait l'emplacement des ascenseurs.

Le silence était absolu. Ils n'entendaient d'autre bruit que celui de leur respiration.

— J'ai beau ne pas être voyante, ça ne me plaît pas. Je le sens, Graham... quelque chose n'est pas normal.

— Dans une construction comme cette tour, les lignes téléphoniques sont encastrées dans les murs. Dehors, elles sont souterraines. Tout le réseau de New York est enterré. Comment veux-tu qu'il les sabote ?

— Je ne sais pas comment mais peut-être qu'il le sait, lui.

— Ce serait prendre un risque énorme.

— Il lui est déjà arrivé de prendre des risques. A dix reprises.

— Ce n'est pas pareil. Nous ne sommes pas seuls. Il y a les gardes qui assurent la sécurité.

— Ils sont quarante étages plus bas.

— Cela fait un bon bout de chemin, convint Graham. Fichons le camp d'ici.

— Nous nous faisons probablement des idées stupides.

— Probablement.

— Nous n'avons probablement rien à craindre.

— Probablement.

— Je vais chercher nos manteaux.

— Laisse tomber les manteaux. (Harris prit Connie par la main.) Viens. On va prendre l'ascenseur.

MacDonald et Ott jouaient à cache-cache en essayant de s'abriter derrière les meubles et Bollinger dut tirer par huit fois pour en finir avec eux.

Quand il les eut tués, son Walther PPK avait cessé d'être muet. Un silencieux perd son efficacité au-delà d'une douzaine de coups de feu. Le passage des balles avait eu pour effet d'écraser les déflecteurs qui, dès lors, ne faisaient plus obstacle aux ondes sonores. Les trois derniers coups de feu que Bollinger tira résonnèrent comme les aboiements d'un chien de garde de taille moyenne. Mais cela n'avait pas d'importance. Le bruit des détonations ne s'entendrait ni dans la rue ni au quarantième étage.

Il alluma dans l'antichambre de la Cragmont Imports, s'assit sur un canapé, rechargea son arme et dévissa le silencieux qu'il glissa dans sa poche. Il ne tenait pas à ce que les fibres d'acier arrachées des déflecteurs détériorent le canon du Walther PPK. D'ailleurs, il ne restait plus personne dans la tour pour entendre les détonations quand il abattrait Harris et la femme. La détonation d'un coup de feu tiré au quarantième étage avait peu de chances de traverser murs et fenêtres pour se répercuter dans Lexington Avenue.

Il jeta un coup d'œil à sa montre.

Vingt heures vingt-cinq.

Il éteignit, sortit dans le corridor et se dirigea vers l'ascenseur.

Le quarantième étage était desservi par huit ascenseurs mais aucun ne fonctionnait.

Connie appuya sur le bouton d'appel du dernier. Encore une fois, en vain.

— D'abord, le téléphone, murmura-t-elle. Et maintenant, les ascenseurs.

A la lumière chiche mais néanmoins crue de la rampe fluorescente, les rides d'expression de Graham étaient plus profondément marquées que d'habitude

Son visage évoquait un masque de kabuki et il reflétait une extrême anxiété.

— Nous sommes pris au piège.

— Ce n'est peut-être qu'un banal incident technique, rétorqua Connie. Une défaillance mécanique qu'on est peut-être d'ores et déjà en train de réparer.

— Et les téléphones ?

— Coïncidence. Il n'y a pas forcément de raison de s'inquiéter.

Au moment où elle prononçait ces mots, les chiffres commencèrent à s'éclairer les uns après les autres au-dessus de la porte de l'ascenseur en face duquel ils se trouvaient : 16... 17... 18... 19... 20...

— Quelqu'un monte, dit Graham.

Connie sentit un frisson glacé lui parcourir l'échine.

... 25... 26... 27...

— Ce sont peut-être les vigiles.

Graham garda le silence.

Connie aurait voulu faire demi-tour et prendre ses jambes à son cou mais elle était incapable de bouger. Les chiffres qui s'éclairaient l'hypnotisaient.

... 30... 31... 32...

Des images défilaient dans sa tête. Des femmes gisant dans un fouillis de draps ensanglantés. Des femmes à la gorge béante. Aux doigts coupés. Aux oreilles tranchées.

... 33...

Elle sursauta quand Graham lui cria :

— L'escalier !

— L'escalier ?

— L'escalier de secours.

... 34...

— Quoi, l'escalier de secours ?

— On va filer par l'escalier de secours.

— Pour nous cacher quelques étages plus bas ?

... 35...

— Non. Nous descendrons jusqu'au hall d'entrée.

— C'est trop loin !

— C'est le seul endroit où nous trouverons de l'aide.

... 36...

— Nous n'avons peut-être pas besoin d'aide.

— Si.

... 37...

— Mais avec ta jambe...

— Je ne suis pas *totalement* infirme, laissa sèchement tomber Graham.

... 38...

Il empoigna Connie par l'épaule. Ses doigts la meurtrissaient mais elle savait qu'il ne se rendait pas compte de la force farouche avec laquelle il l'étreignait.

— Viens, Connie.

... 39...

Furieux de la voir hésiter, il lui expédia une bourrade. La jeune femme trébucha et crut un instant qu'elle allait tomber mais il la retint.

Au moment où ils s'élançaient dans le couloir obscur, elle entendit derrière eux s'ouvrir les portes de l'ascenseur.

Quand Bollinger émergea du renfoncement où étaient les ascenseurs, il vit deux silhouettes s'éloigner en courant. Ce n'étaient que des formes indistinctes se découpant vaguement sur le fond rougeâtre de l'ampoule de la sortie de secours qui luisait au fond du corridor.

Étaient-ce Harris et la femme ? Ont-ils été alertés ? Savent-ils qui je suis ? Allons ! Comment pourraient-ils le savoir ?

— Monsieur Harris ? appela-t-il.

Les deux individus firent halte devant la porte ouverte des bureaux de Harris Publications. Ils étaient séparés de lui par les deux tiers du couloir. Ils se retournèrent mais Bollinger ne voyait pas leur visage malgré la lueur rouge qui les éclairait.

— C'est vous, monsieur Harris ?

— Qui êtes-vous ?

— Police.
Bollinger fit un pas en avant. Puis un autre. En même temps, il sortit son porte-cartes avec son insigne de la poche intérieure de son pardessus. Il se rendait compte qu'avec, derrière lui, la lumière de l'ascenseur, ils le voyaient mieux qu'il ne les voyait lui-même.
— N'approchez pas davantage, lui ordonna Harris.
Il s'immobilisa.
— Qu'y a-t-il ?
— Je ne veux pas que vous vous approchiez, c'est tout.
— Pourquoi ?
— Nous ne savons pas qui vous êtes.
— Je suis inspecteur de police. Frank Bollinger. Nous avions rendez-vous à huit heures et demie, rappelez-vous.
Il fit un pas en avant. Puis encore un autre.
— Comment avez-vous fait pour monter ?
La voix de Harris était stridente.
Il crève de frousse, se dit Bollinger. Et il sourit.
— Mais qu'est-ce qui vous arrive ? Pourquoi êtes-vous si tendu ? Vous attendiez ma visite.
Il continua d'avancer sans hâte, à pas comptés comme pour ne pas effaroucher un animal.
— Comment avez-vous fait pour monter ? répéta Harris. Les ascenseurs sont en panne.
— Vous faites erreur. J'en ai pris un.
Il tendit son insigne à bout de bras — le bras gauche — dans l'espoir que la lointaine lumière rouge se reflèterait sur le métal doré. Il avait couvert à peu près le cinquième de la distance qui le séparait encore du couple.
— Les téléphones sont coupés.
— Ah bon ?
Encore un pas. Encore un autre.
Il enfonça sa main droite dans la poche de son pardessus et la referma sur la crosse du pistolet.

Connie ne parvenait pas à détourner les yeux de la silhouette fantomatique qui avançait lentement vers eux.

— Tu te souviens de ce que tu as dit pendant l'émission de Prine ? demanda-t-elle à mi-voix à Graham.

— Quoi ?

Sa voix était vacillante.

Ne cède pas à la peur, le supplia-t-elle silencieusement. Ne t'effondre pas, ne me laisse pas seule pour affronter cette situation.

— Quand tu as eu cette vision, tu as dit que la police connaissait bien le tueur.

— Et alors ?

— Et si le Boucher était un flic ?

— C'est ça ! C'est sûr !

Graham parlait si bas que c'était à peine si elle l'entendait.

Bollinger continuait d'avancer en se dandinant comme un ours. Sa figure restait dans l'ombre. Il avait franchi au moins la moitié de la distance qui le séparait du couple.

— Arrêtez-vous, lui lança Graham.

Mais sa voix était fêlée, son ton dépourvu de toute autorité.

Néanmoins, Bollinger obéit.

— Vous vous conduisez d'une manière étrange, monsieur Harris. Je suis policier. Voulez-vous que je vous dise ? Vous vous comportez comme si vous veniez de faire quelque chose que vous voulez cacher.

Il fit un pas en avant. Un second. Un troisième.

— L'escalier ? souffla Connie à l'oreille de Graham.

— Non. Nous n'avons pas une avance suffisante sur lui. Avec ma jambe à la gomme, il ne lui faudrait pas plus d'une minute pour nous rattraper.

Monsieur Harris ? Qu'est-ce que vous vous racontez, tous les deux ? Pas de messes basses, je vous prie.

Alors ? chuchota Connie.

— Le bureau.

Il lui expédia un coup de coude et tous deux

s'engouffrèrent en trombe dans la salle de réception de Harris Publications. La porte claqua et ils tirèrent le verrou.

Une seconde plus tard, l'épaule de Bollinger heurta violemment la porte qui trembla dans son encadrement. Il secoua brutalement la poignée.

— Il est sans doute armé, murmura Connie. Tôt ou tard, il enfoncera cette porte.

Graham acquiesça de la tête.

— Je sais.

TROISIÈME PARTIE

VENDREDI
20 h 30 - 22 h 30

22

Ira Preduski se rangea derrière les trois fourgons et les deux voitures banalisées qui bloquaient la moitié de la chaussée. Bien que les cinq véhicules fussent vides, leurs moteurs tournaient, leurs phares étaient allumés et les gyrophares tournoyaient. Preduski descendit et ferma sa portière à clé.

La rue, recouverte d'un bon centimètre de neige fraîche, paraissait toute proprette. L'inspecteur se dirigea vers l'immeuble en tapant des pieds, ce qui soulevait de minuscules tornades blanches. Des flocons glacés, voltigeant au vent, s'insinuaient traîtreusement sous son col et cela lui rappelait ce lointain mois de février — il avait alors quatre ans — quand ses parents étaient montés dans l'État de New York pour s'installer à Albany. C'était alors qu'il avait connu son premier blizzard.

Un jeune agent en tenue montait la garde devant le perron de la maison.

— Ce n'est pas drôle, cette nuit, lui lança Preduski.

— Bah ! Ça m'est égal, j'aime la neige.

— Tiens ? Moi aussi.

— Et puis, je préfère piétiner dehors dans le froid

que d'être dedans à patauger dans des mares de sang.

L'appartement était imprégné d'une odeur de sang, d'excréments et de poudre à empreintes.

La morte gisait par terre à côté du lit, les doigts crispés. Elle avait les yeux ouverts.

Deux techniciens de l'anthropométrie, penchés sur le cadavre, marquaient sa position à la craie avant de le déplacer.

Ralph Martin dirigeait les investigations. Grassouillet, chauve comme une boule de billard, il avait le sourcil broussailleux et portait des lunettes à monture noire. Il évitait de regarder le corps.

— Le Boucher a téléphoné à dix-huit heures cinquante, dit-il à Preduski. Nous avons aussitôt essayé de vous appeler chez vous mais nous n'avons pu vous joindre qu'un peu avant vingt heures.

— J'avais débranché le téléphone. Je suis sorti du lit à huit heures et quart. Je suis de permanence de nuit. (Preduski poussa un soupir et se détourna du cadavre.) Et qu'est-ce qu'il vous a dit ?

Martin sortit de sa poche deux feuillets qu'il déplia.

— J'ai dicté à une secrétaire la teneur de notre conversation du mieux que je me la rappelais. En voici la transcription.

Preduski lut les deux feuillets.

— Il ne vous a donné aucune indication sur les autres personnes qu'il compte tuer cette nuit ?

— Il ne m'a rien dit de plus que ce que j'ai noté.

— Ce coup de fil ne lui ressemble pas.

— Et frapper deux soirs de suite ne lui ressemble pas non plus.

— Assassiner deux femmes qui se connaissaient, qui travaillaient ensemble est également une anomalie chez lui.

Martin haussa les sourcils.

— Vous pensez que Sarah Piper savait quelque chose ?

— Si elle savait qui avait tué sa copine, vous voulez dire ?

— Oui. Vous croyez qu'il a massacré Sarah pour qu'elle ne parle pas ?

— Non. Il les a probablement vues toutes les deux au *Rhinestone Palace* et n'a pas dû pouvoir se décider entre les deux. Sarah Piper ne connaissait pas le meurtrier d'Edna Mowry, j'en mettrais ma main au feu. Je vous l'accorde, je ne suis pas un redoutable psychologue. Je suis même plutôt bouché quand il s'agit de porter un jugement sur la personnalité des gens. Dieu sait à quel point je suis lourdingue ! Mais, cette fois, je ne crois pas me tromper. Si elle avait su qui c'était, elle me l'aurait dit. Ce n'était pas le genre de fille capable de taire une chose comme ça. Elle était ouverte. Franche. Honnête à sa manière. C'était une fille rudement bien.

Jetant un coup d'œil à la morte dont le visage était étrangement intact, sans une goutte de sang, dans cette scène de carnage, Martin dit :

— Elle était belle.

— Ce n'est pas seulement à cela que je pensais. C'était une personnalité... attirante. (Martin approuva du chef.) Elle avait un léger accent qui me rappelait ma Géorgie natale.

— Hein ? fit Martin, interloqué. Vous êtes né en Géorgie ?

— Qu'est-ce que cela a d'extraordinaire ?

— Vous vous appelez Ira Preduski et vous êtes géorgien ?

— Figurez-vous qu'il y a des juifs et des Slaves là-bas.

— Mais qu'avez-vous fait de votre accent ?

— Mes parents ne sont pas originaires du Sud, par conséquent, ils n'avaient pas d'accent à me transmettre. Et quand nous avons émigré dans le Nord, j'avais quatre ans. J'étais trop jeune pour le prendre.

Les deux policiers contemplèrent quelques instants Sarah Piper et les techniciens penchés sur elle comme s'ils lui rendaient les derniers honneurs.

Preduski se détourna du cadavre, sortit son mouchoir de sa poche et se moucha.

— Le coroner est dans la cuisine, lui souffla Martin. (Il était livide et son visage était moite de sueur.) Il veut vous voir.

— Accordez-moi quelques minutes. J'aimerais jeter un coup d'œil sur les lieux et bavarder avec les gens de l'anthropométrie.

— Ça ne vous ennuie pas si je vous attends dans le séjour ?

— Mais non, bien sûr. Allez.

Martin frissonna.

— Quelle immonde boucherie !

— Vous l'avez dit, approuva Preduski.

23

La détonation résonna bruyamment dans le corridor obscur. La serrure vola en éclats et le bois craqua sous l'impact de la balle. L'odeur de poudre et de métal surchauffé fit plisser le nez à Bollinger. Il poussa la porte fracassée.

Il faisait noir dans la salle de réception. Quand il eut trouvé le bouton et allumé, il constata qu'elle était vide.

La société Harris Publications occupait le plus petit des trois locaux de bureaux en enfilade au quarantième étage de la tour. Deux portes donnaient dans l'antichambre, une à gauche et une à droite. Il y avait cinq pièces en tout en comptant le hall d'entrée. Cela ne laissait à Harris et à la femme pas beaucoup d'endroits où se cacher.

Il ouvrit la porte de gauche. Un couloir desservait trois grands bureaux : un pour l'éditeur et sa secrétaire, un pour le démarcheur en publicité et un pour les dessinateurs.

Harris et la femme ne se trouvaient dans aucun de ces trois bureaux.

Bollinger était calme, il avait tout son sang-froid, mais, en même temps, il se sentait terriblement excité. Aucun sport n'était aussi captivant et gratifiant que la chasse à l'homme. En fait, elle lui apportait une jouissance encore plus grande que le meurtre proprement dit. Et, même, c'était dans les quelques jours qui suivaient le meurtre que sa griserie atteignait son point culminant. Dès qu'il était passé à l'acte et que le sang avait coulé, il était dans l'incertitude. Avait-il commis une erreur ? N'avait-il pas laissé derrière lui un indice quelconque, qui permettrait à la police de remonter jusqu'à lui ? La tension qui l'habitait alors le fouettait, le maintenait dans un état d'effervescence. Finalement, lorsqu'un laps de temps suffisant s'était écoulé et qu'il était sûr qu'il n'y avait eu aucune bavure, un sentiment de bien-être — le sentiment d'avoir une importance suprême, d'accéder à une supériorité démesurée, d'être d'essence divine — s'emparait de lui. C'était comme un élixir magique se déversant soudain dans une fiole depuis longtemps à sec.

La seconde porte faisait communiquer l'antichambre avec le bureau personnel de Harris. Elle était fermée à clé.

Bollinger recula, visa la serrure et fit feu à deux reprises. Le palastre se déforma et fut en partie arraché tandis que des fragments du chambranle volaient en tous sens.

Mais il n'y avait quand même pas moyen d'ouvrir cette satanée porte. Ils avaient dû pousser quelque chose de lourd, un gros meuble derrière le battant pour se barricader.

Il essaya de l'enfoncer à coups d'épaule, en y allant de toutes ses forces, mais ce fut en vain. Il parvenait néanmoins à faire vaciller ce meuble qu'il ne voyait pas. Il devait être haut, au moins aussi large que le cadre de la porte mais pas très profond. Peut-être une bibliothèque ? En tout cas, son centre de gravité était situé assez haut.

Bollinger se mit en devoir d'exercer des pesées rythmiques pour enfoncer cette foutue porte : une poussée, un temps d'arrêt, une poussée, un temps d'arrêt, une poussée... Chaque fois, l'obstacle oscillait un peu plus sur lui-même. Et, soudain, la résistance céda, le meuble se renversa dans un fracas de verre brisé tandis qu'une odeur de whisky se faisait subitement entêtante.

Bollinger se glissa dans l'entrebâillement de la porte qui demeurait encore en partie bloquée. Il enjamba le meuble-bar renversé dont ils s'étaient servis pour se barricader et marcha dans une flaque de scotch — et pas n'importe lequel !

La pièce était allumée mais il n'y avait personne.

Bollinger alla ouvrir la porte du fond. Elle donnait sur la pénombre du corridor du quarantième étage.

Pendant qu'il perdait son temps à inspecter les pièces, ils étaient sortis par cette voie détournée, gagnant ainsi quelques minutes d'avance sur lui.

Ingénieux.

Mais pas tout à fait assez pour son cerveau.

Après tout, ils n'étaient rien de plus que des proies ignorantes tandis que lui était un chasseur passé maître dans son art.

Il poussa un petit rire.

Éclairé par la pâle lueur rougeâtre, il se dirigea vers la porte de secours au fond du corridor, l'ouvrit sans bruit, posa un pied sur la plate-forme palière et la referma tout aussi silencieusement. De ce côté-ci, l'ampoule qui brillait était blanche.

Des pas dont les murs de béton amplifiaient l'écho retentissaient plus bas.

Bollinger se pencha au-dessus de la rampe de l'escalier. Des zones éclairées et des zones d'ombre se succédaient régulièrement : les premières correspondaient aux paliers, les secondes aux volées de marches. Cinq ou six étages plus bas, une main de femme apparut sur la rampe. Elle ne se déplaçait pas aussi vite qu'elle aurait dû. (S'il avait été à leur place, Bollinger aurait dégringolé cet escalier quatre à quatre !) L'étroitesse du puits central — son diamètre n'atteignait même pas un mètre — l'empêchait de distinguer la volée de marches qui se vissaient directement en dessous de lui. Tout ce qu'il pouvait voir était la spirale de la rampe s'étirant à l'infini. Et de ses deux proies, rien hormis la main blanche de la femme. Mais une seconde plus tard, celle de Harris émergea à son tour de la nappe d'obscurité brusquement éclairée par une ampoule palière. Elle agrippait la rampe. L'homme ouvrait la marche. Les ténèbres engloutirent à nouveau les deux mains.

Fugitivement, l'idée de descendre derrière eux et de les abattre dans le dos effleura Bollinger mais il la repoussa aussitôt. Ils l'entendraient et, selon toute vraisemblance, ils fileraient pour chercher quelque part une cachette ou une autre voie d'évasion et il ne saurait pas à quel étage exact ils auraient quitté l'escalier. En outre, il ne pouvait se lancer à leur poursuite et, en même temps, surveiller leurs mains le long de la rampe.

Et il ne voulait pas perdre la trace du couple. Une traque intéressante et ardue n'était pas pour lui déplaire, certes, mais il n'avait pas l'intention d'y passer la nuit. D'abord, Billy l'attendrait dans la voiture au lieu de rendez-vous à vingt-deux heures. Et puis, il voulait consacrer un peu de temps à la femme, au moins une demi-heure si elle était appétissante.

La tache pâle de la main de celle-ci réapparut sur la rampe dans une zone de lumière.

Puis ce fut au tour de la main de Harris de surgir de l'ombre.

Mais pourquoi ne se pressaient-ils pas davantage ? C'était curieux.

Il essaya de compter les volées de marches qui les séparaient de lui. Il y en avait entre douze et quatorze. Ils étaient donc six, peut-être sept étages plus bas.

Ce qui faisait quoi ? Le trente-troisième ?

Tournant le dos à la rampe, Bollinger rouvrit la

porte et quitta la cage de l'escalier. Il enfila le couloir du quarantième au pas de course et s'engouffra dans l'ascenseur qu'il avait réservé à son usage. Il le remit en fonctionnement en donnant un tour de clé et, après une brève hésitation, appuya sur le bouton du vingt-sixième étage.

24

Il semblait à Connie que l'escalier n'avait pas de fin. C'était une interminable succession de tranches de ténèbres et de tranches de lumière diffuse et elle avait l'impression d'une lente descente aux enfers, le Boucher tenant le rôle du molosse satanique qui les harcelait.

Bien que l'air croupi fût glacial, elle était en nage. Ils auraient dû aller plus vite mais la mauvaise jambe de Graham les ralentissait. A un moment donné, elle fut presque prise d'un accès de fureur contre lui, contre ce poids lourd à traîner qui les retardait dans leur fuite. Mais sa fureur se dissipa aussitôt, pour laisser place à une honte confuse d'avoir eu pareille réaction. Elle sentit ses joues s'enflammer. Elle n'aurait pas cru qu'une crise, si grave fût-elle, pourrait déclencher chez elle une réponse aussi négative, aussi hostile à Graham. Voilà que son instinct de survie exacerbé la rendait capable d'adopter des attitudes qu'elle aurait condamnées chez n'importe qui. Des circonstances exceptionnelles étaient donc susceptibles de modifier la personnalité de quelqu'un. Cette prise de conscience lui faisait comprendre et mesurer la peur qui hantait Graham comme elle ne l'avait encore jamais fait. Après tout, il n'avait pas *voulu* dévisser dans l'Everest. Il n'avait pas *demandé* à avoir cet accident. Et, compte tenu de la douleur sourde qui le tenaillait quand il essayait de monter ou de descendre plus de deux étages, il relevait superbement le défi.

— Passe devant. (Ce n'était pas la première fois qu'il lui adressait cette objurgation.) Tu vas plus vite que moi.

— Je resterai avec toi, répondit-elle sur un ton haché tout en obtempérant.

L'écho amorti de leurs voix assourdies et sifflantes avait quelque chose de fantomatique et d'inquiétant.

Arrivés au palier du trente et unième, Connie attendit que Graham l'eût rattrapée et reprit sa descente.

— Je ne veux pas que nous nous séparions. A deux... nous avons plus de chances de lui échapper... plus que si nous sommes seuls.

— Il est armé, nous n'avons aucune chance.

Elle ne répondit pas.

Les marches succédaient aux marches.

— Dépêche-toi, reprit Graham, le souffle saccadé. Tu ramèneras... les gardiens... à temps... pour l'empêcher... de me tuer.

— Je crains que les gardiens ne soient déjà morts.

— Hein ?

Elle aurait préféré ne pas le dire, comme si le simple fait de prononcer ces mots suffisait à les faire passer de l'hypothèse à la réalité.

— Sinon, comment... serait-il entré ?

— En signant le registre.

— Et en laissant son nom... pour que les flics lui mettent la main dessus ?

Graham descendit encore une douzaine de marches avant de s'écrier :

— Bon Dieu !

— Quoi ?

— Tu as raison.

— Il n'y a pas de secours à espérer... La seule chose... à faire... est de sortir... de cette tour.

La jambe gauche de Graham avait dû retrouver des forces nouvelles : quand Connie parvint au trentième étage, elle n'eut pas besoin d'attendre qu'il la rattrape.

Une minute plus tard, ce fut comme si un coup de

canon retentissait soudain. Cela venait d'en bas. Ils se pétrifièrent à la hauteur du vingt-neuvième.

— Qu'est-ce que c'était ? demanda Connie.

— Une porte anti-incendie. Quelqu'un l'a fait claquer... en dessous.

— C'est lui ?

— Chut !

Ils demeurèrent parfaitement immobiles tous les deux, s'efforçant de percevoir des bruits de mouvement à travers celui de leur respiration hachée.

La jeune femme avait l'impression que le cône de lumière pâle qui la baignait se rétrécissait pour ne plus être qu'un minuscule point lumineux. Elle avait peur de devenir aveugle, d'être réduite à une totale impuissance au cœur des ténèbres. Elle serait alors une cible facile pour le tueur. Le Boucher prenait dans son esprit les proportions d'un être mythique, capable de percer l'obscurité.

Ils commençaient à respirer plus normalement. La cage de l'escalier était silencieuse.

Trop.

Anormalement silencieuse.

Quand, enfin, Graham dit à haute voix : *Qui est là ?* Connie sursauta.

Une autre voix s'éleva, elle venait d'un point plus bas :

— Police, monsieur Harris.

— Bollinger, fit Connie dans un souffle.

Elle était du côté extérieur des marches et elle se pencha au-dessus du puits d'ombre autour duquel s'enroulait la spirale de l'escalier. Elle distingua une main sur la rampe quatre étages plus bas. Elle voyait aussi la manche d'un pardessus.

— Monsieur Harris ?

Bollinger parlait sur un ton posé. Les murs qui la répercutaient donnaient à sa voix des sonorités caverneuses.

— Que voulez-vous ?

— Est-elle jolie ?

— Comment ?
— Est-elle jolie ?
— Qui ?
— La femme qui est avec vous.
Sur ce, Bollinger entama l'ascension des marches. Sans se presser. D'un pas tranquille. Une marche à la fois.
Connie fut plus terrifiée par cette nonchalance désinvolte que s'il s'était rué sur eux tête baissée. En prenant son temps, il leur adressait un message : ils étaient piégés, il avait toute la nuit pour les abattre s'il le jugeait bon.
Si seulement nous avions un revolver ! soupira-t-elle intérieurement.
Graham lui prit la main et ils remontèrent aussi vite qu'ils le pouvaient. Ce n'était facile ni pour l'un ni pour l'autre. Connie avait mal au dos et ses jambes lui faisaient mal. Quant à son compagnon, chaque pas le faisait grincer des dents ou gémir sourdement.
Deux étages plus haut — quatre volées de marches — ils durent faire une pause pour souffler. Pendant que Graham massait sa mauvaise jambe, Connie se pencha par-dessus la rampe.
Deux étages les séparaient maintenant de Bollinger. Manifestement, quand il les avait entendus accélérer, il en avait fait autant. A présent, il s'était arrêté. Il était penché par-dessus la rampe, lui aussi, et son buste se découpait dans la lumière chiche que distillait l'ampoule. Il avait son pistolet à la main.
Il décocha un sourire à Connie et dit :
— Mais dites donc, c'est vrai que vous êtes bien balancée !
Elle hurla et se rejeta en arrière.
Bollinger tira.
La balle ricocha une première fois sur la rampe, frappa le plafond juste au-dessus du couple et ricocha une seconde fois sur une marche, un peu plus haut.
Connie happa le bras de Graham qui la serra contre lui.

— J'aurais pu te tuer, beauté, lui cria Bollinger. Je te tirais comme à la foire. Mais on va d'abord se payer du bon temps tous les deux.

Il se remit à monter. Toujours avec la même lenteur. Ses semelles crissaient sur le ciment avec un bruit sinistre. Il commença à siffloter.

— Ce fumier ne se contente pas de nous donner la chasse, fit Graham avec rage. Il s'amuse avec nous.

— Qu'est-ce qu'on va faire ?

Les semelles grinçaient. *Schss... schss...*

— On ne pourra pas le distancer.

— Mais il le faut !

Schss... schss...

Harris ouvrit la porte palière. C'était celle du trente et unième étage.

— Viens.

Connie n'était pas convaincue que quitter l'escalier les avancerait à grand-chose mais, n'ayant pas de meilleure solution à proposer, elle franchit la porte, passant de la lumière blanche à la lumière rouge.

Schss... schss...

Graham repoussa le battant et s'accroupit. Un frein de porte était fixé en bas et à droite. Il courba à force la tige jusqu'à ce que l'embout caoutchouté de l'amortisseur fût contre le plancher et les pentures bloquées. Ses mains tremblaient si fort qu'il se demanda un instant s'il serait capable de mener à bien une tâche aussi simple.

— Qu'est-ce que tu fais ?

Il se redressa.

— Cela n'aurait sans doute pas marché si l'arrêt de porte n'avait pas eu de paumelles à verrouillage. Mais il en a. Tu vois ce dormant ? Il est à deux centimètres et demi au-dessus du niveau du sol. Quand il voudra ouvrir la porte, le butoir sera arrêté par le rebord. Cela vaut presque une targette.

— Mais il a un pistolet.

— Qu'est-ce que cela peut faire ? Comment veux-tu qu'il tire à travers une porte pare-feu en acier massif ?

Si terrifiée qu'elle fût, Connie était soulagée que Graham eût pris les choses en main — même à très court terme — et qu'il raisonnât et agît malgré sa peur.

Il y eut un raclement métallique lorsque Bollinger appuya sur le barreau commandant l'ouverture de la porte, côté escalier. Mais les gonds n'obéirent pas et le panneau refusa de s'ouvrir.

— Il va lui falloir monter ou descendre d'un étage et revenir par l'escalier du fond. Ou par l'ascenseur. Ça nous laisse quelques minutes de répit.

Lâchant un juron, Bollinger secoua la porte de toutes ses forces, mais rien n'y fit.

— Quelques minutes... quel avantage cela nous apportera-t-il ?

— Je n'en sais rien.

— Graham, arriverons-nous jamais à sortir d'ici ?

— Probablement pas.

25

Le Dr Andrew Enderby, le médecin légiste appelé sur les lieux, était un homme affable, sémillant même, et dans une condition physique peu ordinaire pour un quinquagénaire. Son épaisse crinière brune était argentée aux tempes. Il avait des yeux noisette limpides, un long nez aristocratique, des traits réguliers. Sa moustache poivre et sel était abondante mais parfaitement taillée. Il portait un costume gris sur mesure et des accessoires assortis avec goût. Son élégance accusait encore davantage l'apparence débraillée et avachie de Preduski.

— Salut, Andy, lui lança l'inspecteur.

— Le numéro onze, dit Enderby. Atypique. Comme pour les cinquième, septième et huitième victimes. (Quand Enderby était excité, ce qui était peu fréquent, il était tellement pressé de dire ce qu'il avait à dire qu'il s'exprimait à la cadence d'une mitrailleuse — par rafales. Il tendit le doigt vers la table de la cuisine.) Vous voyez ? Pas de restes de beurre. Pas de taches de confiture. Pas de miettes. C'est beaucoup trop propre. Nous avons affaire à une mise en scène, encore un coup.

Un technicien du labo était en train de démonter le broyeur sous l'évier.

— Mais pourquoi ? Pourquoi fait-il semblant d'être affamé quand il n'a pas faim ?

— Je sais pourquoi. Certitude absolue.

— Eh bien, expliquez-moi.

— Tout d'abord, savez-vous que je suis psychiatre ?

— Je sais que vous êtes magistrat et que vous faites de la médecine légale.

— Je suis aussi psychiatre.

— Première nouvelle.

— J'ai fait ma médecine. Ancien interne des hôpitaux. Spécialisé dans l'oto-rhino. Pas supportable. Une façon abominable de gagner sa vie. Ma famille avait de l'argent. Pas besoin de travailler. Je suis retourné à la faculté. Suis devenu psychiatre.

— Ce doit être très intéressant.

— Passionnant. Mais pas supportable non plus. Tolérais pas le contact avec les patients.

— Tiens ?

— Toute la journée en compagnie de névrosés. Commençais à penser que la moitié d'entre eux devraient être enfermés. Suis pas resté longtemps. Ça valait mieux. Pour mes malades comme pour moi.

— J'allais le dire.

— J'ai fait ci et ça. Bricolé, quoi. Et, il y a vingt ans, j'ai embrassé la carrière de médecin légiste.

— Les morts ne sont pas névrosés.

— Je ne vous le fais pas dire.

— Et ils n'ont pas d'infections des oreilles, du nez ou de la gorge.

— Pas de danger qu'ils me contaminent. Je ne gagne pas des mille et des cents, bien sûr. Mais ma fortune personnelle suffit amplement à mes besoins. Et c'est un travail qui me convient. Et auquel je conviens parfaitement. Ma formation de psychiatre me donne une perspective différente. Des intuitions. Des intuitions que mes confrères pourraient ne pas avoir. Comme celle qui m'est venue ce soir.

— Sur la raison pour laquelle le Boucher s'en met plein la lampe ou fait seulement semblant de gueuletonner ?

— Oui. (Enderby respira un bon coup.) C'est parce qu'ils sont deux.

Preduski se gratta le crâne.

— Il est schizophrène ?

— Non, pas du tout. Je veux dire que ce n'est pas un seul et même type qui massacre les bonnes femmes. Il y en a deux, conclut le légiste avec un sourire triomphant.

Preduski le regarda en écarquillant les yeux.

Enderby frappa sa paume de son poing.

— Je suis certain de ce que j'avance, reprit-il. C'est le Boucher n° 1 qui a tué les quatre premières. Chaque fois, cet exercice le met en appétit. Et c'est le n° 2 qui a tué la cinquième. Il l'a charcutée comme le n° 1 l'avait fait avec ses victimes. Seulement, il a le cœur plus sensible et ça lui a coupé l'appétit. C'est pourquoi il fait semblant de se goinfrer.

— Pourquoi se donner cette peine ?

— Élémentaire, mon cher Preduski. Il voulait qu'il n'y ait pas de doute sur l'identité du tueur. Il voulait que nous soyons persuadés qu'il s'agissait du Boucher.

Preduski eut brusquement conscience de la précision minutieuse du nœud de cravate de son interlocuteur et il tirailla sur le sien avec embarras.

— Excusez-moi... je vous demande pardon mais je ne comprends pas très bien. Dieu m'est témoin que c'est entièrement ma faute ! Mais, voyez-vous, nous n'avons jamais parlé aux journalistes de ce que nous avons découvert dans les cuisines des femmes assassinées. Si votre Boucher n° 2 voulait pasticher le Bou

cher n° 1, comment aurait-il pu connaître ces détails ?
— Vous ne saisissez pas mon raisonnement.
— J'en conviens.
— Le Boucher n° 1 et le Boucher n° 2 se connaissent. Ils sont associés.
— Ils sont amis ? fit Preduski, décontenancé. Vous voulez dire qu'ils vont ensemble assassiner les gens comme d'autres vont faire une partie de bowling ?
— Je ne formulerais pas la chose ainsi.
— Ils tuent des femmes en essayant de faire croire que c'est le travail d'un seul ?
— Absolument.
— Mais pourquoi ?
— Je ne sais pas. Peut-être créent-ils sous les espèces du Boucher un personnage hétérogène. Peut-être nous donnent-ils du tueur une image qui ne correspond ni à l'un ni à l'autre. Pour brouiller les pistes. Pour se protéger.
Preduski se mit à faire les cent pas devant la table jonchée de restes.
— Deux psychopathes se rencontrent dans un bistrot...
— Pas forcément dans un bistrot, l'interrompit Enderby.
— Ils font copain-copain et signent un pacte par lequel ils s'engagent à tuer toutes les femmes habitant Manhattan ?
— Pas toutes. Mais un certain nombre.
— Je suis confus. Je ne suis sans doute pas très doué. Je n'ai pas fait d'études poussées. Je ne suis pas médecin comme vous. Mais ça me paraît tout de même trop gros à avaler. Je ne vois vraiment pas deux psychopathes travailler ensemble dans une aussi parfaite entente et avec une telle efficacité.
— Pourquoi pas ? Rappelez-vous l'affaire Sharon Tate en Californie. Il y avait plusieurs psychopathes dans la famille Manson. Pourtant, ils ont commis un grand nombre de meurtres en travaillant ensemble sans heurts et avec efficacité.

— Ils ont été arrêtés, objecta Preduski.
— Il a fallu un bon bout de temps.

26

Il y avait six sociétés au trente et unième étage du Bowerton. Les premières portes qu'essayèrent Connie et Graham étaient toutes bouclées. Ils savaient d'avance que les autres le seraient également.

Pourtant, contre toute attente, la jeune femme en découvrit une qui n'était pas fermée à clé, près des ascenseurs. Elle ne portait aucune pancarte. Ils entrèrent et Graham tâtonna pour trouver le commutateur, alluma.

La pièce mesurait environ trois mètres de long sur deux de large. A gauche, une porte métallique peinte en rouge vif à côté de laquelle s'alignaient des balais, des lave-ponts et des brosses. A droite, sur des étagères, une véritable exposition de détergents et autres produits d'entretien.

— C'est le cagibi des femmes de ménage, dit Graham.

Connie ouvrit la porte rouge et fit un pas hors de la resserre. Ce qu'elle vit la surprit et l'excita tout à la fois.

— Ô Graham ! Viens jeter un coup d'œil. (Comme son compagnon ne répondit pas, elle se retourna.) Viens voir, Graham...

Graham considérait une grosse paire de ciseaux qu'il tenait à la hauteur de son visage comme il aurait tenu un poignard. Les lames étincelaient et leurs pointes accrochaient la lumière telles des pierres précieuses.

— Graham...

Il baissa le bras.

— Ces ciseaux étaient sur un rayon. Ils peuvent faire office d'arme.

— Contre un pistolet ?

— Si on arrivait à lui tendre un piège et qu'il tombe dedans...

— Quel genre de piège ?

— Suppose qu'on réussisse à le mettre par la ruse dans une situation imprévue et qu'il n'ait pas le temps de se servir de ce foutu pistolet...

— En faisant quoi, par exemple ?

La main de Graham tremblait. La lumière jouait sur l'acier des lames.

— Je ne sais pas, répondit-il piteusement.

— Cela ne marchera pas. Et puis, j'ai trouvé un moyen pour nous échapper d'ici.

Il leva la tête.

— C'est vrai ?

— Viens voir. Et laisse ces ciseaux, tu n'en auras pas besoin.

— D'accord, je viens voir mais je garde mes ciseaux à toutes fins utiles.

Connie craignait que lorsqu'il aurait vu la voie d'évasion qu'elle avait découverte, il ne préférât affronter le Boucher sans autre arme que cette maudite paire de ciseaux.

Il la suivit et franchit derrière elle le seuil de la porte rouge. Ils se trouvaient à présent sur une passerelle protégée par un garde-fou. Cette plate-forme ne mesurait qu'un mètre vingt sur quarante-cinq centimètres. Une lampe brillait au-dessus d'eux. Et il y en avait d'autres qui ponctuaient une sorte de profonde cheminée pour le moment non identifiable.

En fait, ils surplombaient la paroi de l'une des deux cages d'ascenseurs qui allaient du sous-sol au toit de l'immeuble. Celle-ci desservait quatre cabines, toutes immobilisées en bas. Graham et Connie pouvaient voir leurs câbles épais. A tous les étages impairs, il y avait d'autres portes semblables agrémentées de la même plate-forme minuscule. Celle qui était en face d'eux sur la paroi opposée du puits leur fit prendre conscience de la précarité de leur perchoir. Des échelons métalliques étaient scellés dans le ciment de la paroi, de part et d'autre de la cheminée. Ils permettaient de faire communiquer entre elles les portes au même étage. Ce dispositif pouvait servir aux équipes d'entretien ou pour évacuer les occupants des ascenseurs paralysés en cas d'incendie, de panne de secteur ou de toute autre catastrophe.

Une petite lampe blanche luisait au-dessus de chacune de ces issues. Sans elles, ce puits aurait été un gouffre de ténèbres. Quand Connie baissa les yeux, elle remarqua que le pointillé de ces lumières se resserrait de plus en plus. Du trente et unième au rez-de-chaussée, la route était longue.

— C'est ça, ta voie d'évasion ?

La voix de Graham était mal assurée.

Connie marqua un temps d'hésitation avant de répondre :

— On peut descendre par là.

— Non.

— Il n'est pas question d'emprunter l'escalier. Il doit sûrement le surveiller.

— Cette route-là ? Non.

— Cela n'a rien à voir avec une course en montagne.

Graham jeta un bref coup d'œil à gauche et à droite. Son regard revint à Connie.

— Non, répéta-t-il.

— Nous aurons cette échelle.

— Et tu nous vois descendre comme ça trente et un étages ?

— Je t'en prie, Graham... Si on ne lanterne pas, on aura des chances d'y arriver. Même s'il s'aperçoit que le cagibi est ouvert et même s'il voit cette porte rouge... enfin, il se dira peut-être que nous n'avons pas eu assez de cran pour prendre ce chemin. Et s'il nous voit, nous n'aurons qu'à abandonner l'échelle et quitter la cage à un autre niveau. Ça nous fera toujours gagner du temps.

— Je ne pourrai pas.

Graham tenait la rambarde à deux mains et il l'étreignit avec une telle force que si le métal s'était froissé comme du carton-pâte, Connie n'en aurait pas été autrement étonnée.

— Graham, répliqua-t-elle, exaspérée, que pouvons-nous faire d'autre, peux-tu me le dire ?

Graham contempla d'un œil fixe l'abîme obscur.

Quand Bollinger comprit que Harris et la femme avaient verrouillé la porte pare-feu, il dévala l'escalier pour descendre un étage plus bas. Il avait l'intention de regagner, par le couloir central, l'escalier qui se trouvait du côté opposé afin de rejoindre le trente et unième et essayer l'autre issue de secours.

Or, les mots *Hollowfield Land Management* étaient inscrits au pochoir sur la porte peinte en gris donnant sur l'étage suivant : cette société immobilière l'occupait dans sa totalité. Ici, pas de corridor collectif desservant plusieurs bureaux, et la porte pare-feu rouge ne s'ouvrait que de l'intérieur. Il en allait de même au vingt-neuvième et au vingt-huitième, domaine réservé de la Sweet Sixteen Cosmetic. Bollinger essaya en vain les deux portes de secours.

Inquiet à l'idée de risquer de perdre la trace de ses proies, il dévala les marches jusqu'au vingt-sixième, l'étage par lequel il avait précisément gagné l'escalier de secours en sortant de l'ascenseur.

Au moment où il poussait la porte et posait le pied dans le couloir, il consulta sa montre. Vingt et une heures quinze. Le temps passait vite. Trop vite. Prodigieusement vite. L'univers était comme désaxé.

Tout en se hâtant vers la batterie des ascenseurs, il chercha au fond de sa poche le trousseau dont il avait délesté le vigile après l'avoir liquidé ; les clés s'accrochèrent à la doublure de sa poche et quand il tira d'un coup sec pour le dégager, le trousseau lui échappa et tomba sur la moquette en tintinnabulant.

S'agenouillant, il se mit à sa recherche à tâtons dans

le noir puis il se rappela sa lampe-stylo. Il lui fallut néanmoins plus d'une minute pour récupérer le jeu de clés.

Il se releva, furieux contre lui-même. Harris et la femme étaient-ils en embuscade, à le guetter ? Il remit la lampe à sa place et empoigna vivement le Walther PPK. Observant une immobilité de statue, il scruta l'obscurité. S'ils avaient été là, ils se seraient détachés en ombres chinoises sur l'arrière-plan lumineux que constituait la lampe tout au fond du couloir.

En réfléchissant, il se dit que le couple ne pouvait pas savoir à quel étage il avait laissé l'ascenseur. D'ailleurs, ils n'auraient pas pu arriver assez tôt à ce niveau pour le prendre par surprise.

En revanche, Harris et la femme auraient eu tout le temps de lui tendre un guet-apens au trente et unième. Et s'ils étaient là quand les portes de la cabine s'ouvriraient ? Ce serait le moment où il serait le plus vulnérable.

Seulement, il avait le pistolet. Aussi, même s'ils l'épiaient avec Dieu sait quel armement improvisé, ils n'avaient pas l'ombre d'une chance de le coincer.

Il entra dans l'ascenseur, glissa la petite clé dans le boîtier technique et rétablit le circuit.

Il jeta un coup d'œil à sa montre.

Vingt et une heures dix-neuf.

Si plus rien ne venait encore le retarder, il disposerait de vingt à trente minutes pour s'amuser avec la femme.

Il se remit à siffloter et appuya sur le bouton du trente et unième.

27

Le technicien du labo enveloppa le bac à ordures démonté dans un épais sac de plastique et s'éclipsa, laissant Preduski et Enderby en tête à tête dans la cuisine.

La pendule de grand-père de l'entrée sonna le quart. Elle retardait de cinq minutes. Le vent qui soufflait dans la gouttière juste au-dessus de la fenêtre de la cuisine faisait un accompagnement musical à son carillon. Enderby se voulait convaincant :

— Si vous avez du mal à admettre que deux psychopathes puissent travailler en tandem avec une aussi parfaite synchronisation, considérez la possibilité qu'ils appartiennent à une catégorie de névrosés jusqu'ici totalement inconnue.

— Voilà maintenant que vous parlez comme Graham Harris !

— Je sais.

— D'après lui, le Boucher est un malade mental. Mais, toujours selon ses dires, on ne s'en rendrait absolument pas compte. Les symptômes de sa folie ne s'extériorisent pas, à moins qu'il ne sache comment les dissimuler. Il se tirerait avec succès de n'importe quels tests psychiatriques. Je cite toujours Harris.

— Je commence à être d'accord avec lui.

— Sauf que votre doctrine est que nous avons affaire à deux Bouchers.

Enderby opina.

Poussant un soupir, Preduski s'approcha de la fenêtre et se mit en devoir de dessiner du bout du doigt la silhouette d'un couteau sur la vitre embuée.

— Si vous êtes dans le vrai, ma théorie selon laquelle il ne s'agit que d'un banal cas de schizophrénie paranoïde ne tient plus. Peut-être qu'un assassin solitaire pourrait tuer dans une crise de délire psychotique. Mais pas deux simultanément.

— Ils n'agissent pas sous l'emprise d'un délire psychotique, convint Enderby. Ils savent exactement ce qu'ils font. Et ils ne sont amnésiques ni l'un ni l'autre.

Tournant le dos à la vitre sur laquelle le couteau

qu'il avait tracé commençait à se désagréger en fines gouttelettes, Preduski rétorqua :

— Qu'il s'agisse ou non d'un psychotique d'un nouveau genre, cette sorte de crimes est bien connue. Les meurtres sexuels...

— En l'occurrence, ce ne sont pas des meurtres sexuels.

Le policier pencha la tête de côté.

— Vous voudriez répéter ?

— Ce ne sont pas des meurtres sexuels.

— Les victimes sont exclusivement des femmes.

— Oui, mais...

— Et ils les violent avant de les tuer.

— Oui. Ce sont des meurtres à sexualité *associée*, mais pas des meurtres sexuels à proprement parler.

— Pardonnez-moi, je suis perdu. Mais c'est ma faute, pas la vôtre.

— La sexualité n'est pas l'élément motivant dans l'affaire. Le sexe n'est pas la seule raison, ni même la raison première, qui les incite à attaquer ces femmes. L'occasion de les violer leur est pour ainsi dire offerte, aussi ils en profitent en passant. N'importe comment, elles sont destinées à être tuées. Alors, les violer en prime ne leur fait courir aucun risque supplémentaire du point de vue de la loi. Le sexe est un facteur second. Ce n'est pas une pulsion psychosexuelle qui pousse nos assassins à tuer.

Preduski, la mine dubitative, secouait la tête :

— Je ne vois pas comment vous pouvez dire cela. Vous ne les avez jamais rencontrés. Quelle preuve avez-vous que la nature de leur motivation n'est pas fondamentalement sexuelle ?

— Je n'ai pas de preuves matérielles, c'est vrai, seulement des présomptions. La façon dont ils mutilent leurs victimes, par exemple.

— C'est-à-dire ?

— Avez-vous étudié ces mutilations avec attention ?

— Je n'ai pas eu le choix !

— Très bien. Avez-vous constaté des mutilations anales ?

— Non.

— Des mutilations des parties génitales ?

— Non.

— Des mutilations intéressant les seins ?

— Dans un certain nombre de cas, le Boucher a éventré ses victimes jusqu'à, et y compris, la cage thoracique.

— Je parle de mutilations portant uniquement sur les seins.

— Quand il ouvre la poitrine d'une...

— Lui est-il arrivé de pratiquer l'ablation des mamelons ou des globes mammaires tout entiers comme le faisait Jack l'Éventreur ?

— Non, répondit Preduski dont l'horreur était manifeste.

— A-t-il mutilé la bouche de ses victimes ?

— La bouche ?

— Tailladé leurs lèvres ?

— Non. Jamais.

— Leur a-t-il coupé la langue ?

— Dieu du ciel ! Non ! Allons-nous continuer longtemps cette énumération, Andy ? Je la trouve morbide et je ne vois pas où elle peut nous mener.

— Si nos clients étaient des maniaques sexuels possédés par le désir de dépecer les femmes qu'ils assassinent, ils auraient précisément charcuté ces parties du corps.

— L'anus, le vagin, les seins et la bouche ?

— L'un de ces organes au moins, cela ne fait aucun doute. Et même probablement la totalité. Or, ils s'en sont abstenus. C'est donc après coup qu'ils procèdent à ces mutilations. Il ne s'agit pas d'une irrépressible pulsion sexuelle mais d'un camouflage.

Le policier ferma les yeux et posa le bout de ses doigts sur ses paupières closes comme pour effacer des images désagréables.

— Un camouflage ? Je crains de ne pas saisir.

— Destiné à nous lancer sur une fausse piste.
— Qui, nous ? La police ?
— La police et les journalistes.

Preduski retourna se poster devant la fenêtre, passa la main sur la vitre pour en faire disparaître la buée et s'abîma dans la contemplation de la neige qui scintillait dans une flaque de lumière au pied d'un réverbère.

— Pourquoi chercherait-il à nous bluffer ainsi ?

— Je ne sais pas. Mais quelle que soit la raison qui le conduit à organiser cette mise en scène, c'est là qu'il faut chercher ses véritables mobiles.

— Si nous la connaissions, cette raison, nous serions peut-être en mesure de déceler la logique qui le pousse à tuer, nous serions peut-être capables de prévoir son comportement.

— Un instant, fit Enderby en proie à une soudaine surexcitation. Je pense brusquement à une autre affaire. Deux tueurs. Travaillant en équipe. Chicago. 1924. C'étaient deux jeunes gens. De bonne famille. Fils de milliardaires. Des adolescents.

— Leopold et Loeb ?
— Vous connaissez cette histoire ?
— Vaguement.

— Ils avaient tué un garçon de quatorze ans. Bobby Frank. Un fils de famille, lui aussi. Pas pour les motifs habituels. Leur mobile n'était pas classique. Ils l'ont tué pour le plaisir, ont dit les journaux à l'époque. Pour s'amuser. Une vraie boucherie. Mais ce n'était pas seulement par jeu qu'ils avaient massacré le petit Frank. C'était au nom d'un idéal philosophique.

Preduski fit volte-face.

— Pardonnez-moi mais il doit y avoir encore quelque chose qui m'a échappé. Je ne comprends pas. Quel idéal philosophique ?

— Ils pensaient être d'une essence particulière. Ils se considéraient comme des surhommes. Les pionniers d'une race nouvelle. L'idole de Leopold était Nietzsche.

Preduski plissa le front.

— L'une des citations que l'on a relevées sur le mur de la chambre est probablement de Nietzsche et l'autre de Blake. Il y avait aussi une citation de Nietzsche rédigée avec du sang sur un mur de l'appartement d'Edna Mowry.

— Leopold et Loeb... inouï, ce couple ! Commettre le crime parfait était pour eux la preuve qu'ils étaient des surhommes. La preuve qu'ils étaient dotés d'une intelligence supérieure, d'une habileté supérieure.

— N'étaient-ils pas homosexuels ?

— Si, mais l'assassinat de Bobby Frank n'a pourtant pas été un crime sexuel. Ils ne l'ont pas violenté. Ils n'en avaient jamais eu l'intention. Ils n'étaient pas animés d'un désir charnel. Absolument pas. C'était, disait Loeb, une « expérience intellectuelle ».

Enderby avait beau être en ébullition, cela ne l'empêcha pas de s'apercevoir que les poignets de sa chemise ne dépassaient pas des manches de sa veste comme l'exigeait la bonne règle, et il tira méticuleusement dessus, l'un après l'autre, jusqu'à ce que le centimètre requis fût visible. Bien qu'il eût tournicoté un bon moment dans la chambre à coucher où l'on pataugeait dans le sang et dans la cuisine en désordre, son costume était sans l'ombre d'une souillure. Preduski, adossé à la fenêtre, avait douloureusement conscience de ses chaussures éraflées et de son pantalon fripé.

— J'ai vraiment la comprenette difficile, soupira-t-il. Je fais appel à votre patience. Vous savez comme je suis. Obtus, parfois. Mais si ces deux garçons, Leopold et Loeb, voyaient dans le meurtre une expérience intellectuelle, c'est qu'ils étaient fous. Non ? L'étaient-ils ?

— En un sens. Ils étaient enivrés par leur pouvoir. A la fois leur pouvoir réel et leur pouvoir imaginaire.

— Avaient-ils le comportement de déséquilibrés mentaux ?

— Pas le moins du monde.

— Comment est-ce possible ?

— Rappelez-vous que Leopold avait tout juste dix-sept ans quand il est sorti diplômé de l'université. Son Q.I. était de l'ordre de 200 ou quelque chose comme ça. C'était un génie. Loeb aussi. Et ils étaient assez astucieux pour garder leurs fantasmes nietzschéens pour eux et ne pas extérioriser l'image grandiose et sublime qu'ils avaient d'eux-mêmes.

— Et si on leur avait fait passer des tests psychiatriques ?

— C'était une technique encore rudimentaire à l'époque.

— Soit. Mais supposons qu'il y ait eu en 1924 des tests aussi sophistiqués que ceux dont nous disposons de nos jours, auraient-ils franchi le cap ?

— Probablement. Et ils auraient eu droit aux félicitations du jury !

— Y a-t-il eu d'autres Loeb et d'autres Leopold depuis 1924 ?

— Pas que je sache. Et, n'importe comment, pas à l'état pur. La famille Manson tuait pour d'obscures raisons politico-religieuses. Elle pensait que Manson était le Christ. Que tuer les riches améliorerait le sort des pauvres et des opprimés. Pour moi, ces gens-là étaient fous à lier, purement et simplement. Il y a eu d'autres meurtriers de masse, souvenez-vous. Charles Starkweather. Richard Speck. Albert DeSalvo. Tous des psychotiques, tous des types névrosés qui avaient lentement laissé la maladie couver en eux, grandir monstrueusement depuis leur petite enfance. Dans le cas de Leopold et de Loeb, il n'y avait pas de traumatismes infantiles susceptibles d'avoir engendré un comportement psychotique. Pas de ver apparent dans le fruit.

— Alors, si le Boucher n'est pas un homme mais deux, c'est une nouvelle affaire Leopold-Loeb. Ils tuent pour démontrer leur supériorité ?

Enderby se mit à arpenter la pièce de long en large.

— Peut-être. Mais peut-être aussi que cela va plus loin, qu'il y a quelque chose de plus complexe encore.

— Par exemple ?

— Je ne sais pas, mais je n'ai pas l'impression que c'est à une réédition exacte du cas de Leopold et de Loeb que nous sommes confrontés. (Le légiste s'immobilisa devant la table, les yeux fixés sur les restes du repas que personne n'avait mangé.) Avez-vous téléphoné à Harris ?

— Non.

— Vous devriez. Il essaie de capter l'image du tueur mais en vain jusqu'à présent. Son échec vient peut-être de ce qu'il se focalise sur l'idée d'un tueur unique, qu'il tente d'évoquer le visage d'un seul personnage. Dites-lui qu'ils sont deux. Ce sera peut-être le déclic, le levier qui lui manque, qui déclenchera tout.

— Nous n'avons pas la certitude absolue qu'ils sont deux. Ce n'est qu'une théorie.

— Dites-le-lui quand même. Quel mal cela peut-il faire ?

— Je devrais l'appeler ce soir. Oui, je devrais mais je ne peux pas. A cause de cette affaire, il a pris du retard dans son boulot. C'est ma faute. Je ne cesse de le déranger, de le harceler, de faire pression sur lui. Il travaille cette nuit pour rattraper le temps que je lui ai fait perdre. Je ne peux pas l'importuner.

L'horloge de grand-père de l'entrée sonna la demie. Toujours avec cinq minutes de retard. Preduski regarda sa montre.

— Bientôt dix heures. Il faut que je m'en aille.

— Comment ça, vous en aller ? On n'a pas encore fini ici.

— Je ne suis pas de service pour le moment.

— Parce que vous faites les 3 × 8 ?

— Eh oui.

— J'ignorais que vous étiez du genre à refuser de faire des heures supplémentaires.

— Écoutez, Andy, je sors à peine du lit. J'étais en train de me faire des spaghetti quand le quartier général m'a téléphoné pour que je rapplique vite fait. Mes spaghetti, je n'ai même pas eu le temps de les goûter. Je crève de faim.

Enderby hocha la tête.

— Depuis le temps que je vous connais, je ne crois pas vous avoir jamais vu prendre un vrai et solide repas. Vous grignotez des sandwiches pour ne pas perdre de temps. Et, chez vous, vous vous faites des spaghetti ! Vous voulez que je vous dise, Ira ? Ce qu'il vous faudrait, c'est une femme.

— Une femme ?

— Vous ne seriez pas le premier à vous marier, vous savez.

— Moi, me marier ? Vous plaisantez.

— Ce serait le mieux pour vous.

— Andy, regardez-moi.

— Je vous regarde.

— Mieux que ça.

— Eh bien ?

— Vous devez sûrement être aveugle.

— Qu'est-ce que je devrais voir ?

— Quelle femme saine d'esprit aurait-elle l'idée de m'épouser ?

— Arrêtez votre cinéma, Ira, fit Enderby en souriant. Je sais parfaitement que derrière ce discours où vous vous traînez plus bas que terre, vous avez gardé du respect pour vous-même.

C'est vous le psychiatre.

— Exactement. Je ne suis ni un suspect ni un témoin. Vous ne m'aurez pas en me le faisant à la chansonnette. (Preduski sourit à son tour.) Je suis prêt à parier que plus d'une femme s'est laissé avoir par vos dehors de petit garçon soigneusement étudiés.

— Il y en a eu quelques-unes, avoua l'inspecteur avec embarras. Mais jamais la bonne.

— Qui a parlé de la bonne ? La plupart des hommes acceptent avec empressement un compromis.

— Pas moi. (Preduski regarda encore une fois sa montre.) Il faut vraiment que je me sauve. Je reviendrai vers minuit. Martin n'aura probablement pas encore fini d'interroger les autres locataires. C'est un grand immeuble.

Le Dr Enderby poussa un soupir à fendre l'âme comme s'il portait tous les malheurs du monde sur ses épaules.

— Nous serons là, nous aussi. A chercher des empreintes sur les meubles, à passer la moquette à l'aspirateur dans l'espoir de trouver des cheveux ou des bribes de tissu. Nous ne trouverons évidemment rien mais nous travaillerons comme des nègres. C'est toujours le même cirque !

28

Le pied de Graham glissa.

Bien qu'il se cramponnât encore énergiquement aux barreaux des deux mains, il paniqua et se débattit comme un beau diable pour retrouver l'échelon.

— Que se passe-t-il, Graham ? lui demanda Connie, au-dessus de lui.

Le seul fait d'entendre la voix de la jeune femme lui fit recouvrer son sang-froid. Il cessa de lancer des ruades dans tous les sens et attendit, suspendu par les mains, que sa respiration redevînt presque normale et que s'estompât le souvenir ravivé de son décrochage dans l'Everest.

— Graham ?

Au bout de quelques secondes qui lui parurent durer des heures, son pied retrouva l'échelon.

— Tout va bien. Mon pied a ripé. Mais je me suis rattrapé.

— Ne regarde pas en bas.

— Ça, tu peux être tranquille !

Il tâtonna à la recherche du barreau suivant et continua la descente.

Il se sentait dévoré par la fièvre. Sur sa nuque, ses

cheveux étaient poisseux. La sueur perlait à son front et lui piquait les yeux. Ses joues étaient moites et ses lèvres avaient un goût de sel. Mais il avait beau transpirer abondamment, il mourait de froid et ne pouvait arrêter de grelotter.

Le vide, derrière lui, était comme un couteau dont la pointe était plantée dans son dos.

Frank Bollinger entra dans le cagibi du trente et unième étage où étaient entreposés les produits d'entretien.

Son regard se posa aussitôt sur la porte peinte en rouge. La butée d'arrêt avait été enfoncée de sorte qu'elle était entrebâillée et il comprit immédiatement que Harris et la femme s'étaient enfuis par là.

Mais pourquoi diable cette porte était-elle entrouverte ?

C'était un vrai panneau de signalisation qui l'appelait.

Redoutant un traquenard, il avança avec circonspection, le Walther PPK dans la main droite, le bras gauche tendu devant lui pour bloquer la porte s'ils essayaient de la pousser brusquement pour qu'il la reçoive en pleine figure. Retenant son souffle, il guettait le plus léger bruit révélateur.

Mais il n'entendit rien en dehors du crissement de ses semelles.

Le silence.

Il dégagea la butée de la pointe du pied, ouvrit la porte toute grande et continua d'avancer. A peine eut-il atteint la petite plate-forme et se fut-il rendu compte de l'endroit où il se trouvait que le battant se referma derrière lui et que toutes les lumières de la cage des ascenseurs s'éteignirent.

Sur le moment, il pensa que Harris était entré dans la resserre derrière lui et avait refermé la porte mais, quand il essaya de la rouvrir, il constata qu'elle n'était pas verrouillée : elle céda à la première sollicitation et toutes les ampoules se rallumèrent. C'étaient des lampes de secours qui ne fonctionnaient pas en permanence. Elles ne s'allumaient que lorsqu'une des portes de service était ouverte.

Voilà la raison pour laquelle Harris l'avait laissée entrebâillée.

Bollinger fut impressionné par ces kyrielles de lumières, de plates-formes métalliques, d'échelons. Dans les années 20, la sécurité n'était pas le souci dominant des architectes. En fait, bien rares même étaient les gratte-ciel construits après la guerre qui pouvaient s'enorgueillir d'être équipés des dispositifs *ad hoc*. A cette époque, les gens étaient censés mourir d'étouffement dans les ascenseurs bloqués entre deux étages, en attendant un dépannage qui pouvait prendre, selon les cas, dix heures ou dix jours. Et, s'il n'y avait pas moyen de les réparer, il ne restait que deux solutions aux naufragés de l'ascenseur : ou prendre le risque de descendre en manuel en se fiant au treuil ou périr enfermés dans la cabine.

Plus Bollinger explorait la tour et s'enfonçait dans les profondeurs de ses entrailles, plus il la trouvait fascinante. Elle n'avait pas, certes, les proportions de ces stades, de ces musées, de ces édifices cyclopéens dont Hitler avait tracé les plans avant la Seconde Guerre mondiale et à ses tout débuts à l'intention de la « race supérieure ». Mais les grandioses conceptions du Führer n'avaient jamais été concrétisées dans la pierre et le béton alors que le Bowerton, lui, était effectivement sorti du sol. Et Bollinger commençait à se dire que ceux qui l'avaient dessiné et érigé étaient des Olympiens. C'était étrange d'en arriver à cette conclusion car il savait que s'il n'avait vu que les halls et les bureaux de l'immeuble pendant la journée alors qu'ils étaient grouillants de monde et vibrants d'activité, il n'aurait pas prêté attention à la taille colossale et au style sublime du bâtiment. La tour faisait partie de la banalité du quotidien et, pour un New-Yorkais, un immeuble de bureaux de quarante-deux étages n'avait rien d'extraordinaire. Mais la nuit, l'édifice désert était d'un gigantisme et d'une complexité incroyables. Dans la solitude et le silence, on avait le loisir d'en prendre la mesure et l'on était frappé par sa titanesque splendeur. Bollinger avait le sentiment d'être un microbe cheminant dans les veines et les organes d'une créature douée de vie, un monstre défiant la notion même de mesure.

Il se sentait de plain-pied avec les intelligences qui avaient conçu un tel monument. Il était du même sang que ces bâtisseurs, il était une force qui allait de l'avant, un homme supérieur. La nature olympienne de la tour — et des architectes qui l'avaient érigée — faisait vibrer une corde sensible au plus profond de lui et savoir qu'il était d'une essence divine l'exaltait. Ce flamboiement qui le transportait ne faisait qu'aviver sa resolution de tuer Harris et la femme. C'étaient des animaux. De la vermine. Des parasites. L'invraisemblable don de voyance de Harris faisait planer une menace sur lui. Ils cherchaient à lui dénier la place légitime qui était la sienne dans ce puissant et sans précédent courant de l'histoire : l'essor, encore ralenti mais qui ne cesserait de s'accélérer, de l'homme nouveau.

Il bloqua de nouveau la porte pour qu'elle demeure ouverte et que les lampes restent allumées, puis alla se poster au bord de la plate-forme et scruta l'échelle. Ils étaient trois étages plus bas, l'homme précédant la femme de quelques barreaux. Ils descendaient, et ni l'un ni l'autre ne levait les yeux. Ils ne pouvaient pas ne pas avoir compris la signification de la brève extinction des lumières. Ils se hâtaient de gagner la prochaine plate-forme pour pouvoir quitter la cage des ascenseurs.

Bollinger se mit à genoux et, s'étant assuré de la solidité du garde-fou, il pencha le buste en avant.

Il ne voulait pas les abattre ici. L'endroit où l'exécution devait avoir lieu et la méthode à employer revêtaient une importance capitale cette fois-ci. S'il les tuait tout de suite, ils tomberaient au fond du puits, ce qui réduirait à néant le plan que Billy et lui avaient mis sur pied dans l'après-midi. Il n'avait pas pris toute cette peine pour les liquider n'importe comment. Il était impératif de procéder d'une manière précise. S'il agissait comme il convenait, la police serait déroutée et se fourvoierait sur de fausses pistes. Et la population de New York connaîtrait une escalade de la terreur qu'elle n'imaginait même pas dans ses pires cauchemars. Le gambit qu'il avait élaboré avec Billy était ingénieux et il n'était pas question d'y renoncer aussi longtemps qu'il restait une chance de réussite.

Il était vingt et une heures quarante-cinq. Dans un quart d'heure, Billy serait en bas, dans l'allée, et il n'attendrait pas au-delà de vingt-deux heures trente. Bollinger se rendit à l'évidence : il n'aurait probablement pas le temps de s'envoyer en l'air avec la femme mais il ne doutait pas un instant qu'il pourrait mener le plan à son terme en quarante-cinq minutes.

De plus, il ne savait même pas à quoi ressemblait Harris et il estimait qu'il y aurait une certaine lâcheté à tuer un homme dont il n'avait jamais vu le visage. C'était comme de tirer dans le dos de quelqu'un. Un meurtre de ce genre — même s'il ne s'agissait que de tuer un animal, une vermine comme Harris — ne correspondait pas à l'image du surhomme que Bollinger se faisait de lui-même. Il aimait fondre sur sa proie bille en tête, l'approcher au plus près afin qu'il y eût au moins un soupçon de danger.

L'astuce consistait à les obliger à quitter la cage des ascenseurs sans les tuer, à les entraîner sur un autre terrain, là où le plan pourrait être exécuté à la lettre. Il abaissa son pistolet, visa un point situé bien au-dessus de la tête de la femme et appuya sur la détente.

La détonation fut assourdissante et Connie eut l'impression que ses échos l'assaillaient de tous les côtés. Quand ils s'amortirent, elle put entendre la balle ricocher d'une paroi à l'autre un peu plus bas.

C'était une situation tellement irréelle qu'elle se demanda si elle ne vivait pas un cauchemar. Il était bien possible qu'elle fût à l'hôpital et qu'il ne s'agît que du produit de son imagination, d'un délire engendré par la fièvre.

« Descends l'échelle », se surprit-elle à répéter comme une litanie. C'étaient tantôt des lambeaux de phrases qui n'avaient guère de sens, tantôt des chapelets de sons totalement dépourvus de signification. Son estomac faisait des bonds comme un poisson frétillant sur le pont mouillé d'un bateau; elle avait l'impression que la balle l'avait traversée de part en part et avait lacéré ses organes vitaux.

Bollinger tira de nouveau.

Cette fois, Connie eut l'impression que la déflagration était moins violente: ses oreilles bourdonnaient encore du premier coup de feu et ses tympans étaient en partie insensibilisés.

Pour une femme qui avait rarement éprouvé de terreur psychologique — et jamais de terreur physique —, elle conservait une surprenante maîtrise de soi.

Quand elle regarda vers le bas, elle vit que Graham avait empoigné d'une main la rambarde de la plate-forme. De l'autre, il étreignait toujours le barreau de l'échelle. Il leva un pied, hésita, le corps incliné selon un angle précaire, fit mine de reposer son pied sur l'échelon, puis trouva brusquement le courage de l'avancer jusqu'au rebord de la plate-forme. Il resta quelques instants dans cette posture, luttant contre la peur, écartelé entre ces deux points d'appui. Connie ouvrait la bouche pour l'exhorter à continuer quand il abandonna sa prise sur le barreau. Il oscilla à la limite extrême de la plate-forme comme s'il allait tomber, puis recouvra son équilibre et enjamba le garde-fou.

Connie descendit les derniers échelons — il y en avait une bonne dizaine — beaucoup trop vite et prit pied sur la plate-forme au moment où Bollinger faisait feu pour la troisième fois. Elle s'engouffra par la porte rouge de la resserre aux fournitures du vingt-septième étage que Graham lui maintenait ouverte.

La première chose qu'elle vit fut le sang qui s'étalait

sur son pantalon — une tache vermeille de la taille d'un dollar d'argent qui tranchait sur le gris de l'étoffe.

— Que t'est-il arrivé ?

Graham lui agita les ciseaux sous le nez.

— Je les avais dans ma poche. Tout à l'heure, quand j'ai failli décrocher, ils ont déchiré la doublure et me sont entrés dans la cuisse.

— C'est grave ?

— Non.

— Cela te fait mal ?

— Pas trop.

— Tu ferais mieux de te débarrasser de cet instrument.

— Pas encore.

Bollinger attendit que le couple fût sorti de la cage. Ils avaient utilisé pour cela la deuxième plate-forme par rapport à la sienne. Comme il n'y avait qu'une porte de service tous les deux étages, il fallait en déduire qu'ils étaient au vingt-septième.

Bollinger se releva et se rua vers l'ascenseur.

— Viens, dit Graham. On va foncer jusqu'à l'escalier.

— Non. Il faut retourner dans la cage des ascenseurs.

L'incrédulité se peignit sur le visage de Harris en même temps qu'une lueur d'angoisse s'allumait dans ses yeux.

— Mais c'est de la folie !

— Il ne nous cherchera pas là. Pas avant deux minutes, au moins. Nous allons remonter deux étages et prendre l'escalier quand il viendra voir si nous sommes dans la cage.

Connie ouvrit la porte rouge qu'ils avaient franchie à peine quelques secondes plus tôt dans l'autre sens.

— Je ne sais pas si je pourrai remettre ça.

— Je suis sûre que si.

— Tu as dit... que nous allons remonter ?

— Absolument.

— Mais pour nous échapper, il faut descendre !

Connie secoua la tête.

— Tu te rappelles ce que j'ai suggéré à propos des gardes de sécurité ?

— Qu'ils étaient peut-être morts.

— Si Bollinger les a tués pour que personne ne l'empêche de parvenir jusqu'à nous, il est logique de supposer qu'il a également bloqué toutes les issues, tu ne crois pas ? Il nous abattra avant que nous ayons le temps de fracasser la porte vitrée donnant sur l'avenue.

— Les vigiles ne sont pas forcément morts. Peut-être qu'il s'est débrouillé pour s'introduire dans la place sans se faire remarquer.

— Pouvons-nous prendre le risque de ce pari ?

Graham se rembrunit.

— Non, sans doute pas.

— Il ne faut pas descendre dans le hall avant d'être certains d'avoir une bonne longueur d'avance sur lui.

— Bon... on remonte. Mais je ne vois pas où est l'intérêt de la manœuvre.

— Il n'est pas possible de jouer au chat et à la souris avec lui du vingt-septième au rez-de-chaussée. La prochaine fois qu'il nous repérera, que ce soit dans la cage des ascenseurs ou dans celle de l'escalier, il ne commettra pas d'erreur, tu peux être tranquille. Mais s'il ne comprend pas que nous remontons, nous réussirons peut-être à gagner assez de temps pour rejoindre ton bureau, en passant alternativement de l'une à l'autre sur treize étages.

— Le bureau ? Pourquoi ?

— Parce qu'il ne s'attend pas à nous voir rebrousser chemin.

Les yeux bleus de Graham, jusque-là écarquillés par l'effroi, se plissèrent. Il évaluait la situation. En dépit de tout, la volonté de survivre éclatait en lui. Les signes avant-coureurs de l'émergence du Graham Harris d'antan faisaient se craqueler la carapace de peur qui l'enserrait.

— Au bout du compte, il finira par comprendre, objecta-t-il. Cela nous ferait gagner à tout casser une quinzaine de minutes.

— Un répit suffisant pour nous permettre d'imaginer autre chose. Allons-y, Graham. Nous n'avons déjà que trop perdu de temps. Il va arriver à cet étage d'une seconde à l'autre, maintenant.

Ce fut avec moins de répugnance que la première fois, mais sans plus d'enthousiasme non plus, qu'il suivit Connie dans la cage des ascenseurs.

— Monte la première, lui dit-il lorsqu'il l'eut rejointe sur la plate-forme extérieure. Je préfère être derrière toi. Comme ça, je ne te ferai pas tomber de l'échelle si je dégringole.

C'était pour la même raison qu'il avait tenu à la précéder quand ils avaient effectué la descente.

Connie le serra dans ses bras, l'embrassa puis fit volte-face et commença à grimper.

Dès qu'il émergea de la cabine au vingt-septième étage, Bollinger se hâta d'aller inspecter l'escalier du côté nord.

Personne.

Il traversa le couloir central au pas de course et ouvrit la porte de l'escalier sud. Il resta près d'une minute sur le seuil, tendant l'oreille, à l'affût du moindre bruit.

Pas un son. Rien ne bougeait.

Il se mit alors à essayer les portes des bureaux donnant sur le corridor pour en chercher une qui ne serait pas fermée à clé jusqu'au moment où l'idée lui vint qu'ils étaient peut-être revenus dans la cage des ascenseurs. Il ne tarda pas à localiser le cagibi de l'entretien. La porte rouge était entrouverte.

Il s'en approcha avec le même luxe de précautions

qu'auparavant. Il était en train de l'ouvrir toute grande quand le claquement d'une autre porte qui se refermait résonna dans le puits.

Il se précipita sur la plate-forme, se pencha au-dessus de la rambarde et scruta le gouffre vertigineux.

Laquelle de ces portes avaient-ils utilisée ?

Combien d'étages avaient-ils gagné sur lui ?

Bollinger jura à haute voix et, le bas de son pardessus lui battant les jambes, il revint à l'escalier sud. A nouveau, il tendit l'oreille.

Dans l'escalier nord, après avoir négocié deux volées de marches, chaque pas qu'il faisait arrachait une grimace à Graham. La douleur s'irradiait dans sa mauvaise jambe de la plante du pied à la hanche. Il contractait ses abdominaux dans l'attente de chaque nouvel élancement et c'était tout son ventre qui lui faisait mal, à présent. Si, après sa chute dans l'Everest, il avait continué à s'entraîner et à faire de l'escalade comme les médecins le lui avaient instamment recommandé, il aurait été dans une meilleure condition physique pour affronter cette épreuve. Il avait plus demandé d'efforts à sa jambe cette nuit qu'il ne lui en demandait habituellement en un an. Il payait maintenant la rançon de cinq années d'inaction.

— Ne ralentis pas ! l'adjura Connie.

— J'essaie.

— Prends appui au maximum sur la rampe. Tiens bon.

— Jusqu'où va-t-on comme ça ?

— Encore un étage.

— L'éternité !

— Après, nous reviendrons à la cage des ascenseurs.

Graham préférait encore les barreaux de la cage à l'escalier. Il pouvait se servir de sa bonne jambe et soulager l'autre en faisant porter presque tout le poids de son corps sur ses mains. Mais, dans l'escalier, s'il ne se servait pas de sa patte amochée, il serait forcé d'avancer à cloche-pied, marche par marche, et cela retarderait trop sa progression.

— Encore un étage, répéta Connie sur un ton d'encouragement.

Tentant de ruser avec lui-même et de couvrir une distance respectable avant que la souffrance eût le temps de se transmettre à son cerveau, il escalada en vacillant dix marches à vive allure. Du coup, la douleur devint un supplice et force lui fut de ralentir. Mais il continua de monter.

Posté au fond du corridor, Bollinger était à l'affût du plus léger bruit dans l'escalier sud.

Rien.

Penché sur la rampe, il fouilla des yeux les strates successives de ténèbres séparant les paliers.

Rien.

Il battit en retraite et rejoignit l'escalier nord en courant.

29

La couche de neige fraîche qui recouvrait le sol était encore vierge de toute trace de pneus quand Billy engagea sa voiture dans le passage.

La cour de service sur laquelle donnait l'arrière du Bowerton Building, et qui faisait douze mètres sur six, était desservie par quatre portes, dont un grand portail de garage peint en vert réservé à la livraison du matériel encombrant — mobilier, etc. — qui n'aurait pas pu passer par les autres. La lampe à vapeur de sodium allumée au-dessus de ce portail baignait de sa lueur crue les murs de pierre, les poubelles alignées au cordeau dans l'attente du passage matinal des éboueurs, projetant des ombres nettes et précises sur le tapis de neige immaculée.

Aucun signe de Bollinger.

Billy entra dans la cour en marche arrière pour pouvoir démarrer sans problème au moindre pépin et éteignit ses phares sans couper le moteur. Il baissa un peu la glace pour éviter que la buée s'y déposât.

Ne voyant pas Bollinger venir à sa rencontre, il consulta sa montre. Vingt-deux heures deux.

Des tourbillons de neige sèche venant du passage l'assaillaient de plein fouet mais, dans la cour mieux abritée du vent, ils étaient moins violents.

Presque toutes les nuits, les voitures de police patrouillaient dans les rues mal éclairées de ce genre pour surprendre d'éventuels cambrioleurs avec des camionnettes à moitié pleines, d'éventuels agresseurs et leurs victimes à moitié dépouillées, des femmes à moitié violées. Mais pas cette nuit. Pas par ce temps. Les agents étaient ailleurs. La plupart étaient, pour l'heure, occupés à se récurer après avoir procédé aux constats d'usage, suite aux multiples accidents de la circulation qu'entraînait ce temps de cochon, un bon tiers des effectifs se planquaient dans leurs cachettes favorites, une petite rue ou un parc. Ils se réchauffaient en buvant du café — quand ce n'était pas quelque chose de plus fort — tout en discutant de sport ou de femmes ; ils ne se résignaient à faire des rondes que si l'ordre formel leur en était donné par la radio.

Billy regarda à nouveau l'heure.

Dix heures quatre.

Il attendrait très exactement vingt-six minutes encore. Pas une de moins et pas une de plus, en tout cas. Conformément à la promesse qu'il avait faite à Dwight.

Cette fois encore, quand Bollinger parvint à la cage des ascenseurs, ce fut pour entendre le tintamarre d'une porte qui se refermait.

Il se pencha sur la rambarde, scrutant les profondeurs de ce puits d'ombre. Rien. Rien sinon d'autres rambardes, d'autres plates-formes, d'autres lampes de secours et les ténèbres. Harris et la femme avaient filé.

Il commençait à en avoir assez de jouer à cache-cache avec eux, de faire des aller et retour entre les escaliers et la cage des ascenseurs. Il était en nage. Sous son pardessus, sa chemise lui collait à la peau. Abandonnant la plate-forme, il regagna sa cabine, donna un tour de clé pour la remettre en service et appuya sur le bouton du rez-de-chaussée.

Une fois arrivé à destination, il se défit de son épais pardessus qu'il laissa choir devant la porte de l'ascenseur. La sueur ruisselait sur sa nuque et coulait le long de son sternum. Il ne retira pas ses gants. Du revers de la main, puis avec sa manche de chemise, il essuya son front moite.

Il s'adossa au mur de marbre de la niche au fond de laquelle étaient installées les deux batteries d'ascenseurs, hors de vue de quiconque s'approcherait de l'entrée du hall. Depuis cette position stratégique, il avait sous les yeux deux portes blanches portant une inscription en lettres noires. C'étaient celles des deux escaliers de secours. Quand Harris et la femme franchiraient l'une ou l'autre d'entre elles, il leur ferait sauter la cervelle, bon Dieu ! Foutre oui ! Et avec plaisir.

Comme il avançait en claudiquant vers la flaque de lumière que dessinait sur le sol du couloir du quarantième étage la porte béante de l'antichambre de Harris Publications, Graham tomba en arrêt devant le dispositif anti-incendie, un boîtier de quelque vingt centimètres de côté, encastré dans l'épaisseur du mur. Ses bords étaient peints en rouge et sa surface protégée par une vitre.

Mais pourquoi donc n'y avait-il pas pensé plus tôt ?

Connie, qui le précédait, se rendit compte qu'il avait fait halte.

— Qu'y a-t-il ? lui demanda-t-elle.

— Viens voir.

Elle revint sur ses pas.

— Si on déclenche ce signal, cela fera venir les gardiens qui sont en bas.

— A condition qu'ils ne soient pas morts.

— Même en admettant qu'ils le soient, les pompiers rappliqueront en moins de deux. Ça coupera la chique à Bollinger.

— Il n'est pas évident qu'il décampe quand l'alarme sonnera. Après tout, nous connaissons son nom. Il pourrait très bien ne pas se laisser impressionner, nous tuer et filer en profitant du remue-ménage qui suivra l'arrivée des pompiers.

— C'est possible, reconnut Graham que l'idée de se faire pourchasser dans le noir au milieu du tintamarre des sonneries d'alerte n'emballait pas outre mesure.

Ils contemplèrent le coffret. Le levier de commande en métal scintillait dans la lueur rouge qui baignait le corridor.

L'espoir renaissait en Graham et cela avait, sur lui, l'effet d'un décontractant. La tension qui crispait les muscles de ses épaules, de sa nuque, de son visage se relâchait quelque peu. Pour la première fois depuis qu'avait commencé cette chasse à l'homme, il se mettait à penser que Connie et lui arriveraient peut-être à se tirer sains et saufs de l'aventure.

Soudain, il se rappela la vision qu'il avait eue. La balle. Le sang. On lui tirerait dans le dos.

— Cela fera tellement de bruit que nous ne l'entendrons pas s'il nous tombe dessus, lui fit remarquer la jeune femme.

— D'accord, mais la réciproque est vraie, ripostat-il. Lui non plus, il ne pourra pas nous entendre.

Connie posa le bout des doigts sur la glace froide du coffret, hésita, puis retira sa main.

— O.K. Mais il n'y a pas de petit marteau pour casser la vitre. (Elle souleva la chaîne fixée à côté de la boîte et à laquelle ce fameux marteau était censé être accroché — seulement, il n'y avait rien au bout de la chaîne.) Par quoi pourrait-on le remplacer ?

Graham, le sourire aux lèvres, sortit de sa poche ses gros ciseaux qu'il brandit à la manière d'un talisman magique.

— Applaudissements prolongés sur tous les bancs.

Le moral de Connie était déjà suffisamment remonté pour qu'elle fît un peu dans l'humour.

— Tous mes remerciements pour cette approbation franche et massive.

— Fais attention.

— Recule-toi.

Tenant les ciseaux par les branches, Graham s'en servit comme d'un lourd marteau et la mince vitre vola en éclats. Il commença par retirer les morceaux de verre acérés et entêtés qui tenaient encore au cadre pour ne pas se couper, après quoi il abaissa le levier.

Il ne se passa rien.

Pas le moindre carillonnement.

Le silence.

Dieu du ciel !

— Oh non ! fit Connie.

La petite flamme d'espoir pâlit. Frénétiquement, Graham releva la commande, la rabaissa.

Sans plus de succès.

Bollinger avait pensé à tout. Il n'avait pas seulement mis les installations téléphoniques hors d'usage mais le système d'alerte d'incendie aussi.

Les essuie-glaces chassaient la neige qui s'abattait sur le pare-brise. Leur chuintement rythmique commençait à user les nerfs de Billy.

Il se retourna pour regarder par la lunette arrière le portail vert et les trois autres portes.

Il était vingt-deux heures quinze.

Que diable fabriquait donc Dwight ?

Graham et Connie commencèrent par fouiller chez les maquettistes pour tenter de trouver un couteau ou un quelconque instrument pointu dont se servaient les dessinateurs, et qui constituerait une arme quand même plus efficace que les ciseaux. Harris dénicha dans le bureau de son directeur artistique deux cutters aussi affilés qu'une lame de rasoir.

Quand il leva la tête, Connie était perdue dans ses pensées. Debout devant le seuil de la porte, elle avait les yeux fixés au plancher. En face d'elle, devant une grande photographie formant arrière-plan, s'étalait en désordre tout un matériel d'escalade — rouleaux de cordes, pitons, étriers, mousquetons, anoraks fourrés et encore une bonne trentaine d'objets divers.

— Regarde ce que j'ai trouvé, dit Graham en montrant les cutters à la jeune femme.

Mais cela ne parut pas intéresser Connie le moins du monde.

— Qu'est-ce que c'est que ce bric-à-brac ? lui demanda-t-elle en désignant le matériel du doigt.

Harris fit le tour du bureau métallique.

— Le numéro de la revue que nous préparons présente un guide d'achat. Tous ces accessoires ont été photographiés pour illustrer l'article. Mais pourquoi cette question ? (Son visage s'illumina.) Ça va... j'ai compris. (Il s'accroupit et saisit un piolet.) Cela fera une meilleure arme que ces coupe-papier.

— Graham...

Il la dévisagea. Elle arborait une expression étrange : on y lisait à la fois la perplexité, la crainte et la stupeur. Bien qu'elle eût, c'était visible, pensé à quelque chose d'important, rien dans ses yeux gris ne trahissait ce qui se passait dans son esprit.

— Ne nous précipitons pas tête baissée pour passer à l'attaque. Si nous examinions d'abord toutes les options qui nous sont offertes ?

— C'est pour ça que nous sommes là.

Elle fit un pas dans l'antichambre et, penchant la tête de côté, écouta au cas où Bollinger arriverait.

Graham se releva, prêt à faire usage de son piolet. Comme aucun bruit ne troublait le silence, Connie, rassurée, revint à son point de départ.

Harris abaissa le bras.

— J'ai cru que tu avais entendu quelque chose.

— Je prends mes précautions. (Connie jeta à nouveau un coup d'œil au matériel et s'assit sur le coin du bureau.) A mon avis, il y a cinq éventualités. Première possibilité : faire face et essayer de nous battre.

— Avec ceci, dit Graham en brandissant le piolet.

— Ceci et tout ce que nous pourrons trouver d'autre.

— On pourrait lui tendre un piège et le prendre par surprise.

— Il y a deux objections à cette méthode.

— Il a un pistolet.

— C'est la première, en effet.

— Si nous agissons assez astucieusement, il n'aura pas le temps de tirer.

— Ma seconde objection est plus fondamentale : ni toi ni moi ne sommes du bois dont on fait les tueurs.

— On pourrait se contenter de l'assommer.

— Si tu lui flanques un coup sur la tête avec cet outil, tu as toutes les chances de le tuer sur le coup.

— Si l'alternative est de tuer ou d'être tué, je suppose que j'en aurai la force.

— Peut-être. Mais si tu hésites à la dernière seconde, nous sommes morts.

Graham n'en voulait pas à Connie de ne pas avoir une confiance totale en lui : il savait qu'il ne le méritait pas.

— Tu parlais de cinq options ?

— La deuxième serait de nous cacher.

— Où ça ?

— Je n'en sais rien. Peut-être essayer de trouver un bureau qu'on aurait oublié de fermer et de nous y barricader.

— Tous sont fermés. Personne n'a oublié de donner son tour de clé avant de partir, tu peux être tranquille.

— On pourrait aussi continuer de jouer au chat et à la souris avec lui.

— Pendant combien de temps ?

— Jusqu'à ce que les gardiens qui viendront relever leurs collègues découvrent leurs cadavres.

— Mais s'il n'a pas tué les vigiles, l'équipe de jour ne saura pas ce qui se passe dans les étages.

— C'est vrai.

— D'ailleurs, je crois qu'ils travaillent par brigades douze heures sur vingt-quatre, quatre jours par semaine. Je connais un des gardiens de nuit. Je l'ai entendu râler contre les heures interminables où il doit assurer son service et en même temps se féliciter des huit heures supplémentaires récupérables dont il bénéficie chaque semaine. Donc, s'ils prennent leur service à six heures du soir, ils ne finissent qu'à six heures du matin.

— Ce qui fait qu'il reste sept heures et demie avant la relève.

— Trop long pour jouer à cache-cache entre les escaliers et le puits aux ascenseurs. Surtout avec ma patte à la gomme.

— Troisième solution : on ouvre une fenêtre et on appelle au secours.

— Du quarantième étage ? Même s'il faisait beau, il est peu probable qu'on nous entendrait du trottoir. Et, avec ce vent, nos voix ne porteraient même pas deux étages plus bas.

— Je sais. Et par une nuit pareille, n'importe comment, il n'y a pas un chat dehors.

— Alors, pourquoi suggérer cette solution qui n'en est pas une ?

— La cinquième option va t'étonner. C'est pourquoi, avant de la formuler, je voulais que tu comprennes que j'ai passé en revue toutes les autres possibilités.

— Quelle est cette cinquième option ?

— D'abord, la quatrième. On ouvre la fenêtre et on balance le mobilier à l'extérieur pour essayer d'attirer l'attention d'un automobiliste qui passerait sur Lexington.

— A condition que quelqu'un ait l'idée de rouler par ce temps de chien.

— Ce n'est pas exclu. Il pourra y avoir un ou deux taxis.

— Mais si nous balançons une chaise, il ne sera pas possible de calculer l'effet du vent et de prévoir l'endroit où elle arrivera au sol. Suppose qu'elle fracasse le pare-brise d'une voiture et tue quelqu'un ?

— J'y ai pensé.

— On ne peut pas faire ça.

— Je sais.

— Bon. Alors, cette cinquième option ?

Connie se laissa choir à bas du bureau et s'approcha du matériel d'escalade amoncelé.

— Il va falloir qu'on se débrouille avec ça.

— Je ne comprends pas.

— Il y a tout ce qu'il faut. Des chaussures, des blousons, des gants, des cordes, tout le saint-frusquin, quoi.

Graham était déconcerté.

— Pour quoi faire ?

Les yeux de Connie étaient écarquillés. On eût dit une biche aux abois.

— Pour descendre.

— Descendre... quoi ?

— Descendre par la façade. Jusqu'en bas.

QUATRIÈME PARTIE

VENDREDI 22 h 30 - SAMEDI 4 h

30

A vingt-deux heures trente pile, Billy démarra.

Depuis une demi-heure, la neige tombait de plus en plus dru et le vent soufflait avec une force terrifiante. Il avait l'impression de rouler en plein brouillard.

Quand il sortit du passage pour s'engager dans la petite rue latérale, ses pneus chassèrent sur la chaussée verglacée et ce fut tout juste si, grâce à un dérapage contrôlé, il réussit à immobiliser la voiture quelques centimètres derrière un camion garé le long du trottoir opposé.

Il avait mis trop d'accélération et ne s'en était rendu compte qu'au moment où il allait emplafonner ce fichu camion. Cela ne lui ressemblait pas. Billy était prudent, jamais téméraire, et il était furieux d'avoir commis pareille faute de conduite.

Il prit la direction de l'avenue. Le feu était au vert. La voiture la plus proche — deux phares solitaires dont la neige estompait et rendait diffus l'éclat — était distante de trois ou quatre blocs. Il tourna dans Lexington

Après avoir parcouru trente mètres, il arriva devant l'entrée du Bowerton Building. Une plaque de bronze de six mètres de long, décorée de motifs floraux sculptés, était scellée au-dessus des quatre portes à tambour. La partie du hall monumental visible était apparemment déserte. Billy s'arrêta sur un emplacement de parking matérialisé et observa l'édifice en quête d'un signe indiquant qu'il y avait quelque chose qui ne tournait pas rond.

Il n'en décela aucun.

Quoi qu'il en fût, le plan avait échoué. Il y avait eu un pépin. Quelque chose avait foiré. Méchamment foiré.

Bollinger parlerait-il s'il se faisait prendre ? se demanda Billy, la gorge sèche. Me dénoncera-t-il ?

Il faudrait qu'il aille travailler comme à l'accoutumée sans savoir ce qui avait cloché, sans savoir si la police avait ou n'avait pas arrêté Dwight. Il n'allait pas être facile de se concentrer sur son boulot, ce soir. Mais s'il devait se forger un alibi pour le cas où Bollinger passerait aux aveux, il importait qu'il garde son calme, qu'il reste lui-même, qu'il ait le comportement que ceux qui le connaissaient attendaient qu'il ait.

Franklin Dwight Bollinger commençait à s'énerver. Il était en nage : une sueur poisseuse. Il serrait avec une telle force la détente de son Walther PPK que son index crispé en était douloureux. Il y avait plus de vingt minutes qu'il surveillait les portes des escaliers mais il n'avait vu personne en sortir. Ni Harris ni la femme.

Maintenant, Billy était reparti et le minutieux minutage de l'opération était foutu. Il gardait encore l'espoir de pouvoir mener le plan à bien tout en sachant que ce n'était plus possible. La situation avait évolué. Désormais, il ne restait plus qu'une seule chose à faire : les abattre tous les deux et filer en vitesse.

Où est Harris ? se demandait-il. A-t-il deviné que je l'attends ? Ses dons de voyant extralucide lui ont-ils permis de prévoir l'embuscade ?

Il décida d'attendre encore cinq minutes. Après, il serait obligé de se lancer à la poursuite du couple.

Vu de la fenêtre, le spectacle des édifices géants, piquetés de taches de lumière floue, balayés par les bourrasques de neige, était hallucinant.

— C'est impossible, murmura Graham.

Connie posa la main sur son bras.

— Pourquoi ?

— Parce que c'est impossible.

— Ce n'est pas une réponse.

— Je ne pourrai pas faire cette ascension.

— Ce n'est pas une ascension.

— Hein ?

— C'est une descente.

— Cela ne change rien.

— Tu penses que ce n'est pas faisable ?

— Pas pour moi.

— Tu as réussi à t'en tirer par l'échelle dans le puits des ascenseurs.

— Ce n'est pas pareil.

— En quoi est-ce différent ?

— N'importe comment, tu n'as jamais fait d'escalade.

— Tu peux m'apprendre.

Mais non !

— Bien sûr que si.

— Initiation de la débutante : la façade verticale d'une tour depuis le quarantième étage en plein blizzard !

— La débutante aura un moniteur du feu de Dieu.

— Tu parles ! Un moniteur qui n'a pas fait la moindre varappe depuis cinq ans !

— Tu connais toujours la technique. Tu ne l'as pas oubliée.

— Je ne suis pas en condition.

— Tu es costaud.

— Et ma jambe ? Tu y as pensé ?

Tournant le dos à la fenêtre, Connie retourna à la porte d'où elle pourrait entendre Bollinger s'il arrivait.

— Tu te rappelles quand la firme Abercrombie & Fitch a fait escalader l'immeuble du siège par un alpiniste pour lancer un nouveau matériel de haute montagne qu'elle venait de sortir ?

Graham, toujours planté devant la fenêtre, ne se retourna pas. Il était comme hypnotisé par la nuit.

— Et alors ?

— Tu as dit à l'époque que ce n'était pas aussi difficile que cela en avait l'air.

— J'ai dit ça ?

— Tu as même dit qu'avec toutes les aspérités, tous les redans que comporte une façade d'immeuble, l'ascension est aisée en comparaison de n'importe quelle paroi.

Graham garda le silence. Oui, il se rappelait avoir dit cela, et il savait qu'il avait eu raison. Mais quand il avait tenu ces propos, il n'avait pas pensé un instant qu'il serait appelé à en passer par là, lui aussi. Il revoyait l'Everest, il revoyait les chambres d'hôpital...

— Ce matériel que tu as sélectionné pour ton guide d'achat...

— Oui ?

— C'est le nec plus ultra, n'est-ce pas ?

— Oui, ou peu s'en faut.

— Nous bénéficierons par conséquent de l'équipement le plus performant.

— Se lancer dans une pareille équipée, c'est la mort.

— Et c'est la mort si nous restons là.

— Peut-être pas.

— Je pense que si. J'en suis même absolument convaincue.

— Il ne peut pas ne pas y avoir une solution de rechange.

— J'ai dressé l'inventaire de toutes les possibilités.

— Et si on se cachait ?

— Où ?

— Je ne sais pas. Mais...
— D'ailleurs, comment veux-tu qu'on reste cachés pendant sept heures ?
— Mais, bon Dieu, c'est de la démence !
— As-tu quelque chose de mieux à proposer ?
— Laisse-moi le temps de réfléchir.
— Bollinger peut survenir d'une minute à l'autre.
— Le vent doit souffler à une vitesse de l'ordre de soixante-cinq kilomètres à l'heure au niveau de la rue — au moins lors des rafales. Et à quatre-vingts à la hauteur où nous sommes.
— Il nous emportera ?
— Chaque centimètre sera une bataille.
— On fixera les cordes, non ?
Graham fit face à la jeune femme.
— Oui, mais...
— Et nous aurons ces machins-là, je suppose ?
Du doigt, Connie désignait les harnais de sécurité qui trônaient en haut de la pile de matériel.
— Il fera terriblement froid, dehors, Connie.
— Nous avons des vestes en duvet.
— Mais pas de pantalons à double fond étanches. Nous avons tous les deux de vulgaires jeans. Autant dire que nous serons comme nus à partir de la taille.
— Je suis capable d'endurer le froid.
— Pas très longtemps. Pas un froid aussi polaire.
— Combien de temps nous faudra-t-il pour atteindre le trottoir ?
— Je ne sais pas.
— Tu dois quand même bien en avoir une idée.
— Une heure. Deux, peut-être.
— Tant que ça ?
— Tu es une novice en matière d'escalade.
— On ne pourrait pas descendre en rappel ?
— En rappel ?
Graham était atterré.
— Cela paraît tellement facile... On se balance, on descend un peu à chaque oscillation, on se relance en prenant appui contre la paroi...

— Ça a l'air facile mais ça l'est beaucoup moins que tu le croies.

— Seulement, c'est rapide.

— Dieu du ciel ! Tu n'as jamais fait de montagne de ta vie et tu veux effectuer une descente en rappel !

— J'ai du cran, tu sais.

— Peut-être, mais tu n'as rien dans la cervelle.

— Bon, d'accord. On ne descendra pas en rappel.

— En aucun cas.

— On descendra lentement mais sûrement.

— On ne descendra ni d'une manière ni d'une autre.

— Je pourrai supporter le froid pendant deux heures, enchaîna Connie, ignorant la protestation de Graham. Je sais que j'en serai capable. Et si on bouge constamment, ce sera peut-être moins intolérable.

Mais Harris ne voulait pas démordre de son opinion :

— Nous mourrons gelés.

— Graham, l'alternative est simple : ou on y va, ou on reste. Si on y va, peut-être que nous tomberons ou que nous périrons gelés. Mais si nous restons, il nous tuera. Ça ne fait pas un pli.

— Je ne suis pas certain que ce soit aussi simple que cela.

— Mais si, tu l'es.

Harris ferma les yeux. Il était furieux contre lui-même, écœuré de son incapacité à accepter les réalités désagréables, à affronter la douleur et à faire face à sa propre peur. Pareille descente serait dangereuse. Suprêmement dangereuse. Elle pourrait même s'avérer une pure folie. Il était possible qu'ils ne tiennent pas plus de quelques minutes. Mais Connie avait raison quand elle soutenait qu'ils n'avaient pas d'autre choix que de tenter le coup.

— Graham ? Nous perdons du temps.

— Tu sais pour quelle raison réelle cette aventure n'est pas possible ?

— Non. Explique-le-moi.

Il se sentit rougir.

— Tu m'enlèves toute ma dignité.

— Moi ? Jamais ! C'est toi-même qui t'en es dépouillé. (Il n'y avait qu'à la regarder pour deviner sa souffrance et Graham se rendait compte à quel point il était pénible pour Connie de lui parler avec cette franchise brutale. Elle le rejoignit et lui caressa la joue.) Tu as abdiqué ta dignité et le respect de toi-même. Lambeaux par lambeaux. (Elle parlait à voix basse, c'était presque un chuchotement, et son ton vacillait.) J'ai peur pour toi, peur que si tu persistes dans cette voie, il ne te reste plus rien. Rien...

— Connie...

Il avait envie de pleurer. Mais il n'avait pas de larmes à verser sur Graham Harris. Il savait très précisément de quoi il s'était rendu coupable envers lui-même. Il ne s'apitoyait pas sur lui : il n'avait que du mépris pour l'homme qu'il était devenu. Il savait que, fondamentalement, il avait toujours été un lâche et que son accident dans l'Everest lui avait fourni une excuse pour s'enfermer dans sa peur. Sinon, pourquoi aurait-il obstinément refusé d'aller chez un psychanalyste comme tous les médecins le lui avaient conseillé ? Au fond, il se trouvait à l'aise dans le cocon de cette peur, et cette seule idée le rendait malade.

— Tu sais bien que j'ai peur de mon ombre. Je ne te serais d'aucun secours.

— Tu es moins terrorisé aujourd'hui que tu ne l'étais hier, répliqua tendrement Connie. Tout à l'heure, dans l'escalier, tu t'es drôlement bien défendu. Et dans la cage des ascenseurs ? Ce matin, tu n'aurais pas supporté l'idée de descendre cette échelle. (Graham tremblait.) C'est une perche qui t'est tendue. Tu peux vaincre ta peur. Je le sais.

Harris s'humecta nerveusement les lèvres et s'approcha du matériel entassé devant le diorama.

— J'aimerais en être seulement à moitié aussi sûr que toi.

Connie le suivit.

— Je me rends parfaitement compte de ce que je te

demande. Je sais que ce sera la chose la plus dure que tu auras jamais accomplie.

Il gardait un souvenir net et précis de sa chute. Il n'avait qu'à fermer les yeux — même au milieu de la foule — pour la revivre de A à Z: le pied qui ripe, la douleur qui lui déchire la poitrine au moment où le baudrier lui comprime le thorax et qui se dissipe d'un seul coup lorsque la corde se rompt, la gorge prise dans un étau comme si une bouchée de viande non mâchée lui bloquait la gorge, et puis la sensation de flotter, flotter, flotter... Il n'était même pas tombé de cent mètres et une épaisse couche de neige avait amorti le choc mais il avait eu l'impression d'une chute de mille mètres.

— Si tu restes ici, tu mourras, reprit Connie. Mais ce sera une mort facile. A l'instant où il te verra, Bollinger t'abattra. Il n'hésitera pas. Pour toi, tout sera réglé en une seconde, pas plus. (Elle lui étreignit la main.) Mais, pour moi, ce sera différent.

Graham leva la tête. Des yeux gris de Connie irradiait une terreur aussi primordiale et paralysante que la sienne.

— Bollinger fera de moi son jouet.

Graham était incapable de parler.

— Il me mutilera.

Une image jaillit subitement à l'esprit de Graham. L'image d'Edna Mowry, son nombril sanglant dans la main.

— Il me défigurera.

— Peut-être que...

— C'est le Boucher, ne l'oublie pas. N'oublie pas qui il est. Ce qu'il est.

— Seigneur Dieu...

— Je ne veux pas mourir. Mais si je dois mourir, je ne veux pas que ce soit de cette manière. (Connie frissonna.) Si nous renonçons à nous enfuir en passant par l'extérieur, si nous l'attendons ici, je te demande de me tuer. Assomme-moi avec quelque chose. Et frappe très fort.

— Mais qu'est-ce que tu racontes ? s'exclama-t-il, abasourdi.

— Tue-moi avant que Bollinger puisse m'avoir à sa merci. Tu me dois au moins ça, Graham. Tu dois le faire.

— Je t'aime, balbutia-t-il faiblement. Tu es tout pour moi. En dehors de toi, je n'ai rien.

Connie avait les traits défaits comme si elle portait son propre deuil, assistait à sa propre exécution.

— Si tu m'aimes, tu dois comprendre pourquoi je veux que tu me tues.

— Je ne pourrai pas.

— Nous n'avons pas beaucoup de temps. Ou nous nous préparons à effectuer la descente, ou tu me tues. Bollinger peut arriver à tout instant.

Après s'être assuré d'un coup d'œil que personne n'essayait d'entrer dans la tour, Bollinger traversa le hall de marbre et ouvrit la porte blanche. Se postant au pied de l'escalier nord, il écouta. Aucun bruit de pas. Ni de voix. Silence total. Il leva les yeux, scrutant le puits central autour duquel s'enroulait la spirale des marches mais n'aperçut personne qui les descendait.

Il alla inspecter l'escalier sud.

Il était tout aussi désert.

Bollinger consulta sa montre.

Vingt-deux heures trente-huit.

Se récitant silencieusement un poème de Blake pour calmer ses nerfs, il se dirigea vers l'ascenseur.

31

Le plus important pour faire sérieusement de la montagne, ce sont les chaussures. Idéalement, elles doivent avoir une tige haute de douze à dix-huit centimètres environ, être faites d'un cuir solide et doublées de même, cousues main et de préférence rembourrées de mousse. Et, surtout, avoir des semelles dures et rigides en vibram munies de crampons.

C'étaient des chaussures répondant à ces impératifs que Graham avait mises. Plutôt des gants pour les pieds que des chaussures. Bien que le seul fait de les enfiler et de les lacer le rapprochât du moment décisif qui le terrifiait — celui du passage à l'acte —, il était à son aise dedans et cette sensation de confort avait quelque chose d'étrangement rassurant. La connaissance qu'il avait de ces accessoires et, plus généralement, de l'équipement de haute montagne, était en quelque sorte une pierre de touche qui lui permettrait de déterminer ce qui demeurait en lui du Graham Harris d'autrefois, de tester ce qui pouvait encore survivre de la force de caractère qui avait jadis été la sienne.

Les deux autres paires de chaussures étaient trop larges de plusieurs pointures pour Connie : elle flottait dedans. Si elle les bourrait de papier, ce serait comme deux blocs de ciment et, inévitablement, elle ferait un faux pas à un moment crucial.

Mais, heureusement, ils découvrirent dans tout ce matériel des chaussons d'escalade, plus légers, plus enveloppants, plus souples et montant moins haut que les brodequins classiques. Leurs semelles de caoutchouc ne débordaient pas, permettant ainsi au grimpeur de caler son pied même sur des aspérités à peine marquées.

Connie devrait s'en contenter faute de mieux, mais ces chaussons n'étaient pas très adaptés à l'exercice qui l'attendait. Parce qu'ils étaient faits de peau et n'étaient pas imperméables, ils n'étaient utilisables, en effet, que par grand beau temps, en aucun cas pour affronter une tempête de neige.

Afin de protéger ses pieds de l'humidité et des inévitables engelures, elle portait, outre d'épaisses chaussettes de laine grise qui montaient à mi-mollet, des manchons de plastique — de ces feuilles de plastique dont se servent normalement les grimpeurs pour envelopper leur casse-croûte. Ils assureraient l'étanchéité et étaient maintenus à la cheville par des bracelets de caoutchouc.

Tous deux avaient revêtu d'épais anoraks de nylon rouge vif dont le capuchon se nouait sous le menton. Le rembourrage de celui de Graham, en textile artificiel, suffisait pour les courses automnales mais n'était pas adapté à la température glaciale qu'ils allaient subir. L'anorak de Connie convenait beaucoup mieux au froid, mais Harris s'était bien gardé de le lui expliquer, car elle aurait voulu à toute force qu'ils fassent l'échange — c'était une veste matelassée garnie de pur duvet d'oie. Compte tenu de son poids et de sa taille, aucun vêtement n'aurait pu être plus chaud.

Par-dessus leur anorak, ils étaient tous deux harnachés d'un baudrier d'escalade qui les protégerait en cas de chute. Ces baudriers constituaient une amélioration notable par rapport à l'ancienne ceinture, une simple sangle dont la compression brutale pouvait parfois avoir des effets néfastes sur le cœur et les poumons. Ce baudrier de cuir, en revanche, qui répartissait la pression sur l'ensemble du tronc, réduisait les risques de lésions graves et donnait pratiquement au grimpeur l'assurance de ne pas se retrouver la tête en bas.

Connie fut impressionnée par cet accessoire.

— C'est une garantie totale, n'est-ce pas ? s'exclama-t-elle tandis que Graham le lui fixait. Même si on tombe, il vous stoppe net.

Bien sûr. A condition que le pied ne glisse pas ou qu'on ne le pose pas en porte à faux. A condition que la corde ne claque pas. En cas de rupture, si elle n'était pas assurée par une seconde corde, le baudrier n'arrêterait pas sa chute. Toutefois, elle n'avait pas à se faire de la bile pour ça, car Graham prenait des mesures de sécurité extraordinaires : elle disposerait de deux cordes indépendantes. Outre la primaire, il avait l'intention d'en utiliser une seconde grâce à laquelle il l'assurerait tout au long de la descente.

Il ne serait pas, quant à lui, en aussi bonne posture. Il n'y aurait personne pour l'assurer puisqu'il serait le second de cordée — et il n'aurait qu'une seule corde.

Mais, cela non plus, il ne l'expliqua pas à sa compagne. Une fois à l'extérieur, moins elle aurait de motifs d'inquiétude, plus grandes seraient ses chances de sortir vivante de l'aventure. Une certaine tension est l'alliée du grimpeur mais une tension exagérée peut lui faire commettre des erreurs.

Les deux baudriers étaient complétés par des anneaux d'attache. Graham avait garni les siens de divers instruments : pitons, mousquetons, clous à expansion, coinceurs, plus un marteau et une perforatrice à piles pas plus grosse que deux paquets de cigarettes. De son côté, Connie était chargée de tout un assortiment de pitons et de mousquetons supplémentaires.

Par-dessus le marché, il y avait les cordes qui les alourdissaient encore. Connie en avait une de trente mètres fixée à chaque hanche. C'était lourd mais elles étaient enroulées si serré qu'elles n'entravaient pas ses mouvements. Graham en avait une de la même longueur. Restaient deux brins plus courts : ceux-là seraient utilisés pour la première étape de la descente.

Enfin, dernière opération, ils enfilèrent leurs gants.

Bollinger sortait de la cabine à chaque étage. Quand le niveau était occupé par les bureaux d'une seule et même société, il vérifiait la fermeture des portes situées de part et d'autre du renfoncement réservé aux ascenseurs. Quand c'était un niveau « ouvert », il sortait de la niche afin de s'assurer qu'il n'y avait personne dans le corridor. Tous les cinq étages, il fallait jeter un coup d'œil aux escaliers de secours et aux cages d'ascenseurs. Les vingt premiers étages du bâtiment étaient desservis par quatre cages, par deux entre le vingtième et le trente-cinquième et par une seule entre le trente-cinquième et le quarante-deuxième.

Pendant la première partie de cette traque verticale, il perdit beaucoup plus de temps qu'il ne pouvait se le permettre en s'astreignant à ouvrir les accès de tous les puits.

A vingt-deux heures cinquante, il n'en était encore qu'au quinzième étage.

Toujours aucune trace du couple et il commençait à se demander si sa façon de procéder était la bonne. Mais, pour l'instant, il n'en voyait pas d'autre.

Il gagna le seizième.

Connie tira sur le cordon et les rideaux s'ouvrirent.

Graham déverrouilla la fenêtre centrale. Tout d'abord, les deux vitres rectangulaires résistèrent, puis les battants cédèrent brusquement en grinçant et le vent s'engouffra dans le bureau. Il bramait comme une créature vivante et ses hurlements stridents avaient quelque chose de démoniaque. Des flocons tourbillonnaient autour de Harris, dansaient la farandole sur la table de conférences sur la surface polie de laquelle ils fondaient, s'abattaient sur la moquette verte comme des perles de rosée sur le gazon.

Graham se pencha à l'extérieur. Les cinq derniers étages du Bowerton — et l'encorbellement décoré, haut de quatre étages qui les surplombait — étaient d'environ deux mètres en retrait par rapport aux trente-sept étages suivants. Trois étages en dessous, une corniche large d'un mètre quatre-vingts ceinturait la tour. Les quatre cinquièmes de la façade étaient cachés par elle.

La neige tombait si dru que c'était à peine s'il distinguait les lampadaires du côté opposé de Lexington Avenue — et leur lumière n'éclairait même pas le moindre îlot de macadam.

Pendant les quelques secondes qui lui furent nécessaires pour voir comment se présentait la situation, le

vent le matraquait, gelait et engourdissait son visage.
— Saloperie de vent ! (Un nuage de vapeur sortit de sa bouche quand il pesta et il tourna le dos à la fenêtre.) Nous ne couperons pas aux engelures.
— Il faut quand même y aller.
— Je sais. J'essaie de ne pas me dégonfler.
— Et si on s'enveloppait la figure ?
— Avec quoi ?
— Des foulards...
— Ce vent traverserait n'importe lequel des tissus que nous avons sous la main, nous plaquerait l'étoffe sur le visage, ce qui nous empêcherait de respirer. Ce sont des cagoules qu'il nous faudrait. Malheureusement, notre guide d'achat ne recommandait aucun type de masque.
— Alors, qu'est-ce qu'on peut faire ?
Une idée germa subitement dans la tête de Graham et il se dirigea vers son bureau en retirant ses gros gants. Le tiroir central du meuble recelait la preuve tangible du syndrome d'anxiété qui était une composante, toujours plus envahissante, de la peur chronique dont il était affligé : il y avait là de l'anacine, de l'aspirine, une demi-douzaine de remèdes contre le rhume, de la tétracyline en gélules, des pastilles contre les maux de gorge, un thermomètre dans son étui... Il s'empara d'un petit tube qu'il montra à Connie.
— Qu'est-ce que c'est ? Du baume dermophyle ?
— Viens. (Elle s'approcha.) C'est un produit pour éviter les gerçures des lèvres. A côté des engelures profondes qui nous guettent, on ne va pas se tracasser pour ce genre de bobos.
Il ôta le couvercle du stick, fit sortir la tête du cylindre gras et le passa méthodiquement sur toutes les parties du visage de la jeune femme — le front, les tempes, les joues, le nez, la bouche et le menton.
— Même avec un écran protecteur aussi fragile, il faudra plus de temps au vent pour faire se dissiper la chaleur corporelle et ta peau conservera sa souplesse. La perte de chaleur représente les deux tiers du dan-

ger. Mais c'est la déshydratation qui, en s'y ajoutant, est la cause des plus graves engelures. Dans l'air glacial, l'humidité ne monte pas jusqu'à l'épiderme. En fait, au-dessous de zéro, le vent est comme un sirocco qui te dessèche la peau comme il dessèche le désert.
— J'avais raison, dit Connie.
— A quel propos ?
— Tu as un côté Nick Charles, c'est indiscutable.

A vingt-trois heures, Bollinger entra dans la cabine de l'ascenseur et appuya sur le bouton du vingt-deuxième.

32

Le cadre de la fenêtre, contrairement à ceux des constructions des trente dernières années, n'avait pas été embouti à froid et n'était pas, non plus, en aluminium. Aussi était-il d'une robustesse à toute épreuve. Le montant central en acier cannelé avait près de deux centimètres et demi d'épaisseur et il avait l'air de pouvoir supporter des centaines de kilos sans plier ni s'arracher du chassis.

Harris y accrocha un mousqueton.

Les mousquetons étaient l'un des accessoires les plus importants de la panoplie du parfait alpiniste. Ils étaient faits en acier ou dans un alliage et se présentaient sous différents aspects — en forme de D aplatis ou désaxés, de poire ou d'entrée de serrure — mais le plus usité était l'ovale. L'objet, d'une longueur approximative de huit centimètres sur une largeur d'un peu moins de deux centimètres, évoquait un anneau de trousseau de clés surdimensionné ou un maillon de chaîne étiré. Un « doigt » à ressort assurant sa fermeture permettait au grimpeur de l'introduire dans l'œilleton du piton ou d'y glisser une corde formant une boucle. Le mousqueton pouvait aussi servir à relier deux brins à un point quelconque, ce qui était capital quand les extrémités des deux cordes étaient assurées en haut et en bas. La fonction essentielle — encore que ce ne fût pas la seule — de cet accessoire était d'empêcher les cordes de frotter l'une contre l'autre, de les protéger pour qu'elles ne s'effilochent pas en glissant dans l'œilleton non poli d'un piton et ne s'abrasent pas au contact d'une aspérité de rocher tranchante. Bien des alpinistes ne devaient qu'à leurs mousquetons d'avoir eu la vie sauve.

Sur les instructions de Graham, Connie avait arraché l'emballage de plastique d'un rouleau de corde de nylon torsadée bleu et rouge, longue de vingt-cinq mètres.

— Ça ne me paraît pas tellement solide, fit remarquer la jeune femme.

— Elle peut supporter une traction de mille huit cents kilos.

— Mince comme elle est ?

— Sa section est d'un centimètre.

— Je suppose que tu sais ce que tu fais.

— Détends-toi, lui dit Harris avec un sourire qui se voulait rassurant.

Il confectionna un nœud au bout de la corde et en inséra les deux boucles dans le fermoir du mousqueton fixé au montant de la fenêtre.

La rapidité et l'aisance avec lesquelles il avait fait ce nœud compliqué le surprenaient. Il semblait que c'était plus l'instinct que la connaissance technique qui commandait ses gestes. Après cinq ans, il n'avait rien oublié.

— Ce sera ta corde d'assurance.

Ce mousqueton était du modèle comportant une bague filetée destinée à interdire qu'il s'ouvrît accidentellement. Il vissa ce manchon de protection.

Cela fait, il prit la corde qu'il fit filer entre ses mains pour en mesurer une longueur de l'ordre de dix mètres, sortit un couteau d'une poche de son anorak et la coupa. Il noua ensuite l'extrémité du brin le plus court au baudrier de Connie de telle façon que celle-ci était maintenant reliée au montant de la fenêtre par un ombilical de neuf mètres. Pour finir, il enroula le reste de la corde autour de la taille de la jeune femme en utilisant un nœud de guide.

— Assieds-toi là, dit-il en tapotant l'appui de la fenêtre.

Connie s'assit. Elle lui faisait face, le dos tourné au vent et à la neige.

Il laissa pendre le brin à l'extérieur, après quoi il disposa le rouleau de treize mètres cinquante par terre, le vérifia avec soin pour être certain qu'il ne s'entortillerait pas en se déroulant et en noua le bout libre autour de sa taille.

Son objectif était de réaliser une assurance debout. En montagne, celui qui assure dans cette position courait toujours le risque de basculer s'il n'était maintenu par une autre corde et un piton bien placé. Il pouvait à tout moment perdre l'équilibre et tomber avec celui qu'il assurait. Aussi, la position assise était-elle considérée comme plus sûre. Cependant, parce que Connie pesait vingt-sept kilos de moins que lui et que l'appui de fenêtre lui arrivait à la hauteur de la ceinture, il ne pensait pas qu'elle serait capable de l'entraîner et de l'éjecter hors de la pièce.

Les jambes écartées pour avoir un meilleur équilibre, il saisit le brin de treize mètres en un point de sa longueur situé entre le rouleau parfaitement lové et la jeune femme. Il passa la corde qu'il avait nouée à la hauteur du nombril derrière ses reins et la ramena autour de ses hanches. Le brin relié à Connie passait, lui, d'abord par la hanche gauche, ensuite par la droite. Ainsi, sa main gauche serait la main de guidage et la droite la main de freinage. Il était campé à deux mètres d'elle.

— Prête ? lui demanda-t-il. (Elle se mordit les lèvres.) La corniche n'est qu'à quatre mètres.

— Une plaisanterie, fit-elle d'une voix blanche.

— Tu y seras avant même de t'en apercevoir.

Connie eut un sourire forcé. Baissant les yeux sur son baudrier, elle tira dessus comme si elle craignait qu'il ne se fût défait.

— Tu te rappelles bien ce qu'il faut que tu fasses ?

— Tenir la corde à deux mains en levant les bras au-dessus de ma tête. Me laisser aller. Poser les pieds sur la corniche dès que je la sentirai en veillant à ne pas descendre plus bas.

— Et quand tu auras atteint la corniche ?

— D'abord, je me détacherai.

— Mais seulement de ce brin.

— Oui.

— Pas de l'autre.

Elle secoua le menton.

— Et quand tu te seras désarrimée...

— Je tirerai deux fois sur cette corde-ci.

— Parfait. Je te ferai descendre aussi doucement que je pourrai.

En dépit du froid mordant du vent qui s'engouffrait en ululant par la fenêtre ouverte, Connie était pâle.

— Je t'aime, murmura-t-elle.

— Je t'aime.

— Tu y arriveras.

— J'espère.

— Je le sais. J'ai confiance en toi.

Le cœur de Graham cognait dans sa poitrine.

Si Connie perdait la vie par sa faute au cours de la descente, songea-t-il soudain, il n'aurait plus le droit de chercher à s'en sortir sain et sauf. Et plus aucune raison d'essayer. L'existence sans Connie serait une intolérable torture — torture du remords et de la solitude. Un vide gris pire que la mort. Si elle tombait, il n'aurait rien de mieux à faire qu'à tout lâcher à son tour.

Il avait peur.

Il ne put que répéter ce qu'il avait déjà dit :

— Je t'aime.

— Eh bien... (Connie prit une profonde inspiration et se pencha en arrière)... une femme par-dessus bord !

Le corridor obscur était désert.

Bollinger regagna la cabine et appuya sur le bouton du vingt-septième étage.

33

A l'instant où elle se laissa basculer en arrière, Connie eut la conscience physique des centaines de mètres de vide qui béaient au-dessous d'elle. Elle n'avait pas besoin de regarder en bas pour être affolée par cet insondable gouffre ténébreux. Elle était encore plus terrifiée qu'elle ne l'avait anticipé et l'effet de cette épouvante était physiologique aussi bien qu'intellectuel. Elle avait de la difficulté à respirer tant sa gorge était nouée, un étau lui comprimait la poitrine et ses pulsations s'accélérèrent. Son estomac se contracta tandis que le goût acide de la nausée lui emplissait la bouche.

Résistant à l'impulsion de s'accrocher au rebord de la fenêtre avant qu'il fût hors de sa portée, elle leva les bras et empoigna la corde des deux mains.

Le vent la faisait osciller de gauche à droite, lui sabrait la figure, et le tour des yeux, que ne protégeait pas la mince pellicule grasse qui enrobait le reste de son visage, la picotait. Pour voir si peu que ce fût, elle était obligée de fermer presque complètement les paupières. Autrement, elle aurait été aveuglée par les larmes que lui arrachait la violence du vent. Malheureusement, ils n'avaient pas trouvé de lunettes de protection dans le matériel entreposé dans le bureau.

Elle se risqua à lancer un bref coup d'œil à la corniche qui se rapprochait lentement. Elle était large d'un mètre quatre-vingts mais ne lui paraissait pas plus solide qu'une corde de funambule.

Les pieds de Graham glissèrent sur le tapis. Il s'arc-bouta des talons.

A en juger par ce qui restait du rouleau de corde, Connie n'avait pas encore franchi la moitié de la distance séparant la fenêtre de la corniche. Pourtant, il avait l'impression qu'il l'avait fait descendre de trente mètres au moins.

Au début, la traction qui s'exerçait sur ses bras et ses épaules avait été supportable mais plus il faisait filer de corde, plus il prenait conscience du prix que lui coûtaient cinq années d'inactivité. De nouvelles crampes ne cessaient de se former dans ses muscles telles des étincelles de souffrance qui s'irradiaient, se ramifiaient, s'épanouissaient en feux d'artifice crépitants.

Toutefois, la douleur n'était pas son souci premier. Ce qui était plus grave était qu'il tournait le dos à la porte. Et sa vision le taraudait : une balle dans le dos, du sang et les ténèbres.

Où était Bollinger ?

Plus Connie descendait et moins la corde qui la retenait au montant de la fenêtre avait de mou. Pourvu que Graham eût correctement évalué la distance ! Sinon, elle risquait de se retrouver dans un sale pétrin. Avec une corde de sécurité trop longue, il n'y avait pas de danger. Mais si cette corde était trop courte, elle resterait suspendue à quelques dizaines de centimètres de la corniche et force lui serait de remonter jusqu'à la fenêtre pour que Graham rectifie le tir. Ou alors, renoncer à la corde de sécurité purement et simplement et continuer avec la seule corde d'assurance ?

Elle regarda avec anxiété la primaire qui se tendait petit à petit.

Au-dessus d'elle, la principale se tortillait et se détordait sous l'effet de la tension latérale qui lui était appliquée. A mesure que les milliers de torons de nylon embraquaient, se détendaient et recommençaient, Connie tournoyait sur elle-même dans un sens, puis dans l'autre. Ce mouvement de toupie se combinait au balancement dû au vent — et, bien évidemment, cela ne faisait qu'aggraver la nausée que la jeune femme éprouvait.

Et si la corde claquait ? Les multiples torsions auxquelles elle était soumise commençaient sûrement au départ — c'est-à-dire au niveau de la fenêtre. Peut-être cette corde si mince était-elle même déjà en train de s'érailler là où elle frottait contre le rebord ?

Graham l'avait prévenue qu'il y aurait un phénomène de friction dont il fallait se méfier mais lui avait assuré qu'elle aurait atteint la corniche avant même que les fibres aient commencé à présenter des signes de fatigue. Le nylon était un matériau résistant. Solide. Fiable. Quelques minutes, voire un quart d'heure de frottement ne suffiraient pas à l'attaquer.

N'empêche que Connie se posait des questions.

A vingt-trois heures huit, Frank Bollinger se mit en devoir d'inspecter le trentième étage.

Il commençait à avoir l'impression d'être pris au piège dans un univers surréaliste fait de portes : des centaines et des centaines de portes. Il avait passé la soirée à les ouvrir, prêt à être assailli à tout instant par un attaquant invisible, vibrant de cette tension intérieure qui lui donnait le sentiment de palpiter de vie. Mais, derrière ces portes, c'était toujours la même chose qui l'attendait : l'obscurité, le vide, le silence. Chacune promettait de s'ouvrir sur les proies qu'il traquait mais aucune ne tenait sa promesse.

C'était comme si cette jungle de portes n'était pas simplement le symbole de cette nuit particulière mais, aussi, celui de toute son existence. Des portes. Des portes qui donnaient sur l'obscurité. Le vide. Des culs-de-sac, des impasses. Chaque jour de sa vie, il avait espéré en trouver une qui, en s'ouvrant, lui offrirait ce qu'il méritait. Mais, cette porte d'or, il ne l'avait jamais trouvée. C'était inique. Quand même, n'appartenait-il pas à la race nouvelle ? N'était-il pas supérieur à toute l'humanité qu'il voyait grouiller autour de lui ? Et qu'était-il à trente-sept ans ? Rien ! Il n'était pas devenu président. Pas même sénateur. Il ne s'était pas fait un nom. Il n'avait pas accédé à la fortune. Il n'était qu'un pouilleux de policier de la brigade des mœurs, un flic qui, en service, était englué dans la lugubre sous-culture des putains, des souteneurs, des flambeurs, des drogués et des racketteurs à la petite semaine.

C'était la raison pour laquelle Harris — et des dizaines de millions de ses semblables — devaient être éliminés. Ces gens-là étaient des sous-hommes qui n'arrivaient même pas à la cheville des hommes de la nouvelle race. Pour chaque homme nouveau, il y avait un million de représentants du vieil homme. Et parce que leur nombre faisait leur force, ces pitoyables créatures, capables de prendre le risque de déclencher l'holocauste nucléaire pour satisfaire leur cupidité et leur amour des rodomontades puériles, avaient entre leurs mains le pouvoir, la richesse et les ressources de la planète. Ce n'était que par un carnage sans précédent dans l'histoire, par le biais de l'Apocalypse, que les hommes nouveaux pourraient s'emparer de ce qui leur revenait légitimement.

Le trentième étage était désert. Comme l'étaient les escaliers de secours et les cages d'ascenseurs.

Bollinger monta au trente et unième.

Les pieds de Connie entrèrent en contact avec la corniche. Grâce aux bourrasques, il n'y avait presque pas de neige sur la surface de la pierre. Une neige qui, si elle avait pu s'y déposer, se serait transformée en glace. Aussi, la jeune femme ne courait pas le risque de glisser de l'entablement.

Elle s'adossa à la façade, le plus loin possible de l'abîme.

Le plus surprenant était que, maintenant qu'elle avait pris pied sur la pierre, elle était plus épouvantée par le précipice qui béait devant elle que lorsqu'elle était suspendue à sa corde. A ce moment, elle ne pouvait voir le vide dans sa véritable perspective. Mais, maintenant qu'elle se tenait sur une surface solide, cette falaise de trente-huit étages était deux fois plus terrifiante. On aurait dit un gouffre sans fond.

Elle détacha le nœud fixant la corde primaire à son baudrier, s'en libéra et tira sèchement dessus à deux reprises.

Aussitôt, Graham réenroula la corde.

Dans une minute, il allait commencer à descendre à son tour pour la rejoindre.

Céderait-il à la panique quand il se balancerait dans le vide ?

J'ai confiance en lui, songea Connie. Entièrement. Il le faut.

Pourtant, elle redoutait qu'au moment d'enjamber la fenêtre il ne flanche et ne l'abandonne sur sa corniche.

34

Graham ôta ses gants, se pencha à la fenêtre et tâta la pierre en dessous du châssis. C'était du granit dressé, une roche faite pour défier les siècles. Mais avant que le vent glacé lui eût engourdi les doigts, il détecta une minuscule fissure horizontale qui convenait à son dessein.

Gardant la main posée sur cette craquelure pour ne pas la perdre, il prit son marteau, l'un des pitons passés à son baudrier et, en équilibre instable au-dessus de l'appui de la fenêtre, il enfonça le bout pointu du second à l'aide du premier.

Il faisait si sombre que c'était à peine s'il voyait ce qu'il faisait. La seule source de lumière dont il disposait était les balles alternativement rouges et blanches dont la girandole destinée à signaler la tour aux avions festonnait l'encorbellement décoré de l'édifice, neuf mètres au-dessus de la fenêtre.

Dans cette position — il avait la tête en bas —, le travail n'avançait pas aussi vite qu'il l'aurait désiré. Quand il fut au bout de ses peines, il se retourna. Non, Bollinger n'était pas dans son dos. Il était toujours seul dans la pièce.

Le piton paraissait correctement placé. Il tint bon quand Harris tira dessus et essaya de lui imprimer un mouvement de va-et-vient.

Il accrocha un mousqueton dans l'œilleton, après quoi il planta un deuxième piton dans le montant central de la fenêtre au-dessus de celui par où passait la corde de sécurité de Connie.

Après avoir défait les nœuds de la corde de rappel qui lui entourait la taille, il la posa sous la fenêtre et repoussa du mieux qu'il put l'un des hauts panneaux vitrés rectangulaires : les mousquetons du montant central ne permettaient pas de le repousser complètement. Pas question de tenter de fermer l'autre moitié de la fenêtre de l'extérieur.

Il actionna en hâte le cordon de tirage et les épais rideaux de velours vert se remirent en place.

Tôt ou tard, Bollinger finirait fatalement par visiter le bureau et il se rendrait compte qu'ils s'étaient échappés par la fenêtre ; le but de Graham était de dissimuler leur évasion aussi longtemps que possible.

Il se glissa derrière les rideaux et se coula jusqu'à la fenêtre. Le vent qui s'engouffrait par le panneau béant les faisait ondoyer autour de lui.

Il prit un brin d'une dizaine de mètres qu'il avait sectionné dans un autre rouleau de trente mètres, qu'il fixa à son baudrier d'une part, au montant de l'autre.

Il n'aurait personne pour l'assurer contrairement à Connie, mais il avait imaginé un moyen qui lui éviterait d'avoir à effectuer la descente au bout d'une seule et unique corde. Il aurait, lui aussi, une sécurité.

Prestement, il fit un nœud à deux boucles à l'une des extrémités d'une corde de treize mètres et, se penchant à nouveau au-dessus du rebord de la fenêtre, il passa ces deux boucles dans le mousqueton solidaire du piton fixé au montant, puis bloqua le ressort à l'aide de la bague vissante. Il lança alors la corde dans la nuit et s'assura qu'elle pendait librement sans être gênée par le piton. Elle lui servirait de rappel.

Ce faisant, il ne se conformait pas strictement à l'orthodoxie de la procédure d'escalade en montagne. Mais, cette « montagne »-là n'avait indéniablement rien d'orthodoxe, elle non plus. La situation telle qu'elle était réclamait de la souplesse dans l'exécution, exigeait la mise en œuvre de méthodes originales.

Ayant remis ses gants, il entoura la sécurité autour de son poignet droit et l'empoigna de la même main. Environ un mètre vingt le séparait du point d'ancrage du montant de la fenêtre. Dans les secondes qui suivraient l'instant où il enjamberait celle-ci, il serait suspendu par le bras droit un mètre vingt au-dessous du rebord.

Il se mit à genoux sur l'appui de la fenêtre, face aux rideaux qui lui montraient leur doublure, et, lentement, précautionneusement et en se fouettant intérieurement, il passa à l'extérieur, les pieds les premiers. Juste avant de se laisser basculer, il repoussa le battant béant autant que le lui permettaient les mousquetons. Et ce fut la chute d'un mètre vingt.

Le souvenir de son dévissage dans l'Everest surgit à son esprit, oblitérant tout le reste. Il le repoussa, essayant désespérément de l'enfouir au plus profond de sa mémoire.

Il sentit une vague de nausée dans sa gorge et il déglutit à plusieurs reprises. Il *ne voulait pas* être malade. Et cet acte de volonté eut le résultat escompté.

Provisoirement, en tout cas.

De la main gauche, il saisit la corde de rappel qui pendait le long de la façade et, tout en la maintenant, il leva le bras droit et agrippa la corde d'assurance, puis, les genoux repliés en position fœtale, il appuya ses semelles contre la pierre. Alors, faisant tour à tour passer ses mains l'une au-dessus de l'autre, il remonta de trois petits pas jusqu'à ce que son corps fît un angle de quarante-cinq degrés par rapport à l'abrupte paroi de granit. De la pointe de ses chaussures, il prenait appui de toutes ses forces sur un étroit joint de ciment.

Satisfait de cette position, si précaire fût-elle, il lâcha la corde d'assurance qu'il tenait dans la main gauche.

Certes, il demeurait toujours solidement attaché mais le seul fait de lâcher un point d'appui à cette hauteur lui fit revenir la nausée dans la bouche. Il avala et reprit rapidement ses esprits.

Il avait quatre points d'assurance : le plus petit des deux brins — qui n'était plus qu'à soixante centimètres du rebord de la fenêtre, à présent — qu'il tenait de la main droite, la corde avec laquelle il descendrait en rappel et sur laquelle était posée sa main gauche, son pied droit et son pied gauche. Il était collé comme une mouche à la façade de la tour.

Gardant les yeux fixés sur le piton qui saillait entre ses pieds écartés, il donna plusieurs coups secs à la corde de rappel. Le piton ne bougea pas. Sans lâcher le brin d'assurance, il fit porter son poids sur la plus longue des deux cordes. Même sous une traction de quelque soixante-dix kilos, le piton planté dans la fissure ne bougea pas.

Convaincu d'être bien positionné, Harris abandonna la corde d'assurance.

Maintenant, il n'avait plus que trois points d'accrochage : sa main gauche qui étreignait la plus longue des cordes, ses deux pieds plaqués contre la façade et il faisait toujours un angle de quarante-cinq degrés par rapport à celle-ci.

Même s'il n'y touchait plus avant d'avoir atteint la corniche, la corde d'assurance lui sauverait la vie si jamais l'autre venait à se rompre pendant qu'il descendrait en rappel pour rejoindre Connie.

Il fallait qu'il s'en souvienne et qu'il ait raison de sa panique. La panique était sa véritable ennemie. Elle était capable de le tuer plus vite que Bollinger. La corde était là, fixée à son baudrier par un bout, attachée au montant de la fenêtre par l'autre. Il ne fallait pas l'oublier...

De sa main libre, il tâtonna sous sa cuisse. Après quelques secondes d'affolement, il retrouva derrière lui la longue corde qu'il étreignait déjà de la main gauche. Le brin qui lui permettrait de descendre en rappel, glissé dans le piton, passait par sa main gauche par-devant, s'enroulait autour de l'aine et il le tenait de la main gauche par-derrière. Il le fit glisser pardessus sa hanche, en travers de sa poitrine, par-dessus la tête et, finalement, par-dessus son épaule gauche. Maintenant, il l'empoignait fermement dans la main droite à la hauteur de ses reins. Ensuite, elle se balançait dans le vide.

Il était parfaitement positionné.

Sa main gauche était la main de guidage.

Sa main droite était la main de freinage.

Il était prêt à effectuer la descente en rappel.

Pour la première fois depuis qu'il avait sauté le pas, il regarda autour de lui. Sombres monolithes, les gratte-ciel géants se dressaient à perte de vue au cœur de la tempête. C'était un spectacle fantastique. De toutes parts, d'infimes points lumineux que la neige qui tombait rendait flous et faisait paraître plus lointains encore trouaient la nuit. Manhattan à gauche. Manhattan à droite. Manhattan derrière. Et, surtout... surtout... Manhattan en dessous. Un vide de cent quatre-vingts mètres, ténébreux, qui attendait de l'engloutir. L'espace d'un instant, il eut l'étrange sensation de voir une réplique miniature de la cité à jamais sertie dans du plastique, d'être minuscule lui aussi, telle une de ces figurines prisonnières d'une boule presse-papiers transparente qu'il suffit de secouer pour déclencher une tourmente de neige artificielle. Cela ne dura que le temps d'un éclair. La ville retrouva presque instantanément ses proportions cyclopéennes, le gouffre de béton redevint un abîme insondable. Tout reprit sa taille normale. Sauf lui : il était toujours aussi minuscule, aussi insignifiant.

Initialement, il avait braqué toute son attention sur les pitons, les cordes et les manœuvres techniques à accomplir. L'esprit ainsi occupé, il lui avait été possible d'oublier son environnement, de ne plus en avoir qu'une conscience vague et diffuse.

Mais, à présent, ce n'était plus possible. Soudain, il percevait trop bien la présence de la cité et la distance qui le séparait de la rue.

Et, comme c'était inéluctable, cette lucidité revenue réveillait en lui des souvenirs indésirables : *Son pied qui ripe, le baudrier qui lui comprime brutalement la poitrine, la corde qui mollit, la sensation de flotter, flotter, flotter, flotter, un choc, l'obscurité, les élancements qui lui déchirent les jambes, une nouvelle plongée dans la nuit, un fer rouge s'enfonçant dans son ventre, une douleur comme si des éclats de verre se plantaient dans son dos, du sang, le noir, des chambres d'hôpital...*

Bien que le vent glacial lui cinglât la figure, la sueur perlait à son front, ruisselait le long de ses tempes.

Il tremblait.

Il ne pourrait pas effectuer la descente. Il le savait.

Flotter, flotter...

Il était incapable de faire un mouvement.

Incapable de bouger d'un pouce.

Dans l'ascenseur, Bollinger hésita. Il se préparait à appuyer sur le bouton du vingt-troisième quand il se rendit brusquement compte que Harris et la femme, depuis qu'il avait perdu leurs traces, avaient renoncé à regagner le rez-de-chaussée. Ils n'avaient pas continué de descendre. Ils s'étaient volatilisés au vingt-septième. Il avait inspecté ce niveau, puis tous les niveaux inférieurs et il avait maintenant la certitude — pour autant qu'il pouvait avoir une telle certitude dans l'incapacité où il était d'ouvrir toutes les portes fermées à clé — qu'ils n'étaient pas plus bas : ils étaient remontés. Pour retourner dans les bureaux de Harris Publications ? A peine cette idée l'eut-elle effleuré qu'il comprit que cette hypothèse était la bonne. Non, le doute n'était pas permis. Et il savait pourquoi. Ils étaient remontés pour la bonne raison que c'était la dernière chose à laquelle lui, Frank Bollinger, s'attendait. S'ils s'étaient entêtés à descendre, par les escaliers de secours ou par la cage des ascenseurs, il les aurait coincés, ce n'aurait été qu'une question de minutes. Cela sautait aux yeux. Mais, en remontant, ils l'avaient désorienté et ils avaient gagné du temps.

Quarante-cinq minutes, songea-t-il avec rage. Ce fumier m'a pris pour un con. Trois quarts d'heure ! Mais il ne gagnera pas une minute de plus !

Il enfonça le bouton du quarantième étage.

Cent quatre-vingts mètres.

A peu près deux fois la hauteur d'où Graham était tombé quand il avait décroché dans l'Everest.

Mais, ce coup-là, il ne fallait pas compter sur un miracle pour le sauver. Il n'y aurait pas une congère pour amortir sa chute. La police ne trouverait plus qu'une bouillie sanguinolente répandue sur le trottoir. Un corps disloqué. Sans vie. Un cadavre en purée.

Bien qu'il ne pût rien distinguer, il scruta intensément la chaussée, en bas. L'obscurité et la neige la rendaient indiscernable. Pourtant, il était incapable d'en détourner le regard. Il était hypnotisé, non par ce qu'il voyait mais par ce qu'il n'avait pas besoin de voir, fas ciné par ce qu'il y avait en dessous — sous la nuit, sous les blancs tourbillons de la tempête.

Il ferma les yeux. Pensant au courage. A la longue route qu'il avait déjà parcourue. La pointe de ses chaussures était calée contre le joint scellant deux blocs de granit. La main gauche devant. La droite derrière. Prêt. Paré... Mais il ne pouvait pas se décider à sauter le pas.

Quand il rouvrit les yeux, il vit Connie sur la corniche.

Elle lui faisait signe de se hâter.

S'il restait comme ça, sans bouger, elle mourrait. Et ce serait entièrement sa faute à lui. Elle ne méritait pas qu'il la trahisse ainsi après ces dix-huit mois qu'elle lui avait consacrés, dix-huit mois de tendresse et de soins assidus, dix-huit mois pendant lesquels elle s'était montrée plus que compréhensive. Elle ne lui avait pas une seule fois reproché ses pleurnicheries, sa paranoïa, la façon qu'il avait de s'apitoyer sur lui-même, son égocentrisme. Le péril émotionnel dans lequel elle s'était jetée en connaissance de cause n'était pas moins terrifiant que le risque physique que la situation exigeait que Graham assumât. L'angoisse qui la rongeait était une torture en tout point égale à la souffrance que provoque une fracture de la jambe, il le savait. En échange de ces dix-huit mois, il devait à Connie de faire cette descente. Oui, il lui devait bien ça. Merde ! Il lui devait tout !

La transpiration avait en partie dissous la pellicule de baume antigerçures dont il avait oint son front et ses joues, et le vent qui faisait s'évaporer la sueur lui gelait la figure. A nouveau, il se rendit compte de la rapidité foudroyante avec laquelle la nuit hivernale sapait leurs forces.

Il leva les yeux vers le piton qui l'assurait.

Si tu te dégonfles, Connie mourra.

Sa main gauche étreignait trop fermement la corde qu'elle aurait simplement dû guider. Il fallait la serrer moins fort et se servir de la droite pour la faire filer et freiner.

Connie mourra...

Il desserra sa main gauche.

Ne pas regarder en bas. Respirer à fond. Vider ses poumons. Il allait compter jusqu'à dix. Puis il se dit qu'il se donnait le change. Tergiversait. D'un coup de genoux, il s'écarta de la façade.

Pas de panique !

Tandis que son élan l'entraînait, il laissa filer. Lorsqu'il repartit en arrière, les pieds en équerre, et qu'il prit solidement appui contre le granit, la douleur s'irradia dans sa jambe amochée. Il grimaça mais il était sûr de pouvoir supporter la souffrance. Il regarda en bas : il n'était guère descendu de plus de soixante centimètres. Mais il était descendu et cela seul suffisait à faire passer la souffrance physique au second plan.

Son intention première avait été de se balancer d'avant en arrière de toutes ses forces pour gagner deux mètres à chaque oscillation. Mais il n'en était pas capable. Pas encore. Il était trop terrorisé pour effectuer une descente en rappel avec la même passion qu'autrefois. D'ailleurs, s'il présumait de ses forces, sa jambe gauche ne tiendrait pas le choc.

Aussi se borna-t-il à réitérer la même manœuvre. Après qu'il eut encore glissé de soixante centimètres, l'effet de pendule le ramena contre la façade. Il recommença de nouveau. Cette fois, il ne gagna que trente à quarante-cinq centimètres. Une prudente danse de peur à petits pas le long de la paroi. S'en éloigner, descendre, y revenir. S'en éloigner, descendre, y revenir. S'en éloigner, descendre, y revenir...

L'épouvante ne s'était pas dissipée. Elle était toujours présente en lui comme un ragoût qui mijote à petits bouillons. Le cancer qui s'était nourri de lui, s'était développé en lui des années durant, n'allait pas guérir en quelques minutes. Mais Graham n'était plus submergé et paralysé par la peur. Il pouvait imaginer qu'un jour elle disparaîtrait pour de bon. Et c'était une perspective exaltante.

Quand il osa finalement baisser les yeux, il était si près de la corniche qu'il n'avait plus besoin de la corde de rappel. Il la lâcha et se laissa glisser jusqu'à ce qu'il sente la surface de la pierre sous ses pieds.

Connie se serra contre lui. Il lui fallut crier pour dominer le mugissement du vent :

— Tu l'as fait !

— Je l'ai fait !

— Tu as gagné.

— Ce n'est qu'un bien petit pas par rapport à ce qui nous reste à faire.

— Cela suffira peut-être.

— Comment cela ?

Elle désigna du doigt la fenêtre voisine.

— Si on entrait là ?

— Pour quoi faire ?

— C'est un bureau. On pourrait s'y cacher.

— Et Bollinger ?

Une nouvelle rafale obligea Connie à hausser encore le ton :

— Il finira tôt ou tard par pénétrer dans tes bureaux.

— Et alors ?

— Il verra la fenêtre. Les mousquetons et les cordes.

— Je sais bien.

— Il comprendra que nous avons entrepris de descendre par l'extérieur.

— Peut-être, mais j'en doute.

— Même s'il ne le croit pas, il ne saura pas où nous nous sommes arrêtés. Il ne peut pas ouvrir toutes les portes qu'il y a dans cette tour pour mettre la main sur nous.

Les coups de boutoir des bourrasques giflant la façade les ballottaient comme deux marionnettes. Les hurlements du vent étaient les vociférations d'un spectre annonciateur de mort.

Des flocons de neige entraient dans les yeux de Graham, si fins et si froids qu'ils lui faisaient l'effet d'être des grains de sel. Il ferma hermétiquement les paupières pour tenter d'échapper aux cuisants picotements qu'ils provoquaient mais ce ne fut qu'un demi-succès car, si la sensation de brûlure s'évanouit, ce fut pour être remplacée par un flot de larmes qui l'aveugla.

Ils se rapprochèrent, front contre front, pour être aussi près que possible l'un de l'autre et ne pas avoir besoin de s'époumoner.

— Il n'y aura qu'à rester cachés jusqu'à ce que les gens viennent prendre leur travail.

— Demain, c'est samedi.

— Il y aura quand même des personnes qui travailleront. Au moins les gardiens.

— Demain matin, la ville sera paralysée. Personne n'ira travailler avec ce blizzard !

— Eh bien, nous attendrons lundi.

— Comment ferons-nous pour boire ? Et pour manger ?

— Dans un bureau important, il y a des robinets. Des distributeurs de café et de boissons. Peut-être même de confiserie et de biscuits.

— Et nous tiendrons comme ça jusqu'à lundi ?

— S'il le faut.

— Ce sera long.

Connie montra le vide de la main gauche.

— Descendre jusqu'en bas, ce sera rudement long aussi.

— Je suis d'accord avec toi.

— Allons-y, fit-elle avec impatience. Dépêchons-nous de casser ce carreau.

Bollinger enjamba le bar renversé et balaya le bureau d'un coup d'œil circulaire.

Rien d'anormal. Aucun signe de ses deux proies.

Mais où étaient-ils passés, bon Dieu ?

Au moment où il se retournait pour ressortir, il vit bouger les rideaux de velours vert. Il leva son Walther PPK et était sur le point d'ouvrir le feu quand les rideaux retombèrent le long du mur. Personne ne pouvait se cacher derrière : il n'y avait pas assez de place.

Il avança, chercha le cordon de tirage qu'il actionna et les rideaux s'écartèrent avec un froufroutement feutré.

Bollinger vit immédiatement que la fenêtre du milieu avait quelque chose de bizarre. Il ouvrit les battants et le vent s'engouffra en mugissant, faisant voltiger les coins de son col déboutonné et lui ébouriffant les cheveux. Des flocons de neige lui criblèrent violemment le visage.

Son regard se posa sur les mousquetons fixés au montant et les cordes qu'ils soutenaient.

Il se pencha au-dehors pour examiner la façade de la tour.

— Merde ! gronda-t-il.

Graham essayait de détacher le marteau accroché à son baudrier mais ses gants épais le gênaient. Sans eux, il n'y aurait pas eu de problème mais il ne voulait pas les enlever de crainte de les laisser échapper et tomber dans le vide. Et si les choses ne se passaient pas comme prévu, s'ils devaient continuer la descente, il en aurait désespérément besoin.

Le vent fit au-dessus de lui un bruit étrange. *Vplaoumph !* A la fois sonore et étouffé. Comme un grondement de tonnerre assourdi.

Il réussit enfin à dégager le marteau.

Vplaoumph !

Connie lui agrippa le bras.

— Bollinger !

Tout d'abord, il ne comprit pas ce qu'elle voulait dire et s'il leva la tête, ce fut seulement parce qu'elle avait levé la sienne.

Neuf mètres au-dessus d'eux, Bollinger se penchait à la fenêtre.

— Plaque-toi contre le mur, ordonna Graham.

Mais Connie ne bougeait pas. Elle paraissait frappée de stupeur. C'était la première fois qu'elle semblait avoir peur de quelque chose.

— Il va te tirer comme à la foire ! lui cria Harris.

Elle se colla à la façade.

— Détache la corde d'assurance !

Au-dessus de leurs têtes, une langue de feu jaillit du pistolet.

Vplaoumph !

Graham balança son marteau et fracassa la vitre.

Frénétiquement, incapable de chasser la vision — le projectile qui le frappait dans le dos —, il fit voler en éclats les débris de verre acérés qui tenaient encore à l'encadrement de la fenêtre.

Vplaoumph !

Le claquement aigu d'une balle qui ricochait le fit tressaillir. Elle érafla la pierre à quelques centimètres de son visage.

Il était à nouveau en sueur.

Bollinger cria quelque chose mais le vent rendait les mots qu'il prononçait incompréhensibles.

Graham, sans lever les yeux, continua d'ébarber le dormant de la fenêtre brisée.

Vplaoumph !

— Vas-y ! hurla-t-il à l'adresse de Connie en pulvérisant la dernière dangereuse épine de verre.

La jeune femme se hissa précipitamment jusqu'au rebord et plongea à l'intérieur de la pièce obscure.

Vplaoumph !

La détonation était si proche que Graham laissa échapper un cri involontaire. Le projectile déchira la manche de son anorak. La surprise faillit lui faire perdre l'équilibre et il crut un instant qu'il allait basculer dans le vide.

Vplaoumph !

Vplaoumph !

A son tour, il plongea à l'intérieur du bureau, s'attendant à recevoir à la dernière seconde dans la colonne vertébrale une balle qui le couperait net dans son élan.

35

Dans le bureau du trente-huitième où ils ne voyaient goutte, le verre brisé crissait sous leurs pieds.

— Comment a-t-il pu nous rater ? s'étonna Connie.

Tout en essuyant du revers de son gant la sueur qui ruisselait sur son visage, Graham répondit :

— Le vent souffle en tempête. Possible que sa violence ait légèrement dévié la trajectoire des balles.

— Sur une distance de moins de dix mètres ?

— Pourquoi pas ? D'ailleurs, son angle de tir n'était pas fameux. Penché à une fenêtre et du haut vers le bas avec une cible en retrait... Il avait une mauvaise visibilité et le vent en pleine figure. Ç'aurait été un vrai miracle si, dans ces conditions, il nous avait touchés.

— En tout cas, pas question de rester à nous cacher ici comme nous l'avions prévu.

— Bien sûr. Il sait maintenant à quel étage nous sommes. Il doit être déjà en train de se précipiter vers l'ascenseur à l'heure qu'il est.

— On ressort ?

— Je n'en ai pas follement envie.

— Il continuera de tirailler pour nous faire décrocher.

— Est-ce qu'on a le choix ?

— Non. Tu es prêt à poursuivre la descente par la façade ?

— Pour autant que je peux jamais l'être !

— Tu t'es bien défendu jusque-là.

— Je ne suis pas encore en bas.

— Tu réussiras.

— C'est toi la voyante, maintenant ?

— Tu réussiras. Pour la bonne raison que tu n'as plus peur.

— Qui ? Moi ?

— Oui, toi.
— Je crève de trouille.
— Pas comme avant. Pas de façon aussi terrible. D'ailleurs, tu as une bonne raison d'avoir peur, à présent. C'est une peur saine, cette fois.
— D'accord. Je crève d'une saine trouille.
— Je ne me trompais pas.
— A quel sujet ?
— Tu es l'homme que j'ai toujours voulu avoir.
— Eh bien, tu n'étais vraiment pas exigeante !

Malgré tout, Connie décelait une certaine satisfaction dans la voix de Graham. Il ne lui donnait pas l'impression de chercher sérieusement à se déprécier lui-même. Au pire, il tentait de tourner en dérision le complexe d'infériorité qu'il exhibait avant cette nuit. Il avait déjà reconquis en partie son amour-propre et sa dignité.

Harris ouvrit le second battant de la fenêtre.
— Attends une seconde. Je vais poser un autre piton et mettre en place une nouvelle corde. (Il ôta ses gants.) Tiens-moi ça.
— Mais tes mains vont geler !
— Pas en l'espace d'une ou deux minutes. Je travaillerai plus vite à mains nues.

Il sortit la tête avec précaution et regarda vers le haut.
— Il est toujours là ? voulut savoir Connie.
— Non.

Il s'avança en rampant sur la corniche, les pieds tournés vers Connie, dans le vide jusqu'aux épaules.

La jeune femme s'éloigna de quelques pas et, observant une immobilité complète, tendit l'oreille. Guettant l'approche de Bollinger.

Dans les bureaux de Harris Publications, Bollinger prit le temps de recharger son Walther PPK avant de regagner l'ascenseur.

A l'aide du marteau, Graham planta un piton dans le joint de ciment qui scellait deux blocs de granit et, après s'être assuré qu'il tenait solidement, il y fixa un mousqueton. Se relevant, il détacha le rouleau de trente mètres attaché à sa hanche droite et le lova prestement pour en faire un anneau qui se déviderait en douceur. La violence du vent était suffisante pour embrouiller la corde et il faudrait qu'il la surveille en permanence tout en assurant Connie car, si jamais elle s'emmêlait, ils seraient l'un et l'autre dans une situation critique. Pour terminer, il effectua à l'extrémité de la corde un nœud à deux boucles.

S'allongeant à nouveau sur l'appui de la fenêtre, il passa ces deux boucles dans le mousqueton qu'il bloqua avec la bague filetée.

Il se redressa et s'assit en tournant le dos au vent. On eût dit que des mains robustes essayaient de le faire glisser de son perchoir.

Déjà, le froid lui engourdissait les doigts.

Les deux cordes d'assurance qu'ils avaient utilisées pour la première étape de la descente se balançaient à côté de lui. Il en empoigna une.

Il l'avait assujettie au mousqueton de la fenêtre du quarantième étage de telle façon qu'il n'y avait qu'à lui imprimer une saccade pour la récupérer. Tant qu'elle supportait une forte tension, le nœud demeurait serré et fiable. En fait, plus la tension était intense — et elle était fonction du poids même de l'alpiniste —, plus le nœud était inamovible. Cependant, lorsque le grimpeur lâchait la corde, ce qui avait pour effet de donner du mou à celle-ci, et lui imprimait une secousse bien calculée, le nœud coulissait.

Graham tira sèchement sur la corde de dix mètres par trois fois. Elle finit par glisser et retomba sur ses genoux.

Il sortit un canif d'une poche de son anorak et en coupa deux longueurs d'un mètre cinquante. Rangea son couteau. Quand il se mit debout, la douleur ravivée tarauda sa mauvaise jambe et il vacilla.

L'un des brins d'un mètre cinquante était pour lui. Il en noua un bout à son baudrier et fixa l'autre au mousqueton enfoncé dans le montant de la fenêtre.

Il se pencha à l'intérieur et appela :

— Connie ?

La jeune femme émergea de l'ombre de la pièce.

— J'écoutais.

— Tu entends quelque chose ?

— Pas encore.

— Amène-toi.

Bollinger regrettait que Billy ne pût être là pour assister à la mise à mort. Ils étaient un seul être en deux corps — Billy était la moitié de sa chair, la moitié de son sang et la moitié de son esprit. Sans Billy, il ne se sentait pas pleinement vivre dans de tels moments, sans lui, il se sentait frustré d'une partie de sa jubilation, de la moitié de son excitation.

C'était à Billy qu'il pensait en se dirigeant vers l'ascenseur.

Et surtout au soir de leur rencontre.

Elle s'était produite un vendredi et ils étaient restés neuf heures d'affilée dans ce club privé de la 44ᵉ Rue. Le jour était déjà levé depuis longtemps quand ils en étaient sortis et ils avaient été stupéfaits que le temps eût passé si vite. La boîte en question était un lieu de rendez-vous favori des policiers de Manhattan et elle ne désemplissait pas. Pourtant, ç'avait été comme si Billy et lui avaient été seuls.

Dès le premier instant, tous deux s'étaient sentis parfaitement en confiance. Comme s'ils étaient frères jumeaux et possédaient l'unicité mythique propre aux jumeaux qui se côtoient quotidiennement au fil des années. Ils avaient parlé avec passion. Pas de la pluie et du beau temps. Ce n'avait pas été un vain bavardage à bâtons rompus mais une vraie, une authentique conversation, un échange d'idées et de sentiments comme Bollinger n'en avait jamais eu avec qui que ce fût. Un entretien affranchi de tous les tabous. Ils avaient parlé de tout. De politique, de religion. De poésie. Du sexe. D'eux-mêmes et de leur valeur intrinsèque. Et ils avaient constaté qu'ils avaient les mêmes points de vue conformistes sur un nombre phénoménal de choses. Au bout de ces neuf heures, ils se connaissaient mieux l'un l'autre qu'aucun des deux n'avait jamais connu personne.

Ils s'étaient retrouvés le lendemain soir au même endroit. Ils avaient discuté, ils avaient bu, puis ils avaient levé une putain et étaient allés chez Billy. Ils avaient couché tous les trois ensemble mais cela n'avait rien eu de bisexuel. En fait, il aurait été plus exact de dire qu'ils avaient tous les deux couché avec la fille car, bien qu'ils eussent essayé une grande diversité d'approches sexuelles, parfois séparément et parfois simultanément, Billy n'avait pas touché Bollinger et Bollinger n'avait pas touché Billy.

Cette nuit-là, faire l'amour avait été une expérience plus exaltante, plus capiteuse, plus grisante, plus prodigieuse et, au bout du compte, plus épuisante que Bollinger eût jamais imaginé que ce fût possible. Billy n'avait, à l'évidence, rien d'un étalon, loin de là. Mais c'était précisément ce qu'il était : insatiable. Son grand plaisir était de retenir son orgasme des heures durant, sachant que plus il retarderait le moment de la jouissance, plus elle serait bouleversante quand, enfin, viendrait le moment du paroxysme. Dans sa lascivité, il préférait se refuser à satisfaire immédiatement son désir pour que, plus tard, le plaisir fût décuplé.

Bollinger comprit, à l'instant où il se glissait dans le lit, que c'était un test. Billy le jaugeait. Il observait. Bollinger eut du mal à suivre la cadence imposée par son aîné mais il y parvint. A telle enseigne que la fille se plaignit d'être exténuée, vidée.

Il se rappelait aussi clairement que si c'était hier la position dans laquelle il était au moment où il avait atteint le point culminant du plaisir parce qu'il avait suspecté par la suite Billy de l'y avoir conduit. La fille était agenouillée au milieu du lit, Billy à genoux devant elle et, lui, à genoux derrière elle en train de la prendre en levrette. Les deux hommes se faisaient face de part et d'autre de la femme. Plus tard, il avait su que Billy avait voulu que ce fût dans cette confrontation qu'ils parvinssent à l'apogée.

Bollinger se concentrait sur son mouvement de navette. Et puis, il avait levé la tête et vu Billy qui le regardait. Intensément. Il y avait comme de l'électricité dans ses yeux élargis, des yeux qui avaient une fixité hagarde. Bien qu'un peu effrayé, il lui avait rendu son regard et avait été saisi d'une vision hallucinatoire. Il avait eu l'illusion de jaillir hors de son propre corps et c'était comme s'il se dirigeait vers Billy en flottant. Dans le même temps, il s'amenuisait, il rétrécissait, rapetissait au point d'en arriver à pouvoir s'enfoncer dans ces yeux écarquillés. Il avait beau savoir que c'était un mirage, rien n'y faisait. En vérité, il aurait juré qu'il plongeait effectivement dans les yeux de Billy, qu'il y sombrait, y sombrait, y sombrait...

Son orgasme fut infiniment plus qu'un simple phénomène physiologique. Il souda physiquement Bollinger à la femme, certes, mais le relia en même temps à Billy sur un plan beaucoup plus élevé. Il se répandit au plus profond du ventre de la prostituée et Billy déchargea exactement en même temps dans la bouche de celle-ci. Dans l'ivresse de l'éjaculation, Bollinger eut l'étrange impression que Billy et lui-même avaient grandi de manière incroyable dans le corps de la femme, que leurs membres respectifs avaient grossi, qu'ils étaient entrés en contact dans le ventre de la femme. Mais ce n'était encore là qu'une étape. Soudain, la fille cessa d'exister. Il n'y avait plus que Billy et lui dans la chambre. Ils se voyaient tous les deux debout, leurs verges se touchant, chacun éjaculant dans le pénis de l'autre. C'était une image d'une intensité extrême — mais curieusement asexuée, totalement dépourvue de connotation homosexuelle. Totalement. Il n'était pas une tante. La question ne se posait pas. Non, ce n'était pas cela. L'acte imaginaire qui absorbait son esprit lui évoquait le rite par la vertu duquel les membres de certaines tribus amérindiennes devenaient frères de sang. On s'entaillait la main et l'on pressait les plaies l'une contre l'autre. Pour les Indiens, le sang qui passait du corps de l'un à celui de l'autre les faisait fusionner. Chacun était alors définitivement partie intégrante de son frère. Pour Bollinger, l'étrange vision qui l'habitait en cet instant était comparable à la cérémonie indienne de l'échange du sang. C'était un serment, une promesse sacrée qui les liait. Et il savait qu'une métamorphose était intervenue : désormais, ils n'étaient plus deux individus mais un seul et même être.

C'était avec le sentiment d'être amputé d'une partie de lui-même, puisque Billy n'était pas avec lui, que Bollinger pénétra dans l'ascenseur et le remit en service.

Connie enjamba la fenêtre et prit pied sur la corniche du trente-huitième. Graham attacha hâtivement le bout libre de la corde maîtresse de trente mètres à son baudrier.

— Tu es prêt ?

— Pas encore tout à fait, répondit-il.

Ses mains étaient gourdes, il avait l'impression que des aiguilles s'enfonçaient dans ses doigts et ses phalanges étaient aussi douloureuses que s'il avait de l'arthrite.

Il noua aux mousquetons les deux bouts d'une des deux longueurs de corde qu'il avait coupées et les accrocha à un anneau du baudrier de Connie. La ganse pendait jusqu'aux genoux de la jeune femme. En dernier lieu, il glissa le marteau dans une boucle à instruments du harnais.

— A quoi ça va servir ? s'enquit-elle.

— La prochaine saillie se trouve cinq étages au-dessous de nous. Elle a l'air d'être une fois et demie plus large que celle-ci. Je vais te faire descendre de la même façon que tout à l'heure. Le montant de la fenêtre sera mon point d'assurance. (Il tira sur le brin d'un mètre cinquante qui lui servait d'ombilical.) Mais on n'a pas le temps d'installer une sécurité de vingt-trois mètres pour toi. Tu n'auras qu'une seule corde. (Connie se mordit la lèvre inférieure et acquiesça.) Dès que tu auras atteint ce saillant, cherche un joint horizontal entre deux pierres. Plus il sera étroit, mieux cela vaudra mais ne perds pas trop ton temps à faire ton choix. Tu y enfonceras un piton à l'aide du marteau.

— Ce petit bout de corde que tu viens de m'accrocher... ce sera ma seule sécurité pendant ma descente ?

— Oui. Tu la détacheras de ton baudrier et tu fixeras le mousqueton au piton. Veille bien à visser la bague.

— La bague ?

Harris la lui montra.

— Dès que tu l'auras bloquée, tu dénoueras ta primaire afin que je la récupère pour m'en servir à mon tour. (Connie lui tendit ses gants qu'il enfila.) Encore une chose. Je ferai filer la corde beaucoup plus vite que la première fois. Ne t'affole pas. Simplement, cramponne-toi, détends-toi et ouvre l'œil pour repérer la corniche à mesure que tu t'en rapprocheras.

— Entendu.

— Pas de question ?

— Non.

Connie s'assit sur la corniche, les jambes pendant dans le vide. Graham se saisit de la corde et fit jouer à plusieurs reprises ses mains frigorifiées pour être sûr qu'il avait une prise solide. Ses doigts se réchauffèrent. Il se campa sur ses jambes écartées, prit une profonde aspiration :

— *Go !*

Connie se laissa glisser dans le vide.

La brutale tension de la corde se répercuta douloureusement dans les bras et les épaules de Harris. Serrant les dents, il fit filer la corde aussi vite qu'il l'osait.

Dans le corridor du trente-huitième étage, Frank Bollinger eut quelque difficulté à déterminer quels étaient les bureaux qui se trouvaient exactement au-dessous de ceux de Harris. En définitive, il n'y avait que deux possibilités : l'agence de brevets Boswell et une société de vente par correspondance, la Dentowick.

Les deux portes étaient fermées à clé.

Il tira trois balles dans la serrure de celle de la Dentowick, la poussa, fit de nouveau feu à deux reprises dans l'obscurité, se rua en avant, se ramassa sur lui-même, tâtonna pour trouver l'interrupteur et alluma.

L'antichambre était vide. Il la traversa avec circonspection dans l'intention de visiter les deux autres pièces.

La corde mollit.

Connie avait atteint la corniche en saillie sur la façade cinq étages plus bas.

Néanmoins, Graham ne relâcha pas sa prise pour le cas où il lui faudrait assurer la jeune femme si jamais elle glissait et tombait avant d'avoir fixé le brin de sécurité.

Deux détonations assourdies parvinrent à ses oreilles.

Le seul fait qu'il pouvait les entendre malgré les rugissements du vent signifiait que Bollinger était terriblement proche.

Mais sur quoi tirait-il ?

Le bureau auquel Harris tournait le dos était toujours plongé dans le noir. Soudain, les fenêtres du bureau contigu s'éclairèrent.

Oui, il était fichtrement trop près !

Est-ce ici que cela va se produire ? s'interrogea Graham. Est-ce ici que je vais encaisser une balle dans le dos ?

Le signal — deux saccades — arriva plus tôt qu'il ne s'y était attendu.

Il hala la corde. Disposait-il encore d'une minute avant que Bollinger trouve le bon bureau, voie la fenêtre fracassée et le découvre, lui ?

Pour atteindre la corniche qu'il surplombait avant que le meurtrier ait une chance de le tuer, il allait falloir effectuer la descente en rappel beaucoup plus vite que la première fois.

Comme précédemment, la corde passait devant des fenêtres régulièrement espacées. Il devait prendre garde à ne pas en enfoncer une avec ses pieds. Comme il serait contraint de faire de grands sauts, comme chaque balancement l'amènerait plus bas et comme il aurait moins de temps pour calculer ses mouvements, éviter de briser une vitre serait bien plus malaisé que ce ne l'avait été entre le quarantième et le trente-huitième.

Ces pensées réveillèrent sa terreur. Peut-être était-ce une bonne chose qu'il fût forcé de se dépêcher. S'il avait eu le temps de s'attarder, la peur aurait pu devenir assez puissante pour le paralyser une fois encore.

Harris et la femme n'étaient pas dans les bureaux de la société Dentowick.

Bollinger revint sur ses pas, rejoignit le couloir central et tira deux balles dans la serrure de la porte de l'agence Boswell.

36

Les bureaux de l'agence se composaient de trois pièces, toutes trois miteusement meublées et désertes.

Bollinger avisa la fenêtre brisée, se pencha à l'extérieur et scruta la corniche large d'un mètre quatre-vingts que fouettaient les rafales de neige. Personne là non plus.

A contrecœur, il débarrassa le rebord des éclats de verre qui le jonchaient et avança en rampant le long de celui-ci.

La bourrasque l'assaillit de plein fouet. Les flocons se ruaient sur lui, lui criblaient la figure, s'écrasaient sur sa chemise, glissaient sous son col et de la neige fondue lui coulait dans le dos. Il grelottait et s'en voulait d'avoir ôté son pardessus.

Toujours à plat ventre, et regrettant l'absence de prises auxquelles il aurait pu se cramponner, il rampa encore un peu plus loin. La pierre était si froide qu'il avait l'impression d'être allongé torse nu sur un bloc de glace.

A présent, son regard plongeait sous la corniche. Graham était seulement trois mètres au-dessous d'elle. Il décrivait des arcs de cercle, se laissant glisser un peu le long de la corde à chaque balancement et recommençait.

Étendant le bras, Bollinger saisit le piton — il crut presque que ses doigts allaient geler tant celui-ci était glacé — et essaya de l'arracher en le tordant mais en vain : le piton, solidement planté, tenait bon.

Bien que l'éclairage fût quasiment inexistant, il remarqua un arrêt à l'étrier qui y était fixé. Il le palpa mais sans réussir à découvrir comment faire pour l'ouvrir.

Bien qu'il fût juste à la verticale de Harris, il savait qu'il était inutile de tirer avec l'espoir de faire mouche. Le froid et le vent le faisaient larmoyer, brouillant sa vision, la visibilité était mauvaise et Harris se déplaçait trop rapidement pour qu'il puisse viser avec précision.

Renonçant à se servir du Walther PPK, Bollinger roula sur le côté et sortit précipitamment de la poche de son pantalon un couteau à cran d'arrêt dont il fit jaillir la lame aussi tranchante qu'un rasoir. Il avait tué pas mal de femmes avec cet outil. Et maintenant, s'il parvenait à couper cette corde avant que Harris atteigne la corniche, il pourrait inscrire sa première victime mâle à son tableau de chasse.

A nouveau, il allongea le bras vers le piton et se mit en devoir de sectionner la boucle du nœud passée dans le mousqueton.

Le vent qui assaillait la tour s'acharnait sur son visage et il devait respirer en gardant la bouche fermée: l'air était si glacial qu'il brûlait la gorge.

Graham ne se doutait de rien et continuait d'effectuer ses allées et venues pendulaires en se servant du mur comme d'un tremplin. A chaque oscillation, il glissait un peu plus bas. Et il recommençait la manœuvre, recommençait...

Le mousqueton se déplaçait sur le piton. Cela compliquait le travail de Bollinger qui avait du mal à placer toujours la lame du couteau exactement au même point de la corde.

Harris descendait vite et il se rapprochait rapidement de la corniche où Connie l'attendait. Dans quelques secondes, il serait en sécurité et n'aurait plus besoin de son brin d'auto-assurance.

Enfin, après qu'il eut encore gagné un peu de terrain, la lame eut raison des dernières fibres de nylon et la corde se détacha du mousqueton.

Comme Graham pendulait, les pieds en avant, pour prendre apui sur l'étroite feuillure d'une fenêtre afin de se relancer, il sentit la corde devenir flasque.

Il comprit instantanément ce qui s'était passé.

Son esprit commença à tourner à plein régime et avant même que le brin fût retombé autour de ses épaules, avant que son oscillation fût arrivée au terme de sa trajectoire, avant même que ses pieds eussent pris contact avec la pierre, il avait analysé la situation et arrêté sa décision: il avait choisi sa stratégie.

La feuillure mesurait cinq centimètres. Il ne pourrait y poser que le bout de ses chaussures : elle n'était pas assez large pour faire office de support.

Profitant de son élan, il se lança de toutes ses forces contre la fenêtre dès que la pointe de ses pieds toucha le saillant. Il y eut un fracas de verre pulvérisé quand son épaule heurta l'un des hauts panneaux de la fenêtre. Il avait escompté glisser un bras à travers la vitre et le passer autour du montant central. Alors, il pourrait peut-être tenir assez longtemps dans cette position pour ouvrir la fenêtre et se faufiler de l'autre côté.

Mais, à l'instant même où la vitre volait en éclats, il dérapa sur la feuillure exiguë et verglacée et se retrouva les jambes dans le vide. Tout en tombant, il essaya désespérément de s'accrocher à la fenêtre. Son genou accrocha le rebord dont l'arête déchira son pantalon, labourant l'épiderme. Comme l'avaient fait ses pieds, ses genoux ripèrent sur l'étroite feuillure.

Il agrippa le rebord des deux mains dans sa chute.

Maintenant, il était suspendu par les doigts au-dessus du gouffre, haletant et lançant des ruades pour tenter de trouver une prise de pied mais il n'y en avait pas.

La corniche où l'attendait Connie n'était qu'à quatre mètres cinquante de la feuillure à laquelle il se cramponnait, à moins de deux mètres cinquante de la pointe de ses chaussures.

Elle aurait aussi bien pu se trouver à un kilomètre !

En bas, tout en bas, Lexington Avenue. Le long décrochage... Seigneur ! Comme il espérait que cette vision de la balle qu'il recevait dans le dos s'avère prophétique !

Ses gants étaient trop épais pour qu'il pût se maintenir comme il l'eût fallu dans cette position précaire. Il lâcha prise.

Il se reçut debout sur la corniche. La douleur lui arracha un cri. Il chancela, les reins cambrés.

Connie hurla.

Il avait un pied dans le vide. La mort réclamait sa proie. Il poussa un nouveau cri, battant l'air de ses bras.

Connie, arrimée à la façade, aurait bien aimé vérifier la solidité du piton qu'elle avait planté dans un joint de scellement ; elle empoigna Graham par le devant de son anorak et, titubant sur ses jambes, tenta de le tirer de ce mauvais pas.

Ils ne restèrent pas plus d'une ou deux secondes à se balancer tous les deux au bord du précipice mais cela leur parut durer des heures.

Le vent tendait à les éloigner du mur.

Connie trouva en elle assez de vigueur pour empêcher la chute de Graham dont le pied reprit contact avec la pierre. A présent, ils se tenaient à peu près en équilibre sur les derniers centimètres de l'encorbellement. Harris entoura la taille de la jeune femme des deux bras et tous deux purent se plaquer contre la façade et trouver une relative sécurité, le plus loin possible de l'abîme.

37

— Il a peut-être coupé la corde mais, maintenant, il n'est plus là-haut, dit Connie.

— Il nous cherche.

— Et quand il nous aura retrouvés, il coupera de nouveau la corde.

— Je suppose. Conclusion : il faut faire drôlement plus vite que lui.

Graham s'allongea à plat ventre sur la corniche. Toute sa jambe gauche lui faisait mal. Une douleur persistante qui allait de la cheville à la hanche, le rendant presque impotent. Sa patte amochée le lâcherait à un point crucial du rappel, probablement au moment où sa vie dépendrait le plus de sa sûreté de pied, cela ne faisait aucun doute.

Il prit un piton à l'anneau de son baudrier et tendit la main :

— Marteau.

Connie le lui passa.

Graham se déplaça légèrement de façon que son corps ne fût plus tout à fait parallèle à la façade. Il avait à présent la tête et un bras à l'extérieur de la corniche.

Très loin au-dessous de lui, une ambulance, ses gyrophares allumés, remontait Lexington Avenue avec une sage lenteur. Même du trente-troisième étage, il ne voyait pas entièrement l'avenue. C'était à peine s'il distinguait la silhouette de l'ambulance dans le halo de lumière de ses feux d'urgence. Après avoir longé le Bowerton Building, elle disparut dans la nuit et la tourmente.

Il trouva un joint de scellement sans même avoir besoin de retirer ses gros gants et commença à y enfoncer son piton.

Ce fut alors qu'il perçut un mouvement deux étages plus bas. Une fenêtre s'ouvrit de l'intérieur. Une fenêtre à deux battants. Personne ne s'y montra. Pourtant, Graham devinait la présence de l'homme embusqué dans l'obscurité du bureau qu'il surplombait.

Un frisson lui parcourut l'échine mais le froid n'y était pour rien. Pas plus le froid que le vent.

Faisant comme si de rien n'était, il acheva de poser le piton, puis s'éloigna en rampant du bord de la corniche et se mit debout.

— On ne peut pas descendre ici, Connie.

La jeune femme parut déconcertée.

— Pourquoi ?

— Bollinger est en dessous.

— Quoi ?

— Derrière une fenêtre. Il attend de nous tirer dessus — sur toi, au moins — lorsque nous passerons devant lui.

Les yeux de Connie étaient écarquillés.

— Mais pourquoi n'est-il pas venu ici pour nous abattre ?

— Il a peut-être pensé que nous avions déjà commencé à descendre. Ou que nous filerions nous mettre hors d'atteinte un peu plus loin sur la corniche quand il entrerait dans ce bureau.

— Alors, qu'est-ce qu'on fait ?

— C'est la question que je me pose.

— J'ai peur, Graham.

— Il ne faut pas.

— Je n'y peux rien.

Les sourcils de Connie et la frange qui sortait de la capuche de son anorak étaient maintenant incrustés de neige durcie. Graham la soutint. Et ce vent qui ne cessait de mugir !

— C'est un bâtiment d'angle.

— Quelle importance ?

— L'autre façade donne sur une rue adjacente, pas sur Lexington.

— Et alors ?

— On va suivre la corniche jusqu'au bout et tourner au coin.

— Et, ensuite, on descendra le long de la paroi jusqu'à la petite rue ?

— Tu as tout pigé. Ce ne sera pas plus difficile ; les deux parois se valent.

— Et, de sa fenêtre, Bollinger n'a vue que sur Lexington.

— Exactement.

— Génial !

— Allons-y.

— Il finira tôt ou tard par comprendre.

— Plutôt plus tard que plus tôt.

— C'est à souhaiter.

— Je suis bien de ton avis. Il va rester quelques minutes à guetter derrière sa fenêtre dans l'espoir de nous canarder au passage. Après, il perdra du temps à explorer tout l'étage.

— Plus les escaliers.

— Et les cages d'ascenseurs. On sera presque arrivés en bas avant qu'il nous ait repérés.

— O.K. !

Et Connie détacha la corde d'assurance fixée au montant de la fenêtre.

38

Frank Bollinger attendait, à l'affût derrière la fenêtre béante du trente et unième étage. Apparemment, ils préparaient la corde pour l'attacher au piton que Harris venait de mettre en place.

Dès que la fille apparaîtrait devant la fenêtre, il ferait feu. Cette perspective l'excitait. La flinguer... la voir s'engloutir dans la nuit... quel plaisir ça lui ferait !

A ce moment-là, Harris serait assommé, émotionnellement anéanti, incapable de réfléchir rapidement et de prendre des mesures pour se protéger. Il serait à sa merci. Bollinger pourrait l'exécuter lorsqu'il le jugerait bon. Le tuer proprement et mener quand même à bien le plan que Billy et lui avaient établi dans l'après-midi.

Tout en guettant sa proie, Frank Bollinger revit cette nuit, le lendemain du jour où il avait fait la connaissance de Billy...

Quand la putain avait quitté l'appartement, ils avaient mangé dans la cuisine. A eux deux, ils avaient descendu deux salades, quatre steaks, autant de tranches de lard, six œufs, huit toasts, le tout copieusement arrosé au scotch. Ils avaient mangé exactement comme ils avaient culbuté la femme : avec voracité, avec une ardeur gloutonne, avec un appétit qui n'était pas un appétit d'homme mais de surhomme.

Vers minuit — ils en étaient au cognac —, Bollinger avait parlé de l'époque où il vivait chez sa grand-mère.

Aujourd'hui encore, il se rappelait intégralement la conversation. C'était un don qu'il avait — une faculté de remémoration quasi totale — que les années pendant lesquelles il avait appris par cœur tant de poèmes ésotériques avaient encore affiné.

— *Elle t'appelait Dwight ? J'aime bien ce nom.*

— *Pourquoi est-ce que tu parles comme ça ?*

— *C'est à mon accent que tu penses ? Je suis né dans le Sud et j'en ai conservé l'accent jusqu'à vingt ans. J'ai peiné dur pour m'en débarrasser. J'ai pris des leçons de diction. Mais je le retrouve chaque fois que j'en ai envie. Cela m'amuse parfois de le reprendre.*

— *Quelle drôle d'idée de suivre des cours de diction ! C'est bien, cet accent chantant.*

— *Dans le Nord, les gens ne te prennent pas au sérieux si tu parles avec un accent prononcé. Ils te considèrent comme un péquenot. Dis donc, si je t'appelais Dwight ?*

— *Si tu veux.*

— *Je suis plus proche de toi que personne ne l'a été depuis la mort de ta grand-mère. Ce n'est pas la vérité ?*

— *Si.*

— *Oui, ce serait bien de t'appeler Dwight. En fait, je suis encore plus proche de toi que ne l'était ta grand-mère.*

— *J'en ai bien l'impression.*

— *Et tu me connais mieux que n'importe qui d'autre.*

— *Tu crois ? Oui, tu as raison.*

— *Donc, il faut que nous ayons chacun un nom particulier.*

— *Eh bien, appelle-moi Dwight si tu veux. Ça me plaît.*

— *Et toi, tu m'appelleras Billy.*

— *Billy ?*

— *Billy James Plover.*

— *Où as-tu déniché ce nom-là ?*

— *Je suis né avec.*

— *Tu l'as changé ?*

— *Exactement comme j'ai changé d'accent.*

— *Quand ça ?*

— Il y a longtemps.

— Mais pourquoi ?

— J'ai fait mes études dans le Nord. Et je n'ai pas obtenu les résultats que j'aurais dû avoir. On ne m'a pas donné les diplômes que je méritais. Finalement, j'ai renoncé. Mais, à ce moment-là, je savais pourquoi je n'avais pas réussi. Les professeurs des universités aristocratiques du Nord te barrent si tu as l'accent du Sud et un nom de bouseux comme Billy James Plover.

— Tu exagères.

— Qu'est-ce que tu peux en savoir ? Hein ? Comment peux-tu le savoir ? Toi, tu as toujours porté un nom de protestant anglo-saxon blanc et nordiste au-dessus de tout soupçon. Franklin Dwight Bollinger. Alors, tu ne peux pas savoir.

— Tu as raison.

— En ce temps-là, tous les intellectuels qui appartenaient à l'intelligentsia du Nord étaient engagés dans une sorte de conspiration contre le Sud et les Sudistes. C'est d'ailleurs toujours le cas sauf que le complot n'a plus la même ampleur et que leur campagne n'a plus la même âpreté. Mais, à l'époque, la seule façon d'arriver dans une université ou dans la société du Nord était d'avoir un nom anglo-saxon comme le tien, ou alors, un nom carrément juif. Frank Bollinger ou Sol Cohen. Avec un de ces deux noms, on t'acceptait. Mais Billy James Plover, lui, on le jetait.

— Alors, tu as cessé d'être Billy ?

— Aussitôt que je l'ai pu.

— Et la chance t'a souri ?

— Le jour même où j'ai changé de nom.

— Mais tu veux pourtant que je t'appelle Billy ?

— Ce n'était pas après mon nom en soi que j'en avais. Le problème, c'était la réaction allergique qu'il provoquait chez les gens.

— Billy...

— Ne serait-il pas normal que nous ayons un nom spécial à notre seul usage, toi et moi ?

— Ça m'est égal. Si ça te fait plaisir...

— Ne sommes-nous pas des gens à part, tous les deux ?

— Je pense que oui.

— Ne sommes-nous pas différents ?

— Entièrement.

— Donc, nous ne devons pas nous appeler entre nous comme nous appellent les autres.

— Si tu le dis...

— Nous sommes des surhommes, Frank.

— Comment ?

— Pas dans le sens où l'était Clark Kent, évidemment[1].

— Je suis sûr que je n'ai pas la vision aux rayons X.

— Je veux dire des surhommes au sens où l'entendait Nietzsche.

— Nietzsche ?

— Son œuvre ne t'est pas familière ?

— Pas particulièrement.

— Je te prêterai un livre qu'il a écrit.

— D'accord.

— D'ailleurs, Nietzsche est un auteur que l'on devrait lire et relire tout le temps. Je ne te le prêterai pas, ce livre, je te le donnerai.

— Merci... Billy.

— Pas de quoi, Dwight.

Aux aguets derrière la fenêtre dont un seul battant était ouvert, Bollinger regarda l'heure. Il était minuit trente.

Ni Harris ni la femme n'étaient encore descendus de la corniche du trente-troisième étage.

Il ne pouvait pas attendre davantage. Il n'avait déjà que trop perdu de temps. Il allait falloir qu'il se mette à leur recherche.

1. Superman. (*N.d.T.*)

39

A l'aide du marteau, Connie planta un piton dans un joint de ciment horizontal, y fixa la corde d'auto-assurance avec un mousqueton, puis se libéra du brin principal.

Aussitôt, Graham le réenroula.

La descente le long de cette nouvelle paroi était plus facile que celle de la façade donnant sur Lexington. Certes, il n'y avait pas davantage de corniches ou de saillies, ni de prises de pied — leur distribution était identique. Cependant, de ce côté, le vent n'était pas aussi violent. Les flocons de neige qui leur fouettaient le visage leur donnaient l'impression d'être vraiment du duvet, pas de la mitraille. Le froid faisait comme une gaine autour des jambes de Connie mais il ne traversait pas son jean, il ne lui cisaillait pas les cuisses, il ne lui déchirait pas douloureusement les mollets comme tout à l'heure.

Elle avait négocié dix étages — et Graham cinq — depuis la dernière fois qu'ils avaient vu Bollinger. Harris l'avait fait descendre en l'assurant jusqu'à la corniche du vingt-huitième où il l'avait rejointe en rappel. La corniche suivante se trouvait, elle, à la hauteur du sixième, trente-neuf mètres plus bas. Il n'y avait aucune espèce de redan avant. Mais un bandeau décoratif de quarante-cinq centimètres de large courait le long du vingt-troisième niveau. Un encorbellement typiquement Art déco — une guirlande abstraite de feuilles d'acanthe sculptées — et le couple décida que ce serait sa prochaine étape. Graham, l'assurant toujours, fit descendre Connie jusque-là et, une fois arrivée, la jeune femme constata que le bandeau avait suffisamment de surface portante et était assez solide pour qu'elle pût s'y maintenir. Stimulé par sa confiance en soi retrouvée, Graham serait là dans moins d'une minute.

Ce qu'ils feraient ensuite, Connie n'en avait aucune idée. La corniche du sixième étage était encore rudement loin. En admettant qu'un étage représentât quatre mètres cinquante, ce havre de grâce était encore distant de plus de soixante-quinze mètres. Et les cordes n'en faisaient que trente. Entre le bandeau aux feuilles d'acanthe et cette corniche salvatrice, rien qu'une surface de pierre lisse sans autres aspérités que des rebords de fenêtres si étroits qu'ils ne pouvaient être d'aucune utilité.

Graham lui avait affirmé qu'il leur restait encore de la ressource. Néanmoins, Connie se faisait du mauvais sang.

Il commença à descendre en rappel dans la tourmente. Et c'était un spectacle fascinant. On eût dit qu'il sécrétait sa corde à mesure qu'il glissait. Connie pensait à une araignée qui se balance gracieusement au bout de son fil d'un point à un autre de la toile qu'elle tisse.

Il ne fallut à Harris que quelques secondes pour la rejoindre.

Elle lui passa le marteau et il enfonça deux pitons dans deux joints de scellement horizontaux différents entre les fenêtres. Son souffle était saccadé et une nuée de vapeur blanche sortait de sa bouche grande ouverte.

— Ça va ? lui demanda-t-elle.

— Pour le moment, oui.

Sans encordement, il se coula le long de l'encorbellement, face au mur, les mains collées à la pierre. Le vent, plus modéré de ce côté de l'édifice, avait accumulé des congères miniatures sur le bandeau et sur les appuis de fenêtre. Les pieds de Graham s'enfonçaient dans une couche de neige de cinq à six centimètres d'épaisseur interrompue ici et là par des plaques de glace qui se craquelaient sous ses semelles.

Connie mourait d'envie de lui demander où il allait et ce qu'il comptait faire mais elle craignait, si elle lui parlait, de distraire son attention au risque de lui faire lâcher prise.

Lorsqu'il eut dépassé la fenêtre, il s'arrêta, planta un autre piton et, après avoir remis le marteau en place dans sa ceinture, il regagna centimètre par centimètre l'endroit où il avait fiché les deux autres.

Il fixa son baudrier à l'un d'eux.

Connie posa alors enfin la question qui lui brûlait les lèvres :

— Qu'est-ce que tu projettes de faire ?

— Nous allons descendre quelques étages en rappel. Tous les deux. En même temps. Chacun avec une corde séparée.

Elle avala sa salive avec difficulté.

— Pas moi.

— Si. Toi aussi.

Son cœur cognait si furieusement dans sa poitrine que la jeune femme pensait qu'il allait éclater.

— Je ne pourrai pas.

— Tu pourras. Et tu le feras.

Elle fit non de la tête.

— Ce ne sera pas la même technique de rappel que tu utiliseras.

— Ça, tu peux être tranquille !

— J'ai fait la descente debout. Toi, tu seras assise. La sécurité est plus grande et c'est plus facile.

Bien que ces paroles encourageantes n'eussent en rien atténué ses appréhensions, Connie demanda à Graham :

— Quelle est la différence entre le rappel debout et le rappel assis ?

— Je vais te faire voir dans une minute.

— Prends tout ton temps, je ne suis pas pressée.

Harris donna trois coups secs à l'attache avec laquelle il était descendu depuis la corniche du vingt-huitième. Cinq étages au-dessus, le nœud coulissa, se défit et la corde retomba. Il la posa à côté de lui et en examina l'extrémité. Satisfait de constater qu'elle n'était pas effilochée, il fit une épissure et passa la boucle dans le mousqueton qui se trouvait au-dessus de celui auquel était fixée sa sécurité.

— On ne pourra pas descendre comme ça jusqu'en bas ! s'exclama Connie.

— Bien sûr que si.

— Les cordes ne sont pas assez longues.

— Tu ne descendras que cinq étages à la fois. Tu t'accrocheras à un rebord de fenêtre, tu laisseras filer le brin de rappel que tu tiendras dans ta main droite...

— Tu veux que je me retienne à un rebord de cinq centimètres ?

— C'est faisable. N'oublie pas que tu auras toujours la corde dans la main gauche.

— Et, pendant ce temps, que fera ma main droite ?

— Elle te servira à casser les deux vitres de la fenêtre.

— Et ensuite ?

— D'abord, tu arrimeras ta sécurité à la fenêtre. En un second temps, tu accrocheras un mousqueton au montant central. Dès que ce sera fait, tu donneras du mou à ta corde d'assurance et tu...

— Je tirerai dessus pour défaire le nœud du haut comme tu viens de le faire à l'instant.

— Je te montrerai comment il faut s'y prendre.

— Je rattrape la corde quand elle tombe...

— Oui.

— Et je l'attache au mousqueton que j'ai placé sur le montant ?

— Exactement.

Connie avait les jambes frigorifiées. Elle tapa des pieds pour les empêcher de s'engourdir.

— Je suppose qu'après je détache ma sécurité et que je me laisse glisser de cinq étages ?

— Oui. Tu agrippes un rebord de fenêtre et tu répètes la même manœuvre. Et tu continues comme ça jusqu'à ce que tu atteignes le sol — mais cinq étages par cinq étages.

— A t'entendre, cela paraît simple comme bonjour.

— Tu te débrouilleras mieux que tu ne le crois. Je

vais te montrer la façon dont on pratique le rappel assis.

— Il y a un autre problème.

— Lequel ?

— Je ne sais pas faire ces nœuds qui se détachent tout seuls quand on tire sur la corde.

— Ce n'est pas difficile. Je vais te montrer.

Graham libéra l'attache du mousqueton.

Connie se pencha sur la corde qu'il tenait des deux mains. La tempête voilait l'éblouissant Manhattan-by-night brasillant de tous ses feux et dont la réputation universelle n'était plus à faire. Au-dessous d'eux, le givre qui recouvrait l'asphalte réfléchissait l'éclat des lampadaires mais c'était insuffisant pour percer la pénombre mauve qui enveloppait le vingt-troisième étage de la tour. Malgré tout, Connie parvenait en plissant les yeux à voir ce que faisait Graham.

Il ne lui fallut que quelques minutes pour apprendre l'art et la manière d'arrimer la corde à son point d'ancrage de façon à pouvoir la récupérer ensuite. Elle effectua plusieurs essais à blanc pour être sûre de ne pas oublier la technique.

Après cela, Graham lui passa une boucle triple autour de la taille et prenant l'entrejambe, qu'il glissa ensuite dans un autre mousqueton.

— Et maintenant, si on passait au rappel ? suggéra la jeune femme avec un sourire forcé qu'il ne voyait probablement pas, en faisant de son mieux pour paraître désinvolte.

Graham choisit un taquet parmi les accessoires qui pendaient à sa ceinture.

— En premier lieu, je vais jumeler la suspente à la corde. Je te montrerai ensuite comment démarrer la descente en rappel. Je t'expli...

Une détonation étouffée l'interrompit.

Connie leva la tête.

Bollinger ne se trouvait pas au-dessus d'eux, et elle se demanda si elle ne s'était pas trompée, s'il ne s'était pas seulement agi d'un coup de vent.

Mais une seconde détonation sourde suivit la première.

Cette fois, le doute n'était plus permis. Un coup de feu. Deux coups de feu. Très proches. Qui venaient de l'intérieur de la tour. Du vingt-troisième étage.

Frank Bollinger poussa la porte dont il venait de faire sauter la serrure, entra dans la pièce et alluma. Il contourna tour à tour le bureau d'accueil, la table sur laquelle était posée une machine à écrire, et une photocopieuse, et se précipita vers les fenêtres donnant sur la petite rue latérale.

Quand les fenêtres qui se trouvaient de part et d'autre s'illuminèrent, Graham détacha sa sécurité du piton et dit à Connie d'en faire autant.

Un bruit de grincement leur parvint lorsque Bollinger fit jouer la clenche rouillée de la fenêtre de droite.

— Suis-moi, ordonna Harris à sa compagne.

Il était à nouveau baigné de sueur. Son visage était moite de transpiration et son cuir chevelu le picotait sous son capuchon.

Tournant le dos à Connie et à la fenêtre que Bollinger se préparait à ouvrir, il battit en retraite en direction de Lexington Avenue. Faute de l'attache de sécurité dont il s'était défait, il lui fallait avancer pas à pas sur l'étroite corniche en levant les pieds au lieu de progresser par glissades coulées successives. Il gardait la main droite posée sur la pierre, ce qui lui donnait un vague et illusoire sentiment de sécurité. Force lui était de placer chaque pied contre l'autre comme un fil de-fériste, l'exiguïté de la corniche ne lui permettant pas de marcher normalement.

Il était à quinze mètres de la façade de la tour, côté Lexington. Quand Connie et lui auraient passé le coin, ils ne seraient plus dans la ligne de tir de Bollinger.

Évidemment, ce dernier ne tarderait pas à trouver

un bureau ayant vue sur l'avenue. Ils gagneraient seulement une ou deux minutes à tout casser. Mais, pour l'instant, une minute gagnée méritait les efforts les plus exténuants.

Graham aurait voulu se retourner pour voir si Connie rencontrait des difficultés mais il n'osait pas s'y résoudre. Il devait garder les yeux fixés droit devant lui pour déterminer avec précision l'endroit de la corniche où il posait les pieds.

Il n'avait même pas avancé de trois mètres quand il entendit Bollinger crier quelque chose. Sa vision lui revint à la mémoire et il enfonça la tête dans les épaules dans l'attente de la balle qui allait l'atteindre dans le dos.

Soudain, il se rendit compte, atterré, que Connie lui faisait un bouclier de son corps. Il aurait dû la faire passer la première, s'interposer entre elle et le pistolet. Si elle recevait la balle à lui destinée, autant mourir. Mais il était trop tard pour permuter. S'ils s'arrêtaient, ils constitueraient des cibles encore plus faciles à toucher.

Un coup de feu déchira la nuit.

Puis un autre.

Renonçant à toute prudence, Graham accéléra l'allure, conscient qu'au moindre faux pas il dévisserait pour s'écraser au sol. Ses semelles dérapaient sur la couche de neige qui recouvrait la corniche.

L'angle que faisait le bâtiment était encore à neuf mètres de lui.

Sept mètres cinquante...

Bollinger tira derechef.

Six mètres...

Graham encaissa le choc du quatrième projectile avant d'entendre la détonation. La balle déchira la manche gauche de son anorak et ce fut comme si un fer rouge s'enfonçait dans son bras.

L'impact le fit légèrement trébucher. Il fit quelques pas vacillants en avant sans calculer l'endroit où il posait ses pieds. Au-dessous de lui, la rue paraissait tournoyer vertigineusement. De sa main droite, il grattait inutilement la muraille. A un moment donné, son pied se posa en porte à faux sur l'étroit bandeau de pierre. Son talon était dans le vide. Il s'entendit hurler sans même savoir ce qu'il disait. Ses semelles griffèrent la neige mais dérapèrent sur une plaque de glace. Quand, après avoir avancé d'une demi-douzaine de pas mal assurés, il recouvra son équilibre, il n'en revint pas de ne pas être tombé.

Sur le moment, il n'avait pas mal. Son bras était engourdi à partir de l'épaule. Comme s'il avait été arraché : il ne sentait plus rien et il se demanda fugitivement s'il n'était pas touché à mort. Mais il réfléchit : s'il avait été touché de plein fouet, l'impact aurait été plus brutal et l'aurait précipité dans le vide. D'ici une ou deux minutes, il allait avoir terriblement mal mais la blessure ne serait pas fatale.

Quatre mètres cinquante...

Il avait le vertige.

Les jambes en coton.

L'effet du choc, sans doute.

Trois mètres...

Un nouveau coup de feu. Plus feutré que les précédents. Moins effrayant parce que moins proche. Il avait été tiré de plus de cinq mètres.

Au moment de négocier l'angle de la façade donnant sur Lexington Avenue et d'affronter le vent qui soufflait avec furie, il parvint à jeter un coup d'œil derrière lui.

La corniche était vide.

Connie n'était plus là.

40

Connie se trouvait trois ou quatre mètres au-dessous de la corniche aux feuilles d'acanthe du vingt-troisième étage. Elle n'osait pas regarder en bas. Dans la rue.

Les bras tendus au-dessus de sa tête, elle se cramponnait des deux mains à la corde de nylon au bout de laquelle elle oscillait doucement. Se maintenir dans cette position précaire était terriblement difficile. La crispation lui engourdissait les doigts et elle ne savait plus si elle serrait la corde assez fort pour ne pas la lâcher. Un moment plus tôt, son étreinte s'était relâchée sans qu'elle s'en rendît compte et elle avait glissé de deux mètres en un clin d'œil, comme si cette satanée corde était enduite de graisse, avant de réussir à stopper la chute.

Elle avait essayé de trouver des aspérités pour caler ses pieds. Il n'y en avait pas.

Elle gardait les yeux rivés sur la corniche sous laquelle elle se balançait, s'attendant à chaque instant à voir apparaître Bollinger.

Quelques minutes auparavant, quand il avait ouvert la fenêtre de droite et s'était penché au-dehors, son pistolet au poing, elle avait pensé en un éclair qu'il ne la raterait pas : il était trop près. Pas question de suivre Graham le long de la corniche jusqu'à l'angle de la façade de Lexington Avenue. Il lui aurait tiré dans le dos. Alors, elle avait empoigné la corde de rappel et essayé d'anticiper le coup de feu. Si elle avait l'ombre d'une chance d'échapper à la mort — ce dont elle n'était nullement convaincue —, il lui faudrait agir une fraction de seconde avant la détonation. Si elle attendait qu'il tirât — ou qu'il eût tiré —, c'en serait probablement fait d'elle et il serait de toute façon trop tard pour tromper le tueur. Heureusement, son minutage avait été parfait : elle avait sauté dans le vide en basculant en arrière exactement quand il avait actionné la détente : aussi devait-il être certain de l'avoir touchée.

Pourvu qu'il la crût morte ! S'il avait le moindre doute, il se pencherait un peu plus à l'extérieur, il la verrait... et il couperait la corde.

Si périlleuse que fût sa propre situation, Connie se faisait de la bile pour Graham. Bollinger ne l'avait pas tué : il serait, dans ce cas, passé à côté d'elle en tombant et elle l'aurait vu. Donc, il était toujours sur la corniche mais grièvement blessé, peut-être.

Blessé ou pas, sa vie à elle était désormais entre les mains de Graham : il fallait qu'il revienne sur ses pas pour la tirer de là.

Elle ignorait tout de l'alpinisme. Elle ne connaissait pas la technique du rappel. Elle ne savait pas comment utiliser correctement la corde. Elle ne savait rien faire d'autre que de s'accrocher — et même ça, elle ne serait pas capable de le faire très longtemps.

Elle ne voulait pas mourir. Elle s'y refusait obstinément. Même si Graham avait déjà été abattu, elle ne voulait pas le suivre dans la mort. Elle l'aimait comme elle n'avait jamais aimé personne. Il y avait même des moments où son incapacité à trouver les mots qui convenaient pour exprimer la profondeur de ses sentiments envers lui la rendait folle de rage. Le langage de l'amour était insuffisant. Penser à Graham lui fendait le cœur. Mais elle tenait à la vie. Se lever le matin et beurrer les tartines du petit déjeuner. Travailler au magasin. Lire un bon livre. Aller voir un film passionnant. Il y avait tant de petites joies ! Peut-être était-il vrai que, comparées aux plaisirs sublimes de l'amour, les infimes satisfactions de l'existence quotidienne étaient insignifiantes, mais si les premiers lui étaient refusés, elle était toute disposée à se contenter des secondes. Elle savait que son attitude n'affaiblissait en rien son amour pour Graham, ne remettait nullement en cause les liens qui les unissaient. C'était cet amour de la vie qui avait attiré Graham et avait fait d'elle la compagne idéale. Pour Connie, il n'existait qu'une seule chose abominable et exécrable : la tombe.

Quatre mètres cinquante au-dessus d'elle, quelque chose bougea dans la lumière qui s'échappait de la fenêtre ouverte.

Bollinger ?

Ô mon Dieu, non ! Pas ça !

Mais avant que le désespoir se fût emparé d'elle, la tête de Graham émergea de l'ombre. Il fut stupéfait en voyant la jeune femme, persuadé qu'elle n'était plus qu'une carcasse disloquée et ensanglantée dans la neige, vingt-trois étages plus bas.

— Viens à mon aide.

Le sourire aux lèvres, Graham commença à haler la corde.

Bollinger s'arrêta dans le corridor du vingt-troisième pour recharger son automatique. Il ne lui restait presque plus de munitions.

— Alors, tu as lu Nietzsche hier soir ? Qu'en penses-tu ?

— Je suis d'accord avec lui.

— Sur quoi ?

— Sur tout.

— Sur l'idée de surhomme ?

— Tout spécialement.

— Pourquoi tout spécialement ?

— Il ne peut pas ne pas avoir raison. L'humanité telle que nous la connaissons est forcément une étape intermédiaire de l'évolution. Sinon, rien n'a de sens.

— N'appartenons-nous pas à la catégorie d'hommes dont il parlait ?

— Pour moi, ça ne fait aucun doute. Mais il y a une chose qui me tracasse. Je me suis toujours considéré comme un libéral. En politique, je veux dire.

— Et alors ?

— Comment concilier la politique libérale, la politique centre gauche, avec la croyance en une race supérieure ?

— Il n'y a pas de problème, Dwight. Les libéraux bon teint, les véritables libéraux ne doutent pas qu'il existe une race supérieure. Ils estiment qu'ils en font partie. Ils se jugent plus intelligents que la moyenne de l'humanité, plus aptes que le menu fretin à diriger ce menu fretin. Ils croient être les détenteurs de la seule

vérité qui vaille, ils croient avoir la capacité de résoudre tous les dilemmes moraux de notre temps. Ils préfèrent les gouvernements forts parce que les gouvernements forts sont le premier pas vers le totalitarisme, vers la domination incontestée de l'élite. Et, bien évidemment, ils ont le sentiment d'appartenir à l'élite. Concilier Nietzsche et le libéralisme ? Ce n'est pas plus difficile que de le concilier avec la doctrine de l'extrême droite.

Bollinger fit halte devant le siège de la Opway Electronics car les fenêtres de ces bureaux donnaient sur Lexington Avenue. Deux balles eurent raison de la serrure.

Graham hissa Connie sur la corniche en lui donnant des instructions pour qu'elle l'aidât autant que faire se peut, afin de ménager le plus possible son bras gauche.

Ce fut en pleurant qu'il l'étreignit, avec tant de force qu'il lui aurait coupé la respiration s'ils n'avaient pas eu l'un et l'autre d'épais anoraks matelassés. Ils oscillaient sur l'étroit redan, mais ils avaient oublié la présence de l'abîme au bord duquel ils se tenaient, ils ne pensaient plus au danger. Graham ne voulait plus lâcher la jeune femme, plus jamais. C'était comme s'il avait pris de la drogue, comme s'il carburait aux amphétamines. Il planait — un état d'esprit qui, eu égard aux circonstances, péchait quelque peu par irréalisme. Mais bien qu'ils fussent encore bien loin d'être en sécurité, en termes de distance comme en termes de temps, il nageait en pleine euphorie : Connie était vivante.

— Où est Bollinger ? demanda-t-elle.

Derrière Harris, le bureau dont la fenêtre était grande ouverte était allumé. Mais, du tueur, aucune trace.

— Il est probablement parti à ma recherche côté Lexington.

— Dans ce cas, il doit me croire morte.
— Certainement. Je l'ai bien cru, moi !
— Qu'as-tu au bras ?
— Il m'a flingué.
— Oh ! non !
— Bah ! C'est douloureux et il est ankylosé, mais il n'y a pas trop de dégâts.
— Tu as du sang partout.
— Non, guère. La balle a sans doute cautérisé la plaie et je n'en ai pas beaucoup perdu. (Il leva la main gauche, l'ouvrit et la ferma pour montrer à Connie que la blessure n'était pas grave.) Je suis capable de continuer à varapper.
— Ce ne serait pas prudent.
— Je me débrouillerai parfaitement. D'ailleurs, je n'ai pas le choix.
— On pourrait rentrer et passer de nouveau par l'escalier.
— Dès qu'il aura constaté que je ne suis pas côté Lexington, Bollinger rappliquera ici et s'il ne m'y trouve pas, il ira explorer les escaliers. Si nous essayons de passer par là, il est fatal qu'il nous coince.
— Alors, qu'est-ce qu'on fait ?
— On poursuit le même programme. Nous allons aller jusqu'à l'angle de la corniche. Quand nous l'aurons contourné, Bollinger aura déjà vérifié côté Lexington et sera reparti. Nous continuerons la descente en rappel.
— Avec ton bras dans cet état ?
— Avec mon bras dans cet état.
— Ta vision... celle où tu recevais une balle dans le dos...
— Que veux-tu dire ?
Connie effleura la manche gauche de Graham.
— C'était ça ?
— Non.

Après avoir regardé par la fenêtre des bureaux de la Opway Electronics dominant Lexington Avenue,

Bollinger sortit en trombe dans le corridor et se précipita vers la pièce d'où il avait tiré sur Harris quelques minutes plus tôt.

— Le chaos, Dwight.

— Le chaos ?

— Les sous-hommes sont infiniment trop nombreux pour que les surhommes puissent prendre les leviers de commande en temps ordinaire. Ce ne sera qu'au cœur de l'Apocalypse que les hommes comme nous prendront leur essor.

— Tu veux dire... après une guerre nucléaire ?

— C'est une éventualité qui n'est pas à écarter. Seuls des hommes tels que nous auraient le courage et l'imagination voulus pour faire renaître la civilisation de ses décombres. Mais ne serait-il pas ridicule d'attendre que les sous-hommes aient détruit tout ce qui devrait nous revenir en héritage ?

— Oui, ce serait absurde.

— Aussi l'idée m'est-elle venue que nous pourrions générer le chaos qui nous est indispensable, provoquer nous-mêmes une Apocalypse moins dévastatrice.

— Comment cela ?

— Eh bien... Le nom d'Albert DeSalvo te dit-il quelque chose ?

— Non.

— C'était l'Étrangleur de Boston.

— Ah oui ! Il a assassiné des quantités de femmes.

— Nous devrions nous pencher sur le cas DeSalvo. Il n'était évidemment pas des nôtres. C'était un inférieur doublé d'un psychotique, qui plus est. Mais je crois qu'il serait fructueux de le prendre pour modèle. A lui seul, il a créé une vague de terreur qui a presque fait basculer la ville de Boston tout entière dans la panique la plus totale. La peur — voilà notre arme. La peur, si elle est bien gérée, est la mère de l'affolement. Une poignée de gens paniqués peuvent contaminer toute la population d'une ville et même d'un pays en lui communiquant leur hystérie. C'est contagieux.

— Mais DeSalvo est loin d'avoir déclenché le genre — ou le degré — de chaos capable d'entraîner l'effondrement de la société.

— Parce que ce n'était pas l'objectif qu'il visait.

— Mais même si cela avait été son but...

— Dwight, imagine qu'un Albert DeSalvo... ou, mieux, qu'un nouveau Jack l'Éventreur soit lâché dans Manhattan. Suppose qu'il assassine non pas dix, non pas vingt femmes mais cent. Deux cents. Et d'une manière particulièrement sauvage. En laissant derrière lui des indices évidents de perversion sexuelle. Qui douterait alors que toutes les victimes aient été exécutées de la même main ? Et si tous ces meurtres intervenaient en l'espace de quelques mois seulement ?

— Ce serait l'épouvante. Mais...

— Ce serait l'événement médiatique le plus formidable dans la ville, dans l'État et sans doute dans tout le pays. Et, maintenant, suppose que, quand nous aurons liquidé les cent premières femmes, nous consacrions la moitié de notre temps à tuer des hommes. Chaque fois, nous leur couperions les organes génitaux et laisserions un message attribuant ces meurtres à un groupe féministe militant imaginaire.

— Et puis après ?

— Nous persuaderions ainsi l'opinion que les hommes ont été massacrés par représailles à la suite de l'assassinat des cent femmes.

— A ceci près que des crimes de ce genre ne sont pas typiquement féminins.

— Aucune importance. Nous ne cherchons pas à créer une situation typique.

— J'avoue ne pas très bien comprendre quelle sorte de situation nous cherchons à créer en adoptant cette stratégie.

— Tu ne vois donc pas ? Il existe des tensions terribles entre les hommes et les femmes dans ce pays. Des tensions exacerbées. Au fil des années, à mesure que les mouvements de libération de la femme se sont développés, elles sont devenues presque intolérables à force

d'être refoulées, censurées. Nous les ferons remonter à la surface.

— L'idée n'est pas mauvaise mais tu y vas un peu fort.

— Absolument pas. Crois-moi, je sais de quoi je parle. Mais ce n'est pas tout, ne comprends-tu pas ? Il y a des centaines de meurtriers névrosés en puissance. Ils ont simplement besoin qu'on leur montre la voie. Besoin d'une incitation. Ces hécatombes, ils en entendront tellement parler, ils liront tellement d'articles sur elles que cela leur donnera des idées. Une fois que nous aurons étripé une centaine de femmes et une vingtaine d'hommes en faisant semblant d'être nous-mêmes des névrosés, nous aurons une douzaine d'imitateurs qui prendront le relais.

— Peut-être.

— C'est indiscutable. Tous les meurtriers de masse ont fait école. Mais jamais aucun n'a encore commis de crimes assez grandioses pour inspirer des légions d'émules. Nous, nous y pourvoirons. Et quand nous aurons mis sur pied une armée de tueurs obsédés sexuels, nous changerons de technique.

— Qu'est-ce que nous ferons ?

— Nous assassinerons des gens de race blanche pris au hasard et nous attribuerons ces homicides à un groupe révolutionnaire noir fictif. Après une dizaine de meurtres de ce genre...

— Nous pourrions descendre quelques Noirs en faisant croire que c'est la réponse du berger à la bergère. La loi du talion, quoi.

— Tu as saisi. Ça s'appelle jeter de l'huile sur le feu.

— Je commence à voir où tu veux en venir. Dans une ville de l'importance de New York, il y a d'innombrables factions. Des Noirs, des Blancs, des Portoricains, des Asiatiques, des hommes, des femmes, des libéraux, des conservateurs, des anarchistes et des réactionnaires, des catholiques et des juifs, des riches et des pauvres, des jeunes et des vieux... On pourrait les dresser les uns contre les autres et tous contre un. Une fois que

la violence se déchaîne, qu'elle soit de nature religieuse, politique ou économique, elle se développe en général sans fin.

— Tout juste. Si nous organisions notre affaire avec soin, ce serait le résultat auquel nous arriverions. En six mois, tu aurais au bas mot deux mille morts. Peut-être cinq fois plus.

— Et la loi martiale serait alors décrétée, ce qui bloquerait l'engrenage avant que le chaos ait atteint les proportions que tu envisages.

— Oui, il est possible qu'on instaure l'état d'urgence mais ce ne sera pas cela qui mettra fin au chaos pour autant. En Irlande du Nord, il y a depuis des années des soldats à tous les coins de rue et l'action terroriste ne s'en poursuit pas moins. Oh si, Dwight, ce sera le chaos. Et la contagion gagnera d'autres villes...

— Non, là, tu pousses le bouchon trop loin!

— Dans tout le pays, les gens sauront ce qui se passe à New York. Alors, ils...

— Cela ne fera pas tache d'huile aussi facilement que ça, Billy.

— D'accord. D'accord. Mais le chaos sera quand même là. Et les électeurs seront tout disposés à voter pour un maire à poigne qui aura des idées neuves.

— Certainement.

— Nous pourrions faire élire l'un des nôtres, un membre de la nouvelle race. La mairie de New York est un bon tremplin pour un homme intelligent qui vise la présidence.

— Qu'un homme fort soit élu, je veux bien. Mais les hommes forts ne sont pas obligatoirement nos propres congénères.

— Si nous organisons le chaos, nous pouvons aussi présenter la candidature d'un des nôtres dans son sillage. Il saurait d'avance la tournure que les choses prendront.

— Un des nôtres ? Mais, bon Dieu, en dehors de nous deux, nous n'en connaissons aucun!

— Je ferais un excellent maire.

— Toi ?

— J'aurais une base sérieuse pour faire campagne.

— Diable ! Mais c'est vrai, ça !

— Je pourrais gagner l'élection.

— En tout cas, tu aurais une bonne chance de la remporter.

— Ce serait un premier pas vers l'accession de notre race au pouvoir.

— Seigneur ! Les masses de gens qu'il faudra tuer !

— Tu n'as jamais tué personne ?

— Si. Un maquereau. Deux dealers qui voulaient me tirer dessus. Une putain dont la mort est passée inaperçue.

— Est-ce que tu as eu des remords ?

— Non. C'étaient des rebuts de la société.

— Ceux que nous tuerons sont aussi des déchets. Des êtres inférieurs. Des bêtes, rien de plus.

— Est-ce que nous réussirons à nous en tirer sans y laisser de plumes ?

— Nous connaissons tous les deux les flics. Que chercheront-ils ? Des malades mentaux connus. Des criminels connus. Des anarchistes connus. Des gens susceptibles d'avoir un motif. Un motif, nous en avons un mais ils ne le découvriront jamais.

— Si on met tous les détails bien au point, si on calcule soigneusement notre plan... Merde ! Ça pourrait marcher !

— Sais-tu ce que Leopold a écrit à Loeb avant qu'ils aient tué Bobby Frank ? « Le surhomme, quoi qu'il fasse, n'a à répondre d'aucun de ses actes à l'exception du seul crime qu'il lui est possible de commettre : se tromper. »

— Si nous nous lancions dans une pareille entreprise...

— Si ?

— Tu y es décidé ?

— Pas toi, Dwight ?

— On commencera par les femmes ?

— Oui.

— *On les tuera ?*
— *Oui.*
— *Billy ?*
— *Oui ?*
— *Est-ce qu'on les violera avant ?*
— *Oh, bien sûr !*
— *On pourra même se marrer en prime !*

Bollinger se pencha par la fenêtre et inspecta la corniche à gauche et à droite. Harris n'était pas du côté qui donnait sur la petite rue.

Les pitons étaient solidement enfoncés dans la pierre comme lorsqu'il avait tiré sur lui mais la corde qui y était fixée n'était plus là.

Bollinger avança le plus possible en extension sur l'appui de la fenêtre afin que la corniche ne fasse pas écran. Le corps de la femme aurait dû s'être écrasé au sol. Mais il n'y avait pas de cadavre dans la rue. Rien qu'un tapis de neige fraîche parfaitement lisse.

Merde ! elle n'était pas tombée ! Finalement, il l'avait ratée, cette pouffiasse !

Mais pourquoi ne parvenait-il pas à les avoir, ces deux-là ?

Furieux, il abandonna son poste d'observation, sortit du bureau et enfila le corridor central pour rejoindre le plus proche des deux escaliers.

Comme Connie aurait aimé effectuer cette descente en rappel les yeux fermés ! Être suspendue entre ciel et terre vingt-trois étages au-dessus de Lexington Avenue sans auto-assurance était quelque chose d'hallucinant.

La main droite derrière.

La main gauche devant.

La droite pour faire frein.

La gauche pour guider.

Les jambes écartées, les pieds en appui contre la façade.

Se répétant les instructions de Graham, elle se propulsa en arrière. Et eut un hoquet d'épouvante. Elle avait l'impression d'un saut suicidaire dans le vide.

Quand son corps décrivit un arc de cercle, elle se rendit compte que sa main gauche serrait trop fortement la corde. La gauche pour guider. Pour freiner, *la droite.* Elle relâcha son étreinte et se laissa glisser de quelques dizaines de centimètres avant de bloquer.

Quand le mouvement pendulaire la ramena vers la façade, elle se reçut mal. Ses jambes n'étaient pas perpendiculaires, et pas assez tendues non plus. Elles fléchirent et Connie, déportée sur sa droite, heurta le granit de l'épaule. Pas assez brutalement pour la fracturer mais avec beaucoup trop de violence tout de même.

Le choc l'étourdit mais elle ne lâcha pas la corde. Plaqua à nouveau ses pieds contre la façade. Se repositionna. Secoua la tête pour recouvrer ses esprits. Regarda à gauche. Vit Graham à trois mètres d'elle. Lui adressa un signe du menton pour lui faire comprendre que tout allait bien. Et s'arc-bouta. Poussa de toutes ses forces. Se laissa glisser. Repartit en arrière.

Cette fois, elle ne fit aucune erreur.

Graham sourit en observant Connie glisser encore un peu. L'endurance et la détermination dont elle faisait montre le rendaient radieux. C'était vrai : elle avait un peu de Nora Charles en elle. Et une foutue dose de Nick, aussi !

Voyant qu'elle avait attrapé le coup — son style de rappel était fruste mais efficace —, il reprit son balancement. A chaque oscillation, il descendait un peu plus loin qu'elle et atteignit le dix-huitième étage le premier.

S'agrippant au rebord quasi inexistant de la fenêtre, il réduisit en miettes les deux hautes vitres et fixa un taquet au montant métallique. Quand il eut attaché son brin de sécurité au mousqueton, il lâcha la corde maîtresse et la dégagea de son point d'ancrage, après quoi il l'ajusta à ce nouveau mousqueton et se remit en position de descente.

Connie, à moins de trois mètres de lui, était prête à repartir, elle aussi.

Il se lança dans le vide.

Il était frappé, non seulement par le souvenir parfait qu'il avait conservé des techniques et des procédures de l'ascension en montagne mais, aussi, par la rapidité avec laquelle sa terreur s'était évanouie. Il avait encore peur, certes, mais c'était une peur qui n'avait rien que de naturel. La nécessité et l'amour de Connie avaient opéré un miracle qui aurait laissé pantois tous les psychiatres de la terre.

Il commençait à se dire qu'ils réussiraient peut-être à s'en tirer indemnes. Son bras que la balle avait éraflé lui faisait un mal de chien, les doigts de sa main gauche étaient gourds, sa mauvaise jambe continuait de l'élancer au point de le faire par moments grincer des dents mais la douleur était supportable.

Il parvint au dix-septième étage. Encore deux glissades et il s'immobilisa à la hauteur du rebord de la fenêtre du seizième — là où Bollinger avait résolu de s'embusquer.

La fenêtre était fermée mais les rideaux étaient tirés. Une lampe solitaire brillait sur le bureau.

Une silhouette massive se détachait derrière la vitre. Bollinger était précisément en train d'actionner la poignée.

Non !

Graham se propulsa en arrière à l'instant où ses pieds effleurèrent le rebord.

Bollinger le vit. Il tira à travers la vitre et un geyser d'éclats de verre fusa dans la nuit.

Il avait réagi vite mais Harris n'était déjà plus dans sa ligne de mire. Lorsque le ballant le ramena contre la façade quelque deux mètres au-dessous du tueur, il réitéra la manœuvre et bloqua sa descente au niveau de la fenêtre du quinzième étage.

Quand il leva la tête, il vit le pistolet braqué sur Connie cracher une brève flamme.

Le coup de feu désarçonna la jeune femme dont l'épaule s'écrasa contre la façade. Frénétiquement, elle ramena ses jambes dans la bonne position et poursuivit sa descente.

Bollinger tira une seconde fois.

41

Bollinger savait qu'il les avait manqués tous les deux.

Il sortit du bureau en trombe, courut jusqu'à l'ascenseur, le remit en service et enfonça le bouton du dixième étage.

Tout en descendant, il se remémora le plan que Billy et lui avaient concocté la veille.

— Tu commenceras par descendre Harris. La femme, tu en feras ce qu'il te plaira mais n'oublie pas de la tronçonner après usage.

— Je les dépèce toujours. C'est moi qui ai eu le premier l'idée de les étriper.

— Il faudra que tu liquides Harris là où ça fera le moins de désordre et où tu pourras tout nettoyer ensuite.

— Nettoyer ?

— Une fois la femme effacée, tu te rabattras à l'endroit où tu auras laissé Harris. Tu feras disparaître jusqu'à la dernière tache de sang et tu envelopperas le corps dans une bâche en plastique. Donc, ne le tue pas sur de la moquette où ça pourrait laisser des traces. Le mieux serait une pièce carrelée. Des toilettes, par exemple.

— Et je devrai l'envelopper dans du plastique ?

— Je t'attendrai derrière le Bowerton Building à vingt-deux heures. Tu amèneras son cadavre. Nous l'embarquerons dans la voiture. Plus tard, on ira l'enterrer quelque part dans la campagne, loin de New York.

— Pourquoi l'enterrer ?

— L'objectif est de faire croire à la police qu'il a tué sa fiancée, que c'est lui le Boucher. J'appellerai la criminelle. Je déguiserai ma voix au téléphone. Je prétendrai que je suis Harris et que c'est moi le Boucher.

— Pour lancer les poulets sur une fausse piste ?

— Tu as tout compris.

— Ils finiront tôt ou tard par deviner qu'on s'est foutu d'eux.

— Oui, ils finiront par piger. Mais pendant quelques semaines, peut-être même quelques mois, ils rechercheront Harris. Ils n'auront pas le moindre indice qui leur permettrait de remonter jusqu'à nous.

— Procédé de diversion classique, quoi.

— Exactement.

— Ça nous donnera le temps de souffler.

— Oui.

— Le temps de faire tout ce que nous voulons faire.

— A peu près tout.

Ce beau plan était tombé à l'eau.

Ce maudit extralucide était trop difficile à tuer.

Les portes de la cabine coulissèrent. Au moment d'en sortir, Bollinger trébucha et tomba. Le pistolet qu'il tenait à la main lui échappa et il y eut un claquement métallique quand il heurta le mur.

Bollinger se dressa sur ses genoux et essuya la sueur qui lui coulait dans les yeux. Il appela :

— Billy ?

Mais il était seul.

Toussotant et reniflant, il rampa jusqu'au mur pour récupérer son arme et se releva.

Il traversa le corridor obscur, se dirigeant vers un bureau qui devait en principe donner sur Lexington Avenue.

Comme il craignait de se retrouver à court de munitions, il ne tira qu'une seule balle dans la serrure en visant soigneusement. Les murs du couloir renvoyèrent *decrescendo* l'écho de la détonation. La serrure était endommagée mais elle tenait encore. La porte était faussée. Au lieu de gaspiller un second projectile, Bollinger l'enfonça à coups d'épaule.

Quand il atteignit les fenêtres qui dominaient Lexington, Harris et la femme étaient déjà passés. Ils étaient deux étages plus bas.

Bollinger regagna l'ascenseur. Il allait falloir qu'il sorte pour leur régler leur compte lorsqu'ils toucheraient le sol. Il appuya sur le bouton du rez-de-chaussée.

42

Au huitième étage, Graham et Connie convinrent d'un commun accord de descendre les quelque trente-six mètres qu'il leur restait à négocier en deux étapes de longueur égale. Les montants de la fenêtre du quatrième seraient leur dernier point d'ancrage.

Harris fracassa les deux carreaux de celle-ci, fixa un mousqueton, y accrocha son auto-assurance — et un réflexe le fit se jeter de côté quand une balle griffa la pierre à trente centimètres de sa tête.

Il comprit aussitôt ce qui se passait. Pivotant légèrement sur lui-même, il regarda en bas.

Dix huit mètres au-dessous de lui, Bollinger, en bras de chemise, harassé, était campé sur le trottoir qui disparaissait sous son linceul de neige.

— Rentre ! cria Graham à Connie en soulignant

l'injonction d'un geste du bras. Planque-toi à l'intérieur ! Passe par la fenêtre !

Bollinger fit feu de nouveau.

Un éclair. Une douleur déchirante. Du sang. Une balle dans le dos...

Était-ce cela ? Sa vision qui se réalisait ?

Affolé, Graham émietta de sa main gantée les fragments de vitre dont était encore hérissé le chambranle de la fenêtre. Il empoigna le montant central et s'apprêtait à se hisser à la force du poignet quand un étrange tintamarre venant de la rue lui parvint.

Une énorme pelleteuse jaune vif, surgissant d'une rue latérale, s'engageait dans Lexington. Ses gros pneus noirs labouraient la neige, projetant des jets glacés. Son soc mesurait un mètre quatre-vingts de haut sur trois mètres de large. En haut de la cabine scintillaient les gyrophares d'alerte. Ses phares, de la taille d'une assiette, faisaient penser aux yeux globuleux d'une grenouille ; ils éclairaient de leur lueur crue la neige qui tombait.

C'était le seul véhicule en vue dans l'artère livrée au blizzard.

Graham jeta un coup d'œil à Connie. Elle semblait avoir du mal à s'extraire de ses cordes pour passer par la fenêtre. Il tourna la tête et commença à faire de grands gestes pour attirer l'attention du conducteur du chasse-neige qu'il distinguait à peine derrière le pare-brise encrassé en hurlant :

— Au secours !

Il était peu probable que l'homme pût l'entendre avec le vacarme que faisait son engin mais il s'obstina quand même :

— Au secours ! Là-haut ! A l'aide !

Connie se mit à crier à son tour.

Surpris, Bollinger fit exactement ce qu'il n'aurait pas dû faire : il se retourna et tira sur le chasse-neige.

Le conducteur freina. Il pila presque.

— Au secours ! continua de s'époumoner Graham.

Bollinger fit encore feu. La balle ricocha sur l'armature métallique du pare-brise.

Le conducteur changea de vitesse et emballa son moteur.

Bollinger se mit à courir.

Les montants hydrauliques soulevèrent le soc trente centimètres au-dessus de la chaussée, dégageant le bord du trottoir de la neige qui s'y accumulait quand l'engin l'escalada pesamment.

Poursuivi par la machine, Bollinger franchit au pas de course une distance d'une dizaine de mètres, soulevant des nuages de neige à chaque pas, et traversa l'avenue, fuyant la lame qui se rapprochait.

Connie était transportée par le spectacle.

Bollinger laissa le chasse-neige gagner du terrain. Quand la lame luisante ne fut plus qu'à deux mètres de lui, il se jeta vivement de côté, puis revint vers la tour.

Une pelleteuse n'est pas aussi maniable qu'une voiture de sport. Quand le conducteur eut fait demi-tour et commencé à rebrousser chemin, Bollinger se tenait déjà sous la fenêtre du quatrième.

Graham le vit lever son pistolet. Le canon reflétait la lumière du réverbère voisin.

Au niveau du sol, le vent était un peu moins violent et la détonation fut assourdissante. La balle écailla le granit, frôlant presque le pied droit de Graham.

Le conducteur fonçait droit sur Bollinger, klaxon bloqué.

Le tueur s'adossa au mur, faisant face au monstre mécanique.

Devinant les intentions de ce forcené, Harris détacha la perforatrice portative fixée à sa ceinture. Cinq ou six mètres le séparaient de Bollinger qui, maintenant, visait le pare-brise de la cabine.

Graham lança la perforatrice. Contrairement à ce qu'il espérait, l'instrument n'atteignit pas le crâne du tueur mais seulement sa hanche sur laquelle il rebondit avant d'achever mollement sa trajectoire sur le macadam.

Néanmoins, l'impact, si faible qu'il eût été, prit Bollinger au dépourvu. Il sursauta, posa le pied sur une plaque de verglas, bascula en avant, dégringola du trottoir, glissa avec une grâce spectaculaire et s'affala dans le caniveau.

Le conducteur de l'engin s'était attendu à le voir prendre ses jambes à son cou mais, au lieu de cela, il le vit s'effondrer presque sous sa machine. Il freina mais son mastodonte ne pouvait s'immobiliser sur deux mètres cinquante.

La gigantesque lame d'acier se trouvait trente centimètres au-dessus du niveau du sol : ce n'était pas encore tout à fait suffisant. Le bas du soc accrocha Bollinger à la hauteur des fesses, fouaillant les chairs, percuta sa tête, lui broya le crâne, et lui écrasa le corps contre le bord du trottoir.

Dans le cercle de lumière dispensé par le lampadaire, la neige était maintenant rougie de sang.

43

Les employés de la morgue avaient enfourné le corps de MacDonald, d'Ott, des vigiles et du chauffagiste dans d'épais sacs de plastique maintenant alignés sur le sol de marbre du hall.

Une demi-douzaine de chaises pliantes étaient disposées en demi-cercle devant le kiosque à journaux fermé près de l'entrée, respectivement occupées par Graham, Connie, Ira Preduski et trois autres policiers.

Comme à l'accoutumée, Preduski était quelque peu débraillé. Sa veste marron pendouillait, informe, autour de son corps. Il avait piétiné dans la neige et le bas de son pantalon était trempé. Ses chaussures et ses chaussettes étaient à tordre. Il ne portait ni caoutchoucs ni bottes bien qu'il possédât une paire des uns et deux paires des autres mais il ne pensait jamais à les mettre quand il faisait mauvais temps.

— Écoutez, disait-il à Graham, ne croyez pas que je veuille vous materner. Je vous l'ai déjà demandé et vous m'avez répondu mais je me fais du souci. C'est plus fort que moi. Je passe mon temps à me tracasser inutilement pour des quantités de choses. C'est encore un de mes défauts. Mais votre bras ? Votre bras blessé ? Où en est-il ?

Graham tapota légèrement le pansement que dissimulait sa chemise. Une heure plus tôt, un infirmier qui avait mauvaise haleine mais des doigts de fée l'avait soigné.

— Il va à merveille.

— Et votre jambe ?

Graham fit la grimace.

— Je ne suis pas plus handicapé qu'avant cette histoire.

Preduski se tourna vers Connie.

— Et vous ? Le docteur qui est venu avec l'ambulance dit que vous souffrez de sérieuses contusions.

— Bah ! Ce ne sont que des contusions, répondit-elle sur un ton qui se voulait dégagé. (Elle tenait la main de Graham dans la sienne.) Rien de plus grave.

— Ah ! Quelle nuit terrible vous avez passée ! Épouvantable, il n'y a pas d'autre mot. Et tout ça à cause de moi. J'aurais dû mettre Bollinger hors d'état de nuire depuis des semaines. Si j'avais un peu de cervelle, j'aurais réglé cette affaire longtemps avant votre intervention. (Il jeta un coup d'œil à sa montre.) Presque trois heures du matin ! (L'inspecteur se leva et essaya sans succès de défriper le col de son pardessus.) Nous ne vous avons retenus que trop longtemps. Beaucoup trop longtemps. Pourtant, je vais devoir vous demander de rester encore un moment, disons un quart d'heure, vingt minutes, pour répondre aux questions que mes collègues ou les gens de l'anthropométrie pourraient avoir à vous poser. Cela ne vous ennuie pas ? Je sais que j'exige énormément de vous. Énormément. Je vous prie de m'excuser.

— Nous comprenons, fit Graham avec lassitude.

— Jerry, dit Preduski à l'adresse de l'un des autres policiers en civil, faites l'impossible pour qu'on ne les retienne pas plus d'un quart d'heure, vingt minutes, voulez-vous ?

— Entendu, Ira.

Jerry était un grand gaillard trapu qui avait dépassé la trentaine, et dont un grain de beauté ornait le menton.

— Je compte aussi sur vous pour qu'on les raccompagne. (Jerry acquiesça.) Et veillez à tenir les journalistes à l'écart.

— D'accord, Ira, mais ce ne sera pas facile.

Preduski se tourna à nouveau vers Graham et Connie :

— Quand vous serez rentrés, débranchez avant tout votre téléphone. Vous aurez la presse sur le dos demain — mais demain sera un autre jour. Les journalistes vont vous harceler pendant des semaines. Une croix supplémentaire que vous aurez à porter. Je suis navré. Sincèrement navré. Mais nous réussirons peut-être à vous protéger quelque temps contre eux, que vous ayez au moins quelques heures de répit avant la tempête.

— Merci, dit Connie.

— Maintenant, je dois vous quitter. J'ai du travail qui m'attend. Des choses qui auraient dû être faites depuis longtemps. Je suis toujours en retard. Toujours. Pour parler franc, je ne suis pas fait pour ce métier.

Il serra la main de Graham, s'inclina gauchement devant Connie et s'éloigna. Ses chaussures couinaient et faisaient flic-flac.

Une fois dehors, il manœuvra pour éviter quelques journalistes et refusa de répondre à quelques autres. Sa voiture banalisée se trouvait tout au bout d'une double file de véhicules de la police noir et blanc, d'ambulances et de camionnettes de presse. Il se glissa au volant, boucla sa ceinture de sécurité et mit le moteur en marche.

L'inspecteur Daniel Mulligan avec qui il faisait équipe serait encore occupé plusieurs heures. Il n'aurait pas besoin de la voiture tout de suite.

Fredonnant un petit air de son invention, Preduski remonta Lexington. L'avenue avait été dégagée depuis peu. Les chaînes dont étaient munis ses pneus crissaient en mordant dans la neige et cliquetaient en passant sur les bandes d'asphalte désenneigées. Il tourna pour rejoindre la 5e Avenue et prit la direction du centre.

Moins d'un quart d'heure plus tard, il se rangea dans une rue de Greenwich Village bordée d'arbres et descendit.

Il avança en rasant les façades pour rester dans l'ombre. Après avoir jeté un bref coup d'œil derrière son épaule pour s'assurer qu'il n'était pas suivi, il s'engagea dans une petite rue étroite flanquée d'élégants pavillons.

Le passage aboutissait à un mur aveugle mais de part et d'autre entouré de hautes grilles. Il fit halte devant celle qui se trouvait à sa gauche.

Des flocons de neige tournoyaient paresseusement dans la nuit. Ici, on était à l'abri du vent mais on l'entendait hurler au-dessus des toits.

Preduski sortit une paire de petits crochets de sa poche qu'il avait trouvés, il y avait longtemps, chez un cambrioleur suicidé. Il ne les avait pas souvent utilisés mais chaque fois qu'il avait eu l'occasion de s'en servir pour une affaire importante, il s'en était félicité. Avec l'une de ces plumes, il chatouilla les ergots de la mauvaise serrure du portail et les maintint ensuite à l'aide de la seconde. Le vantail céda en deux minutes.

Il y avait une petite cour derrière la maison de Graham Harris. Une pelouse format mouchoir de poche. Deux arbres. Un patio de brique. Les deux parterres de fleurs étaient évidemment nus comme la main en cette saison. Toutefois, à en juger par la présence de la table et des quatre fauteuils de jardin, on avait dû jouer aux cartes au soleil hier après-midi.

Le policier traversa la cour et escalada les trois marches du perron de la porte de derrière.

La contre-porte n'était pas fermée.

Il força la serrure sans bruit avec toute la délicatesse et le doigté possibles.

La facilité avec laquelle il la crocheta le consterna. Les gens n'apprendraient donc jamais à s'équiper de serrures solides ?

Il faisait bon dans la cuisine obscure. Il y régnait une odeur de pâtisserie mêlée à celle de bananes que l'on avait sorties pour les faire mûrir et qui étaient maintenant trop mûres.

Il referma silencieusement la porte.

Il resta plusieurs minutes parfaitement immobile, tendant l'oreille et laissant ses yeux s'habituer à l'obscurité. Enfin, quand il fut capable d'identifier tous les objets qui l'entouraient, il s'approcha de la table, souleva une chaise qu'il reposa un peu plus loin sans qu'elle émette le moindre craquement, s'assit, sortit son revolver du holster fixé sous son aisselle et le posa sur ses genoux.

44

Le chauffeur de la voiture de police qui les avait raccompagnés attendit que Graham eût ouvert la porte, puis il repartit, creusant derrière lui deux ornières dans la couche de neige épaisse de douze centimètres. Greenwich Village n'avait pas encore été dégagé.

Graham alluma l'entrée et, tandis que Connie refermait derrière elle, il gagna la salle de séjour. Dès qu'il eut allumé la petite lampe, il se pétrifia, le doigt toujours posé sur le bouton de l'olive.

Un homme était installé dans un fauteuil. Il tenait un pistolet.

Connie posa la main sur le bras de Graham.

— Vous ? Mais qu'est-ce que vous faites ici ? demanda-t-elle à l'homme assis.

Anthony Prine, l'animateur de l'émission *Manhattan à Minuit*, se leva et agita son arme.

— Je vous attendais.

— Pourquoi parlez-vous comme ça ?

— Vous faites allusion à mon accent du Sud ? Je suis né avec. Il y a pas mal d'années que je m'en suis débarrassé mais il me revient à volonté. C'est en le perdant que j'ai commencé à m'intéresser à l'imitation des voix. Eh oui ! J'ai débuté dans le show business en parodiant celles des gens célèbres. Maintenant, j'imite Billy James Plover, l'homme que j'étais autrefois.

Graham retrouva l'usage de la parole :

— Comment êtes-vous entré ?

— J'ai fait le tour de la maison et j'ai cassé un carreau.

— Sortez ! Vous n'avez rien à faire chez moi.

— Vous avez tué Dwight. Je suis passé devant le Bowerton Building après l'émission. C'était plein de flics. J'ai tout de suite compris que vous l'aviez tué.

Prine était très pâle et il avait les traits tirés.

— Tué qui ?

— Dwight. Franklin Dwight Bollinger.

— C'est lui, au contraire, qui a essayé de nous tuer, répliqua Graham, interloqué.

— C'était quelqu'un de formidable. Un des types les plus formidables que j'aie jamais rencontrés. J'ai fait, un jour, une émission sur la brigade des mœurs et c'était un de mes invités. Au bout de quelques minutes, nous savions tous les deux que nous étions de la même trempe.

— C'était le Boucher, celui qui...

Prine était excessivement agité. Ses mains tremblaient. Un tic faisait tressaillir sa joue gauche. Il coupa la parole à Connie :

— Dwight n'était que la moitié du Boucher.

— La moitié du Boucher ? répéta la jeune femme.

Graham lâcha enfin l'interrupteur et empoigna la colonnette de cuivre de la lampe.

— J'étais l'autre moitié. Nous avions des personnalités identiques, Dwight et moi. (Prine fit un pas en avant. Puis un second.) C'était encore plus que cela. L'un sans l'autre, nous étions incomplets. Nous étions les deux parties d'un seul et même organisme.

Il braqua son pistolet sur Graham.

— Foutez-moi le camp ! s'exclama ce dernier. Vite, Connie !

Et, au moment où il proférait ces mots, il balança la lampe en direction de Prine qui, sous le choc, retomba assis dans le fauteuil.

Graham fit volte-face pour se précipiter dans l'entrée.

Connie était déjà en train d'ouvrir la porte extérieure.

Il s'élança en courant pour la rejoindre.

Prine tira.

Un choc terrible sur l'omoplate droite, un éclair qui fuse, du sang qui inonde la moquette...

Au moment où Harris s'écroulait et roulait sur le flanc, il vit Ira Preduski émerger du couloir de la cuisine.

Il flottait sur une mer de douleur qui s'obscurcissait de seconde en seconde. Que lui arrivait-il ?

Le policier cria un avertissement à Prine et tira en état de légitime défense. Une seule fois. En visant la poitrine.

Le présentateur s'effondra, faisant tomber un porte-revues.

Douleur... Les premiers tiraillements de la douleur.

Graham ferma les yeux. C'était peut-être justement ce qu'il ne fallait pas faire. Si tu t'endors, tu meurs. Mais ce n'était peut-être vrai que si l'on était blessé à la tête.

Il se força à rouvrir les yeux.

Connie essuyait la sueur qui ruisselait sur ses joues.

— J'ai appelé une ambulance, dit Preduski, à genoux à côté de lui.

Il avait dû s'écouler un certain temps. Il avait l'impression d'être tombé dans les pommes au beau milieu d'une conversation et d'avoir refait surface au beau milieu d'une autre.

Il referma les yeux.

Les rouvrit.

— La théorie du médecin légiste, disait Preduski. Sur le moment, j'ai trouvé que c'était délirant. Et puis, plus j'y ai réfléchi...

— J'ai soif, murmura Graham.

Sa voix était éraillée.

— Ça, ça ne m'étonne pas, répondit l'inspecteur.

— Donnez-moi... à boire.

— Cela pourrait être contre-indiqué, dit Connie. L'ambulance ne va pas tarder.

La chambre tournoyait. Graham sourit. Il avait l'impression d'être sur un manège.

— Je n'aurais pas dû venir seul. (Il y avait de la détresse dans la voix de Preduski.) Mais j'ai pensé que c'était ce qu'il fallait faire. Vous comprenez pourquoi ? Bollinger était un flic. L'autre moitié du Boucher pouvait en être un aussi. A qui pouvais-je faire confiance, je vous le demande ? A qui ?

Graham s'humecta les lèvres.

— Prine... Il est mort ?

— J'ai bien peur que non, lui répondit Ira.

— Et moi ?

— Quoi... vous ?

— Je suis mort ?

— Non, vous vous en tirerez.

— Vous en êtes sûr ?

— La balle n'a pas touché la colonne vertébrale. Ni aucun organe vital, j'en mettrais ma main au feu.

— Vous en êtes sûr ?

J'en suis certaine, dit Connie.

Graham referma les yeux.

ÉPILOGUE

DIMANCHE

Ira Preduski tournait le dos à la fenêtre de la chambre d'hôpital. Le soleil de la fin de l'après-midi le nimbait d'une auréole d'or.

— D'après les déclarations de Prine, leur but était de déclencher des conflits raciaux, religieux, sociaux...

Graham était couché sur le côté, rehaussé par des oreillers. Son élocution était lente à cause des calmants dont on l'avait bourré.

— Pour s'emparer du pouvoir dans les convulsions que ces affrontements auraient entraînées ?

— C'est ce qu'il dit.

— Mais c'est de la folie ! s'exclama Connie, assise sur une chaise à côté du lit. N'est-ce pas pour la même raison que Charles Manson et son équipe de névrosés ont massacré tant de monde ?

— Je lui ai parlé de Manson. Il m'a répondu que c'était un minable, un truand à la petite semaine.

— Alors que Prine, lui, est un surhomme ?

Preduski hocha tristement la tête.

— Pauvre Nietzsche ! C'était l'un des plus brillants philosophes qui aient jamais existé — et, aussi, l'un des plus incompris. (Le policier se pencha pour humer le bouquet posé sur la table à côté de la fenêtre, puis releva la tête.) Excusez-moi si je vous pose la question. Je sais bien que cela ne me regarde pas mais je suis curieux. Encore un de mes défauts. Euh... la noce, c'est pour quand ?

— La noce ? répéta Connie.

— Ne me racontez pas d'histoires. Vous allez vous marier, tous les deux.

— Comment pouvez-vous le savoir ? fit Graham, abasourdi. Nous n'avons pris notre décision que ce matin. Sans témoins.

— Je suis un policier. Il y a des indices qui ne trompent pas.

— Par exemple ?

— Par exemple, la manière que vous avez de vous regarder tous les deux depuis cet après-midi.

Au fond, Graham était ravi d'annoncer la nouvelle.

— On se mariera dès que j'aurai quitté l'hôpital et repris mes forces.

— Et il en aura besoin ! ajouta Connie avec un sourire malicieux.

Preduski s'approcha du lit et contempla le pansement qui prenait le bras gauche de Graham et le quart supérieur droit de son torse.

— Chaque fois que je repense à tout ce qui est arrivé dans la nuit de vendredi à samedi, je me demande comment vous avez réussi à en sortir vivants tous les deux.

— C'était de la broutille, rétorqua Connie.

— De la broutille ?

— Eh oui ! Une plaisanterie, n'est-ce pas, Nick ?

Graham sourit. Il se sentait merveilleusement bien.

— Absolument, Nora. Une aimable plaisanterie.

Épouvante

Depuis Edgar Poe, il a toujours existé un genre littéraire qui cherche à susciter la peur, sinon la terreur, chez le lecteur. King et Koontz en sont aujourd'hui les plus épouvantables représentants. Nombre de ces livres ont connu un immense succès au cinéma.

ANDREWS Virginia C.	**Ma douce Audrina** 1578/**4**
BLATTY William P.	**L'exorciste** 630/**4**
CAMPBELL Ramsey	**Le parasite** 2058/**4**
	La lune affamée 2390/**5**
	Images anciennes 2919/**5** Inédit
CITRO Joseph A.	**L'abomination du lac** 3382/**4**
CLEGG Douglas	**La danse du bouc** 3093/**6** Inédit
	Gestation 3333/**5** Inédit
COLLINS Nancy A.	**La volupté du sang** 3025/**4** Inédit
	Appelle-moi Templer 3183/**4** Inédit
COYNE John	**Fury** 3245/**5** Inédit
DEVON Gary	**L'enfant du mal** 3128/**5**
HERBERT James	**Le Sombre** 2056/**4** Inédit
HODGE Brian	**La vie des ténèbres** 3437/**7** Inédit
JAMES Peter	**Possession** 2720/**5** Inédit
	Rêves mortels 3020/**6** Inédit

KING Stephen

Carrie 835/**3**
Shining 1197/**5**
Danse macabre 1355/**4**
Cujo 1590/**4**
Christine 1866/**4**
Peur bleue 1999/**3**
Charlie 2089/**5**
Simetierre 2266/**6**
Différentes saisons 2434/**7**
La peau sur les os 2435/**4**
Brume - Paranoïa 2578/**4**
Brume - La Faucheuse 2579/**4**
Running Man 2694/**3**
ÇA 2892/**6**, 2893/**6** & 2894/**6**
(Egalement en coffret 3 vol. FJ 6904)
Chantier 2974/**6**
La tour sombre :
- Le pistolero 2950/**3**
- Les trois cartes 3037/**7**
- Terres perdues 3243/**7**
Misery 3112/**6**
Marche ou crève 3203/**5**
Le Fléau (Édition intégrale) 3311/**6**
3312/**6** & 3313/**6**
(Egalement en coffret 3 vol. FJ 6616)
Les Tommyknockers
3384/**4**, 3385/**4** & 3386/**4**
(Egalement en coffret 3 vol. FJ 6659)

KOONTZ Dean R.	**Spectres** 1963/**6** Inédit
	L'antre du tonnerre 1966/**3** Inédit
	Le rideau de ténèbres 2057/**4** Inédit
	Le visage de la peur 2166/**4** Inédit
	L'heure des chauves-souris 2263/**5**
	Chasse à mort 2877/**5**
	Les étrangers 3005/**8**
	Les yeux foudroyés 3072/**7**
	Le temps paralysé 3291/**6**
LANSDALE Joe. R.	**Le drive-in** 2951/**2** Inédit
	Les enfants du rasoir 3206/**4** Inédit

2166

Achevé d'imprimer en Europe (France)
par Brodard et Taupin à La Flèche (Sarthe)
le 14 février 1994. 6640 I-5
Dépôt légal février 1994. ISBN 2-277-22166-X
1er dépôt légal dans la collection : mars 1987
Éditions J'ai lu
27, rue Cassette, 75006 Paris
Diffusion France et étranger : Flammarion